JAVIER
NIETO ESQUINAS

UNA
MUERTE
PRENUPCIAL

Javier Nieto Esquinas (Quintanar de la Orden, 1995), es graduado en Historia y en la actualidad se encuentra inmerso en la preparación de las oposiciones para el cuerpo de docentes del Estado, siendo una labor que compagina con su gran pasión, la escritura. Después de que el año pasado publicase su primera novela, "*Au Pairs*", bajo el pseudónimo de J. Grandson Corners y que se encuentra disponible en la tienda Kindle de Amazon, regresa con "*Una muerte prenupcial*" con la intención de dejar su huella dentro del panorama literario.

Créditos:

Título original: Una muerte prenupcial.

Publicado por: ©Amazon EU S.a.r.l.

ISBN: 9798453735891

Primera edición: ©JavierNietoEsquinas. Agosto, 2021.

Diseño de Portada y Maquetación: Realizada mediante los programas canva.com y Adobe Photoshop. Imagen libre de derechos extraída de la web @Pixabay.

A todas esas personas que ayudan a

que otras cumplan sus sueños.

Javier Nieto Esquinas.

Todos los hechos narrados en la obra, así como los personajes y la mayoría de los lugares donde se desarrolla la historia, son completamente ficticios.

Cualquier parecido con la realidad es mera coincidencia.

PRIMERA PARTE
UN MAL DESPERTAR

1

El grito

—¡Ahhhh! —exclamó Noelia, llena de terror, al ver el reflejo que le devolvía el espejo al que acababa de asomarse.

—¿Qué ocurre? —preguntaron, alarmadas, las tres mujeres que acompañaban en ese momento a una novia que acababa de vociferar como si hubiese visto al mayor de sus miedos.

—Mi cara... Hoy no, por favor, hoy que es mi día, no —se lamentó la joven mientras se acercaba, con lentitud, al espejo en el que concentraba su mirada—. Sois unas idiotas, ¿ninguna de las tres se ha fijado en el grano que me ha salido en la maldita frente? —preguntó, al mismo tiempo que les dirigía una furiosa mirada, a las tres mujeres que la acompañaban.

—No... no quise decirte nada —respondió, entrecortada, Ruth, la amiga sevillana que se había ganado la confianza de Noelia y que fue la única de las tres acompañantes que tuvo el valor suficiente para responder a la novia desesperada.

—¿Y qué pensabas, qué no me daría cuenta? ¡Vaya desastre, verás Manuel cuando me quite el velo! —en aquel instante, tras decir esto, la preocupación cubrió su rostro al mismo tiempo que el silencio llegó a su voz.

—¿Qué ocurre ahora? —preguntaron, ahora sí, las tres mujeres allí reunidas.

Durante un momento, Noelia intentó contener su llanto como buenamente pudo. Aquellos últimos días, previos a la ceremonia, habían estado cargados de estrés y de nervios. Todo el trabajo de la preparación de cada uno de los detalles que componían la ceremonia: el banquete, los pagos al hotel, el desplazamiento de toda su familia desde la lejana llanura manchega hasta la ciudad de Sevilla, la preparación del vestido… Todo ello había estado cerca de hacerla colapsar pero, afortunadamente, podría decirse que, de manera milagrosa, había logrado mantenerse serena hasta este momento. Hasta que un inmenso grano rojizo se había dibujado en la única zona de su frente que no quedaba cubierta por el largo mechón de pelo que caía con gracia sobre su rostro.

Todo, a estas horas, estaba preparado. Los invitados ya se encontraban en la ciudad, en la finca donde tendría lugar el acto estaba todo dispuesto y ella estaba preparada para, al fin, dar el gran paso de su vida. La ceremonia apuntaba a ser un rotundo éxito y todo saldría tal y como la joven pareja había soñado. Sin embargo, la aparición de aquel pequeño imprevisto sobre su fina piel provocó que los nervios típicos de estos momentos golpeasen a la hermosa novia, llevándola a romper en un inmenso llanto descorazonador.

—Las… las fotos… Voy a salir horrible. —se lamentó Noelia, entrecortada por los llantos, haciendo que Ruth se decidiera a acercarse hasta ella para estrecharla entre sus brazos al mismo tiempo que Macarena, la maquilladora y peluquera, se lamentaba al ver que todo su trabajo se había difuminado por culpa del torrente lacrimal que discurría por las suaves mejillas de la prometida.

—Tranquilízate, Noe —acertó a decir Cristina, con el tono más animado que le fue posible, mientras contemplaba, desde un segundo plano, el cálido abrazo en el que se habían unido Noelia y Ruth—. Hay cosas peores en esta vida, mujer. Además, estoy segura de que, a pesar de ese granito de nada, saldrás igual de preciosa en todas las fotos, ya lo verás. Estarás deslumbrante.

—¿Cosas peores dices? —en aquel instante, Noelia se separó de los brazos de Ruth y, tras levantarse de la silla en la que había estado sentada hasta este momento frente al tocador, se acercó hacia la que en un tiempo fue su mejor amiga, por no decir la única—. Cristina, ¿de verdad me estás diciendo que hay cosas peores que el hecho de que, en el día más importante de tu vida, aparezca un maldito grano en toda tu frente para protagonizar, a pesar de todo el empeño y el esfuerzo que he hecho para convertirme en la novia más preciosa que nadie haya visto, la mayoría de los comentarios que se hagan durante el banquete?

Por un momento, Cristina decidió guardar silencio ante la virulencia con la que se había mostrado su amiga, observando cómo, detrás de la figura de Noelia, tanto Ruth como Macarena contenían con todas sus fuerzas sus risas.

—Bueno... Noe... De verdad que te entiendo, pero... créeme si te digo que hay cosas peores —aseguró de nuevo Cristina, con cierto miedo en su voz, mientras se mordía su labio inferior, preparándose para recibir un puñetazo de la persona que la había motivado a desplazarse hasta la ciudad de Sevilla.

—Mira, Cristina, si no fuera…

—¡Ahhhhhhhh! —interrumpió súbitamente a Noelia un agudo y estrepitoso grito, procedente de otra habitación, con el cual, sin que ninguna de las cuatro mujeres allí reunidas lo supiera, daba comienzo una historia que, con el tiempo, acabaría dando la razón a Cristina.

En realidad, había cosas mucho peores que podían sucederte en el día de tu boda más allá de la aparición de un pequeño grano en la frente. Claro que las había, y, lo peor de todo, era que estaban a punto de descubrirlas.

2

Una figura entre las sombras

Verónica se levantó sintiendo una extraña sensación de pesadez en su cuerpo.

La noche previa al gran día que tantos y tantos quebraderos de cabeza le habían provocado desde que su sobrina le comunicó su intención de casarse en Sevilla, ella, junto al resto de su familia, estuvieron celebrando el gran acontecimiento, una vez acabaron de visitar los rincones más emblemáticos de la capital hispalense, en una terraza cercana al Guadalquivir.

Los tercios, los cazones en adobo, los montaditos de pringá y los chicharrones satisficieron el apetito de los comensales al mismo tiempo que el ambiente andaluz y las expresiones manchegas se entremezclaban en una perfecta sincronía. La alegría, los recuerdos de tiempos pasados, los chascarrillos y demás comentarios, presentes todos ellos siempre en cualquier reunión familiar que se precie, hicieron las delicias de todos los miembros allí reunidos, de todos… con una única salvedad.

Verónica, además de tener que soportar a su hermana Carmen, la cual no paró en ningún momento de presumir de sus dos maravillosas hijas, no pudo evitar sentirse angustiada durante toda la visita guiada y la posterior cena, por más que lo intentó, debido a la negativa de Mercedes, su anciana madre y matriarca de la familia, de acompañarlos en la visita de las calles del hermoso lugar donde su nieta había decidido casarse. A pesar de que esta era la primera vez que toda la familia, en conjunto, salía del pueblo manchego en el que hacían vida desde la muerte de su padre, ocurrida hacía ya dos años a consecuencia de la pandemia que paralizó el mundo, su madre seguía empeñada en mantenerse encerrada en el aura de dolor y angustia que la impregnaba desde la marcha de su marido.

—¡Qué no voy a ir a ningún sitio, he dicho! Bastante es que me habéis engatusado ya para ir a la boda como para que, encima, tenga que visitar la dichosa ciudad. Mañana iré a la boda, veré casarse a mi nieta y, antes de que sirvan el primer plato, estaré de nuevo encerrada en mi habitación —fue la sentencia que, una y otra vez, Mercedes repitió durante el largo trayecto que separaba a su residencia manchega, un gran caserón en el que había vivido durante toda su vida y que ahora compartía con la familia de su hija pequeña, del hotel sevillano en el que se alojarían para la ocasión.

Por todo ello Verónica, con el desazón de haber dejado a su madre en el hotel acompañada únicamente de su cuidadora, una muchacha ucraniana a la que jamás, a pesar de que llevaba más de una década trabajando para la familia, había terminado de tragar, decidió, una vez consideró que había estado el tiempo suficiente junto al resto de su familia en aquella terraza, regresar al hotel para comprobar que su madre se encontraba bien, dejando en la mesa a su marido Raimundo, que se encontraba como pez en el agua, y a su hija Lorena, la cual parecía estar disfrutando por primera vez en mucho tiempo al lado de sus dos primas y de las dos amigas de la prometida.

La imagen, pensó Verónica antes de levantarse de la mesa, resultaba idílica. Incluso llegaban a parecer una verdadera familia. Todos juntos, riendo y brindando al unísono, celebrando con ilusión la buena fortuna de su sobrina.

Ya en el hotel, el mismo donde toda la familia al completo iba a pasar todo el fin de semana de la boda, Verónica descubrió a su madre durmiendo en su cama, agotada después de la larga jornada de viaje vivida. Tras esto, antes de marcharse a su habitación, intercambió algunas palabras con Mihaela, la joven cuidadora, para preguntarle sobre cómo la anciana había pasado la tarde y, tras asegurarse de que todo había transcurrido con absoluta normalidad, Verónica se marchó a su habitación, la cual daba pared con pared con la de su madre.

Allí, tras sentir una gran liberación al descalzarse, pues los zapatos que se había comprado para la ocasión le habían provocado unas pequeñas rozaduras en sus talones, Verónica cambió su vestido veraniego por un fino camisón antes de introducirse en la amplia y mullida cama de matrimonio que presidía su estancia.

Sumergida en profundos sueños que sería incapaz de recordar al día siguiente, Verónica únicamente se desveló cuando su marido, a una hora indeterminada de la noche, apareció en la habitación.

Raimundo, que había bebido y comido como si le hubiese ido la vida en ello, avanzó, con paso tambaleante, hasta la cama pero, bien por desconocimiento o bien por torpeza, quizás por ambas cosas, antes de alcanzar el lugar en el que descansaba su mujer se cayó de bruces contra el suelo al tropezar con una de las lujosas alfombras que cubría el pavimento del dormitorio. El estrépito que provocó con su caída hizo que, por un breve momento, Verónica se desvelara y, algo malhumorada e intentando sostenerse del fino hilo que todavía la unía al sueño, se limitó a emitir un simple gruñido, casi inconsciente, que Raimundo, a pesar de estar bañado en sudor, alcohol y cansancio, supo interpretar a la perfección y, tras maldecir su mala fortuna con aquel estúpido elemento ornamental, logró al fin quitarse la ropa en silencio antes de introducirse, con la mayor delicadeza que le fue posible, entre las sábanas.

Ya por la mañana, después de unos minutos revolviéndose, Verónica tomó la decisión de incorporarse de la cama y, tras subir un par de centímetros la persiana de la ventana, lo suficiente para que entrase un poco de claridad en la habitación, descubrió que su marido continuaba sumido en un profundo y, aparente, plácido sueño, a juzgar por los tronadores y estrepitosos ronquidos que salían de su inmensa boca. Mientras negaba con la cabeza ante aquella imagen, Verónica vislumbró la doblez de la alfombra que había provocado el pequeño traspiés de su marido y, al ver aquello, no pudo evitar dibujar una pequeña sonrisa en su rostro. A pesar de que en muchas ocasiones Raimundo resultaba ser un poco burro, pensó para sí Verónica, había tenido suerte con él. Tenía sus cosas, sí, pero era un hombre bueno, fiel y leal. Comparado con el tipo con el que había acabado mi hermana, era todo un tesoro.

—Voy a ver cómo ha pasado la noche mi madre y ayudaré a Mihaela a bañarla. Vete duchándote para que cuando vuelva me pueda meter yo.

Raimundo, inmerso todavía en sus ronquidos, no alcanzó a escuchar la directriz que le acababa de dar su mujer.

—¡Raimundo! —alzó la voz mientras agitaba el hombro de su marido, quien, al fin, con aquel movimiento, pareció despertarse.

—Uggh... Creo que... Anoche me pasé con... —empezó a balbucear, soñoliento, mientras entreabría sus ojos y con la mano derecha se acariciaba, con delicadeza, su cada vez más despoblada coronilla.

—Vamos, Raimundo, tira a ducharte anda. ¡Qué al final nos va a pillar el toro, venga! —apremió Verónica a su marido, mientras se cubría su camisón con una de sus mejores batas de tela, repleta de flores coloridas, antes de salir de la habitación.

—Ya voy, ya voy. ¡Qué mujer, ni en fiestas deja descansar a uno!

Verónica hizo caso omiso a aquellas palabras y, una vez se aseguró de que éste se incorporaba de la cama, cerró con un golpe seco la puerta, zanjando con aquel movimiento la breve revolución de Raimundo contra su autoridad e iniciando, sin saberlo, el camino hacia lo que se iba a convertir en su calvario particular.

Por expresa petición de Verónica, la habitación de su madre se encontraba justo al lado de la asignada para ella y su marido. Ella, al contrario que su hermana, quiso estar lo más cerca posible de su madre por si en cualquier momento ésta la requería, continuando con la labor que llevaba desempeñando durante toda su vida. Al final, al alojarnos en un hotel tan pequeño, mi hermana no ha podido irse muy lejos, se dijo Verónica para sí con satisfacción mientras lanzaba su mirada hacia la puerta que quedaba justo frente a la de su madre.

Al llegar a la altura de la habitación de su madre, mientras rebuscaba en uno de los bolsillos de su bata la tarjeta con la que abrir la puerta, se sorprendió al descubrir que ésta se encontraba entreabierta.

—Vaya con Mihaela, para que luego todo el mundo diga que es maravillosa. Será idiota, mira que dejarse la habitación de madre abierta… Verás cuando la vea, no va a llevar frío —maldijo Verónica, entre dientes, mientras empujaba la puerta y se introducía en la lujosa estancia donde, horas antes, había dejado a su madre durmiendo.

—Buenos días, madre. ¿Qué tal has pasado la noche? —preguntó Verónica, mientras recorría el amplio pasillo que llevaba al dormitorio.

Sin embargo, el silencio fue la única respuesta que tuvo su pregunta.

Aquello supuso toda una sorpresa para ella dado que su madre, de siempre, acostumbra a levantarse antes de las siete de la mañana pues, a su modo de ver y tal y como le gustaba recordarle a su hija cada mañana que se encontraban desayunando, una debía predicar con el ejemplo si quería que sus trabajadores se levantasen pronto a trabajar.

—Buenos días, ma… —saludó de nuevo Verónica antes de quedarse sin habla, tras descubrir la extraña postura que se dibujaba sobre la cama donde descansaba su madre.

Sumida entre las sombras y el silencio, la anciana se encontraba tumbada boca arriba, justo en el centro de la cama, tapada por un largo camisón y con las manos apoyadas sobre su pecho, las piernas bien juntas y la cabeza ladeada hacia el lado izquierdo, mirando hacia una ventana que, en aquel momento, se encontraba cerrada.

—¿Ma… Madre? —logró preguntar Verónica, entrecortada por el terror que acababa de aparecer en ella y que comenzó a extenderse, de manera inexorable, por todos los rincones de su ser.

Nuevamente, al igual que con su primera pregunta, Verónica obtuvo un estruendoso silencio por respuesta.

—¡¡¿Madreee…?!! —repitió la mujer, con un tono más agudo y marcado por la angustia que el anterior, al mismo tiempo que agarraba el tiro de la persiana, oculto tras las lujosas cortinas blancas de lino que cubrían el amplio ventanal de la habitación.

El traqueteo ascendente del mecanismo de las persianas obedeciendo la orden dictada por la temblorosa mano de Verónica hizo aparición en la estancia, resquebrajando por completo la tensa calma que, hasta ese movimiento, había reinado en aquel oscuro lugar.

Al momento de iniciarse el ascenso de las persianas, varios hilitos de luz comenzaron a precipitarse en el interior de la habitación destruyendo, con su fino destello, la lúgubre oscuridad en la que esta se encontraba sumida y descubriendo, para horror de Verónica, la ensangrentada cama sobre la que se encontraba tumbada, con una gélida serenidad, su anciana madre marcada por dos elementos: Una terrorífica mirada bañada en dolor y un vientre del que sobresalía el fino mango de un cuchillo.

Verónica, presa del pánico, soltó de golpe la persiana que le había revelado aquella macabra escena y, con toda la fuerza que pudo, expidió un grito que eclipsó por completo el golpe seco que produjo la persiana al retornar a la posición en la que se encontraba previamente, envolviendo de nuevo toda la estancia en la más angustiosa y profunda oscuridad.

3

Una voz desgarradora

Un portentoso chillido desveló por completo a Carmen del sueño en el que se encontraba sumida.

Con el pulso acelerado por aquel sobresalto, se incorporó con celeridad de la cama y, antes de alcanzar al interruptor de la luz para iluminar la estancia en la que se encontraba, fue consciente de que dos cosas andaban mal en ese momento.

La primera, era aquel terrible alarido con el que había amanecido en aquella mañana tan especial y que, a pesar de estar todavía soñolienta, supo que procedía del exterior de su habitación. La segunda, la que verdaderamente ocupó toda su preocupación, fue descubrir que el imbécil de su marido no se encontraba junto a ella en la cama.

Pablo, que así se llamaba su prófugo marido, se había convertido en todo un dolor de cabeza tanto para ella como para el resto de su familia.

A pesar de que, tras la muerte de su suegro, su yerno Raimundo y su marido se habían hecho con las riendas de la bodega familiar, la realidad era que éste último seguía comportándose de una manera opuesta a la presencia y valores por los que sus padres, quienes levantaron la empresa de la nada, tanto habían luchado por demostrar y asociar a la marca familiar. Su manera de ser, la misma de la que tantas veces le advirtió su padre cuando de joven comenzó a salir con él, se había convertido en el mayor de los problemas de una Carmen que temía, casi más que a la muerte, que los divertimentos de su marido llegaran a oídos de las vecinas del pueblo. Era muy consciente de que su matrimonio había fracasado, que su relación con el padre de sus dos únicas hijas llevaba muerta desde hacía mucho tiempo pero, tal y como se había prometido a sí misma sin que sus hijas ni nadie más lo supiera, debía aguantar toda esta farsa al menos hasta después de la boda.

—En fin... —terminó diciéndose para sí, más asqueada que dolida, mientras observaba la inmensa cama matrimonial, enmarañada en uno de sus lados—. Espero que al muy imbécil no se le ocurriese emborracharse lo suficiente como para cometer alguna estupidez que lo estropee todo.

Y así, mientras maldecía una y otra vez la figura de su marido, y tras asegurarse de que su camisón quedaba parcialmente cubierto por una pequeña mantilla de seda negra, Carmen emprendió la marcha hacia la puerta de su habitación con la intención de salir al pasillo y poner con ello fin a uno de los dos misterios con los que había despertado aquella calurosa mañana.

Con su melena alborotada y todavía con el sueño reflejado en su pesado rostro, desconocedora de la hora que era, Carmen se asomó al lujoso pasillo y descubrió que, al igual que había hecho ella, su hija Noelia, acompañada por las dos mujeres que había elegido para ser sus damas de honor y por otra joven a la que no conocía, se encontraban asomadas desde la puerta de su habitación con evidentes gestos de preocupación.

—Mamá, ¿también has escuchado ese grito? —preguntó Noelia, con la voz algo rasgada y con la cara emborronada por el maquillaje corrido.

Carmen, que mientras escuchaba a su hija formular la pregunta se acercó a ella, se limitó a asentir con la cabeza y, justo cuando iba a contarle que aquel grito por el que le preguntaba era el mismo que la había despertado, un lamento atravesó por completo su ser.

—Pe… Pero, cariño… ¿Qué diantres te has hecho en la cara? —preguntó Carmen, con un tono marcado por la sorpresa y el miedo a partes iguales, tras ver que diferentes capas de maquillaje se habían dispersado de forma alocada por el fino y dulce rostro de su hija.

—¿Verdad que es un desastre? Hoy, justo hoy ha tenido que salirme un maldito grano en toda la frente. ¿Te lo puedes creer? —respondió Noelia, con gran pesar.

—Bueno, hija, tampoco creo que sea el fin del mundo. No es motivo para liarse a llorar de esa manera, mira lo que has hecho con todo el maquillaje… En fin, seguro que esta muchacha te lo solucionará, ya verás como logrará que ese granito apenas pueda verse. ¿Verdad? —preguntó Carmen, de una manera inquisitorial, a la joven que no conocía y que dedujo en ese instante que se trataría de la prima de Ruth, una muchacha de la que le hablaron en el día de ayer y que, según le comentaron, se encargaría de maquillar y de peinar a su hija para el gran día.

La joven, de nombre Macarena, asustada por lo mal que le habían hablado de aquella mujer, se limitó a asentir para, acto seguido, sin mediar mayor palabra, adentrarse de nuevo al interior de la habitación a revisar sus pinceles y sus pinturas. Cualquier cosa, pensó para sí, antes que quedarme aguantando a esta horripilante mujer.

—Veo que es muy calladita, me gusta —afirmó Carmen, una vez la joven estuvo en el interior de la habitación—. ¿Y vosotras dos, ya estáis preparadas? —preguntó a las mujeres que acompañaban a su hija y que, en este día tan especial, estaban llamadas a interpretar el papel de damas de honor.

Ambas jóvenes, que ya se encontraban maquilladas y peinadas, guardaron silencio mientras Carmen examinaba con atención sus vestidos. Definitivamente, sentenció para sus adentros, Cristina, la amiga de toda la vida de su hija, estaba a años luz del estilo y porte que ofrecía Ruth.

—Así es, señora Romero. Decidimos levantarnos pronto esta mañana, antes de que se despertase su hija, pues queremos que toda nuestra atención y concentración esté puesta en la verdadera protagonista del día —se apresuró a responder Ruth, en nombre de las dos, con una enorme sonrisa y con un timbre de voz tan dulce y cuidado que hizo las delicias de Carmen—. ¿Qué le parece, le gusta mi vestido?

Tras formular la pregunta, Ruth se separó un poco de Noelia y Cristina con la intención de mostrar con más detalle el ostentoso vestido, de color zafiro con un escote en V y la espalda al aire, que resaltaba toda su figura, desde sus largas y trabajadas piernas a su delicado cuello, haciendo de ella una verdadera joya andante.

—Estás radiante, Ruth, como siempre. No esperaba menos —aduló Carmen a la joven sevillana, al mismo tiempo que comprobaba con sus propias manos la calidad textil del vestido.

—Señora Romero —interrumpió Cristina, algo molesta al verse ninguneada por la madre de su mejor amiga—, ¿no sabrá, por casualidad, de dónde vino ese grito?

Carmen, que seguía contemplando la figura de Ruth mientras se lamentaba por no haber nacido un par de décadas más tarde para poder haber lucido ese tipo de vestidos sin que ninguno de sus padres la reprendiera, volvió al mundo real tras escuchar la pregunta que le había formulado Cristina y a la cual, tras dirigirle una fría mirada, respondió con una lenta negación con la cabeza.

De repente, mientras Carmen se disponía a efectuar un nuevo comentario sobre un detalle del vestido de Ruth, un nuevo grito, en forma de palabra, robó por completo todo el interés de las mujeres que se encontraban en el pasillo.

—¡Ayudaaaaa!

Todas giraron sus cabezas hacia la puerta de la que creyeron que procedía aquella desgarradora súplica.

—¡Dios mío! —exclamó la novia asustada—. Me ha parecido que era la tía.

—A mí también... sí —confirmó Carmen, con cierta intranquilidad en su voz y, ahora sí, el miedo dibujado en su rostro.

—Creo que venía de la habitación de doña Mercedes —apuntó Cristina, mientras señalaba hacia la puerta de la habitación de la anciana, la misma hacia la que todas las personas allí reunidas habían dirigido sus miradas.

Las cinco mujeres que se encontraban en mitad del pasillo, pues Macarena, al escuchar aquella voz desgarradora suplicante, se había unido al grupo, se dirigieron, con las pulsaciones disparadas, hacia aquella puerta que ahora, con la angustia y la tensión del momento, parecía encontrarse a kilómetros de distancia.

—¿Verónica, va... va todo bien? —acertó Carmen a preguntar a su hermana, entrecortada, mientras dirigía sus pasos hacia la estancia de su madre.

—¡¡¡¡Carmen, han ma... Madre!!!!

Fueron las únicas palabras que Verónica fue capaz de formular, completamente fuera de sí, haciendo que las cinco mujeres que, en ese momento, se adentraban en el interior de la habitación sintiesen que el mundo entero se detenía a cada paso que daban.

Una vez recorrieron, en silencio y con las pulsaciones disparadas, la distancia que las separaba del dormitorio, todas ellas se toparon con una escena aterradora y que quedaría por siempre grabada en sus memorias.

Sentada, sobre una cama ensangrentada y completamente desbordada, Verónica, desgarrada y sumida en un dolor infinito, sostenía entre sus brazos el inerte cuerpo de su madre en una escena que recordaba a la obra de la Pietá de Miguel Ángel.

Carmen guardó como pudo la compostura, limitándose a abrir un poco más de lo normal sus ojos al tiempo que sus pupilas se acomodaban a la luz del lugar. Cristina, por su parte, se llevó las manos a la boca, en un gesto que fue imitado por Ruth. Noelia, a su vez, cayó al suelo sin remedio pero con la suerte de que logró apoyar sus manos justo antes de golpearse, evitando con ello una caída mayor. La última de las cinco mujeres que se habían encontrado ante aquella pavorosa imagen, Macarena, desbordada por la situación, sin ser consciente de ello, estalló en un grito que reverberó por todas las paredes del hotel, captando con ello la atención de todos los huéspedes que en ese instante seguían dormitando plácidamente, desconocedores de la terrible escena que acababa de descubrirse y que amenazaba con truncar el plan que se había trazado para este día que estaba llamado a ser único y especial.

4

Un viaje ilusionante

Para Lorena esta era la primera vez que se encontraba tan lejos de su casa y, para su sorpresa, ahora, tumbada en la cama de su habitación, debido a que tenía muy pocas expectativas en lo referido a este viaje, se sentía feliz por encontrarse en este lugar.

Atrás había dejado el gran pesar que le sobrevino después de conocer las intenciones de su prima de casarse en Sevilla. Ella, a pesar de pertenecer a una familia pudiente y de gozar, por ende, de una buena posición económica, no era muy dada a los viajes, principalmente porque sus padres así se lo habían inculcado desde pequeña. Sin embargo, desde el comienzo de este viaje, el cual realizó en un coche particular acompañada por su abuela y sus padres, la joven se había mostrado muy ilusionada al descubrirse ante nuevos y diferentes lugares asomada por la ventanilla del coche mientras notaba que en su interior, el interés y sus expectativas ante este fin de semana se acrecentaban a medida que se acercaban a la capital hispalense.

El día anterior al enlace matrimonial había transcurrido mejor de lo que nunca pudo llegar ni tan siquiera a imaginar.

La tarde, pues llegaron a la ciudad pasadas las cuatro, comenzó, una vez deshicieron sus maletas en el hotel en el que toda la familia se alojaría, con un plácido paseo por las calles de la ciudad acompañados por los comentarios y datos que su prima Marta, historiadora y gran conocedora de la ciudad, trasladó, con gracia, a sus familiares. Ante las notas que su prima le transmitía, Lorena, con atención, descubrió ante sí un lugar mágico e increíble, despertándose en ella la sensación de que en cada rincón o en cualquier muro que se dibujaba ante sus ojos había una misteriosa e intrépida historia por descubrir.

A continuación, una vez su tía consideró que ya habían visitado suficientes monumentos, toda la familia se sentó en una terraza desde la cual se podía observar el paso lento y sosegado de las aguas del Guadalquivir. Allí, mientras degustaban diferentes elaboraciones típicas de la zona, Lorena disfrutó con cada uno de los chistes de su padre, con cada anécdota que sus primas arrojaban acerca de sus experiencias universitarias más divertidas y con los chascarrillos que Ruth, la amiga de su prima mayor, relataba sobre algunas de las situaciones más pudorosas que su prima jamás se habría atrevido a desvelar ante su familia, haciendo de todo ello un marco especial en el que la joven disfrutó como hacía tiempo que no lo hacía.

Ya entrada la noche, un par de horas después de la marcha al hotel de su madre, ella y su padre, algo cargado éste último, pidieron un taxi para que los acercara al hotel. Durante el viaje de regreso, en el interior del coche, Lorena, entre risas, consiguió negarse, a pesar de que en el fondo le habría gustado quedarse un rato más, a las continuas peticiones de su padre para quedarse en aquella terraza donde todavía continuaban con la fiesta sus dos primas, su tío Pablo y las dos amigas que acompañarían a su prima al altar en el día de mañana.

Ya en el hotel, después de ver como su padre molestaba a la joven recepcionista contándole con todo lujo de detalle todo lo que habían hecho a lo largo de la jornada, Lorena logró dejarlo, sano y salvo, en la habitación donde su madre se encontraba ya durmiendo y, tras recorrer el pasillo, pues su estancia se encontraba justo en la otra punta que la de sus padres, se introdujo en ella y, sin tan siquiera ser capaz de quitarse sus sandalias, se dejó caer sobre el suave y mullido colchón, agotada por todas las emociones y experiencias vividas a lo largo de esta jornada.

Ya por la mañana, agotada por lo vivido en el día anterior, Lorena fue incapaz de escuchar el grito que pronunció su madre al descubrir el cadáver de su abuela y, mientras por el pasillo comenzaba a extenderse un halo de duda y suspense entre algunas de las huéspedes del lugar ante aquella estridente voz que había perturbado todo el ambiente, la joven se arremolinó sobre sí, en un movimiento con el que parecía querer proteger su dulce sueño de todo el murmullo exterior que se estaba formando y que amenazaba con romper la paz y tranquilidad en la que la joven se encontraba sumida.

Sin embargo, aquel pequeño silencio que, por un instante, pareció lograr con este suave movimiento, se resquebrajó por completo cuando sus oídos expandieron en su interior un alarido, mucho más profundo y grave que el primero y que, esta vez sí, acabó despertándola de su plácido y dulce sueño. Dando comienzo, en aquel momento, a las peores horas de su vida.

5

Alguien ha matado a mi madre

El hotel, de nombre “El Real”, en el que la familia Romero Reina decidió alojarse para pasar este fin de semana tan especial, fue construido a finales del siglo XIX siguiendo la línea del lujo y de la pomposidad propia del momento de su construcción, siendo conocido, además de por haber contado con la presencia de incontables gentes ilustres venidas de todas partes del país y del continente, por erigirse en el pleno corazón de la ciudad hispalense, a escasos metros de la catedral de Santa María de la Sede.

Gracias a las hermosas y artísticas escaleras que comunican sus cuatro plantas, al ascensor enrejado central, a las molduras con motivos vegetales que adornan sus techos, a la delicada bóveda de cristal que ilumina la lujosa recepción, a las amplias y robustas alfombras que cubren el lujoso pavimento, a los pesados y deslumbrantes muebles que se disponen a lo largo de los pasillos y a las esplendorosas lámparas de araña que alumbran cada uno de los bellos rincones de este lugar, puede afirmarse, sin ningún tipo de pudor, que “El Real” es uno de los recintos hosteleros más atractivos de toda la ciudad.

Catalina, la joven recepcionista que había estado toda la noche al pie del cañón, sentía en aquella mañana que la pesadez brotaba de cada uno de los poros de su piel. Los turnos de noche del viernes eran, con diferencia, los peores a los que tenía que enfrentarse a lo largo de sus jornadas laborales. La cantidad de gente que salía y entraba del hotel durante la quinta noche de la semana, a pesar de que éste contaba con pocos huéspedes dado su reducido número de plazas, era constante, teniendo, por ello, que estar alerta durante la mayor parte del turno.

La joven en la que varios, no pocos, huéspedes solían reparar por su hermosa mirada aniñada y su tono de voz complaciente, se había visto obligada a trabajar en aquel hermoso lugar para poder mantenerse hasta que su sueño, que muchos de sus conocidos tachaban de irreal, se hiciese realidad. Hacía ahora más de un año desde que había culminado sus estudios universitarios y, a pesar de la incertidumbre de la pandemia, había logrado este puesto de trabajo gracias a su buen dominio con las lenguas. Sin duda, no era su trabajo soñado pero pagaba las facturas y eso, en estos tiempos, era todo un tesoro. Además, no todo era malo, el horario nocturno, en el que siempre trabajaba, solía suponer algo menos de trabajo que los turnos de mañana o de tarde, e incluso, en las noches más tranquilas, podía compaginar su labor con la única tarea que verdaderamente sentía que la llenaba por dentro.

Todavía el reloj no marcaba las nueve de la mañana cuando Catalina, que acababa de poner en práctica los cuatro principios marcados por su jefe —véase: sonreír, escuchar, complacer y despedir—, con una joven pareja inglesa que se encontraba inmersa en ese periodo de enamoramiento donde solamente estás tú y esa otra persona, recibió una llamada que provocaría que su turno se alargase más de lo esperado.

—Buenos días, le atiende Catalina Hidalgo. Dígame en qué puedo ayudarla, señora... Reina —respondió la joven, con aquella voz que tanto encandilaba a sus huéspedes, después de dar con el nombre al que estaba asignada la reserva de la habitación 203, pues le gustaba dirigirse de manera personal a los huéspedes.

—Alguien ha matado a mi madre, haga el favor de llamar a la policía y a una ambulancia —respondió una voz fría y contundente al otro lado de la línea.

Catalina, al escuchar estas palabras, se quedó paralizada, aferrando su mano derecha al viejo aparato telefónico mientras trataba de procesar toda esta información que le acababa de golpear con la misma bravura de un mar picado estrellándose contra un rompeolas.

—¿Cómo... Cómo dice, señora Reina? —fue lo único capaz de decir la joven, después de unos segundos de duda.

—Soy su hija, Carmen Romero, y le estoy diciendo que alguien ha matado a mi madre, así que déjate de tonterías y llama a la policía de una maldita vez.

—Voy —fue lo único que acertó a decir una Catalina que, nada más colgar, comenzó a rebuscar en la agenda de su móvil el número personal de su jefe mientras que en el teléfono fijo, que se encontraba sobre su mesa de trabajo y por el que acababa de recibir aquella terrible noticia, comenzó a marcar el número de emergencias.

Jamás, se dijo para sus adentros mientras ambos aparatos telefónicos emitían sus respectivas señales, se había imaginado que tuviera que enfrentarse en algún momento a una situación como esta.

"*Alguien ha matado a mi madre*", resonó de nuevo en su cabeza mientras los tonos de llamada continuaban retumbando por los auriculares.

Aquella noche, reflexionó la joven recepcionista, entre todas las personas que recibí y despedí, se encontraba una que contaba con la suficiente maldad y sangre fría como para ser capaz de haber arrebatado la vida de otra persona y, en aquel instante, mientras realizaba esta reflexión, esperando una voz que la guiase en aquel crítico momento, en su cabeza se dibujó la silueta de una pareja que había entrado en el hotel durante aquella noche.

—No puede ser, seguro que no...—estaba diciendo en voz alta, sin darse cuenta de ello, justo en el momento en el que la voz de don Teodoro reverberó, con fuerza y en un tono marcado por el enfado, en su móvil, evidenciando que aquella llamada lo había importunado.

—Catalina, mujer... Más vale que haya una buena razón para...

—Don Teodoro, tenemos un grave problema —fue lo único que la joven escritora fue capaz de decir, mientras intentaba diluir el recuerdo de aquella pareja que había acudido a su mente.

—Pues ya puede ser grave, Catalina. Anoche estuve con mi mujer y sus benditas hermanas en un restaurante donde nos sirvieron un vino horrible y te ju… —empezó a relatar Teodoro, manteniendo la molestia en su voz, antes de ser cortado de nuevo por la recepcionista.

—Señor, le llamo para decirle que se ha producido un asesinato en el hotel —terminó diciendo con contundencia Catalina, al ver que su jefe, tal y como solía hacer, se alargaba en su relato.

Por un instante, y por vez primera desde que lo conocía, Catalina pudo escuchar el silencio de don Teodoro mientras los tonos de llamada al servicios de emergencias seguían sonando a través del aparato telefónico que sostenía en la otra mano.

—¿Señor…? —preguntó la joven recepcionista, preocupada al ver que su jefe no respondía y temerosa de que hubiera sufrido algún tipo de colapso al conocer aquella noticia.

—¡Me cago en lo más grande! —acertó a decir, después de un tiempo de reflexión—. Llama a la policía. Me visto y voy para allá enseguida. Me cago en la… —comenzó a lamentarse don Teodoro, mentando a todos los santos y vírgenes habidos en los pasos procesionales de la ciudad.

Catalina, sin embargo, no alcanzó a escuchar sus palabras pues su jefe no había terminado de pedirle que llamase a la policía cuando del teléfono fijo que mantenía pegado en su oreja izquierda emanó un claro, firme y esperanzador:

—Servicios de emergencias, ¿en qué podemos ayudarle?

La noche que acababa de llegar a su fin había transcurrido como cualquier otra. Sin embargo, ahora, a raíz de la escena descubierta aquella mañana en la habitación 203, nada volvería a ser igual, susurró para sus adentros la joven recepcionista mientras informaba al servicio de emergencias de lo ocurrido y olvidaba, por un momento, a la extraña pareja que, en mitad de la noche, había entrado y salido del hotel en cuestión de minutos.

6

La misteriosa S. Dogood

Tomás, igual que le llevaba ocurriendo durante cada una de las últimas veinte semanas de su vida, había pasado una noche terrible.

En total, con la de hoy, el inspector jefe González cumplía ciento cuarenta días de insomnio incontrolado que tenía su origen en la aparición de una pequeñita persona que había alterado su mundo por completo.

Su hija, Estrella, era la causa de sus pocas horas de sueño y, a pesar de que con ella había llegado más amor, felicidad e ilusión que en cualquier otro momento de su vida, en el fondo, por más que disfrutaba de su pequeña, no podía dejar de pensar que el poco descanso que disfrutaba desde su nacimiento iba a terminar pasándole, tarde o temprano, factura y esto, teniendo en cuenta su trabajo, no podía permitírselo.

Atrás había quedado ya su periodo de paternidad que le había ayudado, tanto a él como a su mujer, a sincronizarse en las tareas del hogar y en las demandas, siempre ingentes, que su pequeña les exigía a base de llantos. Ahora, una vez acabado este permiso, era Marga, su mujer, la que, gracias a que había logrado un permiso para teletrabajar desde su casa, se quedaba al cuidado de Estrella mientras que papá salía, tal y como le susurraba la madre a su pequeña cada vez que las dos se asomaban a la puerta de la casa para despedirle, a atrapar a los malos.

Desde el final del periodo de paternidad, las noches, siguiendo lo acordado por el matrimonio, se habían convertido en una lucha constante para Tomás ya que, mientras su mujer, con el fin de poder desconectar unas cuantas horas del cuidado de la pequeña con la que pasaba todo el día, dormía plácidamente en su cama de matrimonio, él se quedaba velando por los sueños de Estrellita en el salón de la planta baja, pegado a su cuna y con los ojos siempre bien abiertos.

—Es lo mínimo que puedo hacer —se justificaba el inspector cada vez que su mujer le expresaba las dudas que surgían en ella ante aquella situación, fruto en gran medida de la culpabilidad que sentía al separarse de su pequeña durante la noche.

Hacía ahora más de una hora desde que el sol había comenzado a bañar el mundo cuando Tomás, al fin, tras horas de balanceos interminables que buscaban el fin de los sollozos, logró cerrar sus ojos por primera vez en toda la noche. Sin embargo, para su desgracia, mientras mantenía todavía su mano derecha aferrada a uno de los barrotes que conformaban la pequeña cuna en la que yacía Estrella, el sonido de la muerte, siempre acechante, se dibujó en el salón rompiendo la calma que, por un breve momento, había logrado crear después del intenso combate nocturno que había mantenido con su pequeña.

El sonido de la muerte no era otra cosa que el nombre con el que, tanto Tomás como sus dos pupilos, habían denominado al tono de llamada que sonaba en sus teléfonos cada vez que uno de los tres llamaba al otro y que consistía en una melodía conformada por una serie de notas agudas ascendentes tocadas a piano.

Tomás, tal y como le sucedía cada vez que escuchaba aquella sucesión de notas, se despertó con rapidez y con la mirada, mientras se incorporaba con torpeza, comenzó a buscar su móvil mientras aquella horripilante melodía se expandía más y más por toda la habitación.

Tras varios segundos, que al inspector se le antojaron eternos y en los que el sonido del móvil se entremezcló con el leve quejido de la pequeña, que había comenzado a desperezarse después de que su padre se golpease, durante la búsqueda del móvil, el dedo pequeño del pie derecho contra una de las cuatro patas de la cuna, logró dar con el aparato y, mientras sentía un dolor incipiente y agudo en la zona donde había recibido el impacto, logró al fin desbloquear la condenada llamada.

—Buenas, Fabián, ¿qué hay? —respondió Tomás, con voz ronca pero baja, mientras comprobaba en qué estado había quedado su dedo.

—Buenos días, jefe. Espero que Estrellita le haya dejado dormir porque me temo que hoy vamos a tener un día movidito —le saludó, con voz animada, su joven compañero—. Nos han asignado un nuevo caso. Al parecer se ha producido un homicidio en el Hotel "El Real".

Al escuchar esto, Tomás, con el móvil pegado a su oreja, sintió que todo su cuerpo se contraía y, de forma inconsciente, respiró con pesadez. A pesar de los años que llevaba trabajando dentro del Cuerpo Nacional de Policía, ahora en el cargo de inspector jefe, y de la gran cantidad de casos en los que había trabajado, pues a pesar de superar por poco la cuarentena llevaba toda su vida profesional participando en este tipo de operaciones, seguía sintiendo un profundo dolor cada vez que le comunicaban un nuevo crimen, sabedor de que le llevaría a enfrentarse a los sentimientos y a las situaciones que se viven siempre, sin ninguna excepción, con cada caso.

Cuando a alguien se le arrebataba la vida no hay una única víctima, no. Hay maridos y esposas, hijos e hijas, amigos, conocidos y, en definitiva, una larga retahíla de individuos que, de una manera u otra, acaban viéndose afectados por la pérdida de una persona, por lo general de una manera cruel e injusta, y que él, como inspector jefe de la investigación, deberá encargarse de escuchar, consolar, animar y, por encima de todo, de darles justicia.

—El hotel se encuentra en la zona centro, concretamente en la esquina de...—retomó el hilo de la conversación Fabián, al escuchar el silencio con el que el inspector había respondido a su anuncio.

—Fabián, sé dónde se encuentra el hotel, no te preocupes. Es muy conocido y exclusivo, lleva toda la vida funcionando en la ciudad. Creo que incluso mis abuelos se alojaron en él después de su boda —se animó al fin a responder, volviendo en sí tras escuchar a su compañero—. ¿Por dónde andas, ya estás conduciendo? —preguntó, mientras comenzaba a balancear con suavidad la cuna de su hija, buscando evitar la erupción estromboliana en la que parecía amenazar en convertirse pues la pequeña seguía emitiendo pequeños gruñidos quejosos.

—Sí… Bueno, no. Acabo de montarme, ya sabes que jamás conduzco mientras hablo con el móvil —se apresuró a corregirse Fabián mientras Tomás, tras escuchar aquella respuesta, no pudo hacer otra cosa que negar con la cabeza. Habían sido muchas las ocasiones en las que le había advertido de que no condujese mientras hablaba por teléfono y, aun así, a pesar de todo, éste seguía sin cambiar—. Voy camino de tu casa, jefe. En diez minutos estoy allí.

—De acuerdo, Fabián, cuelga anda… Deberían retirarte el maldito carnet por irresponsable.

—Jefe, ¿si me retiran el permiso de conducción quién nos llevaría a los sitios? —le preguntó el joven, algo divertido, sabedor de que había tocado un punto crítico de Tomás.

—Cuelga anda, nos vemos ahora. Ten cuidado —terminó zanjando el inspector, mientras volvía a negar con la cabeza al mismo tiempo que se aseguraba de que su pequeña finalmente había tomado la decisión, por suerte, de seguir durmiendo en el interior de su cuna.

A sus cuarenta y tres años, Tomás, es uno de los miembros más respetados del cuerpo en la ciudad, tanto por todos sus años de servicio como por los casos resueltos con éxito, pero sabía que aquel era uno de los puntos más comentados por sus compañeros sobre su figura. Nunca, jamás, había compartido con nadie, ni tan siquiera con su esposa, el motivo que le había llevado a tomar la decisión de dejar de conducir. Sin embargo, se decía siempre para sus adentros cada vez que alguien sacaba aquel detalle, tenía motivos suficientes que lo justificaban, por supuesto que los tenía.

Otra muerte violenta... ¿Qué demonios está pasando?, se preguntó mientras salía del salón y comenzaba a ascender las escaleras que conducían a su dormitorio, el mismo donde se encontraba su mujer descansando.

Lo siento cariño, susurró para sí con dulzura al mismo tiempo que ante sus ojos se dibujó la figura de su mujer tumbada en la cama, ajena a toda preocupación. Le había prometido un largo y placentero sueño, pues hoy tenía turno de tarde, pero por su trabajo, su mujer sabía tan bien como él, que eso no significaba nada. Siempre debía estar disponible, al fin y al cabo, uno nunca sabe cuándo una persona tomará la terrible decisión de arrebatarle la vida a otra.

Después de trabajar durante los últimos quince años en la sección de homicidios, el inspector González podía decir que ha vivido todo tipo de situaciones. Ajustes de cuentas, robos con violencia y casos de violencia de género eran los más habituales en una carrera que, dicho sea de paso, estaba colmada de éxito, aunque, no por ello, libre de algunas heridas que, aun hoy, a pesar del tiempo transcurrido, seguían acompañándolo cada vez que iniciaba una nueva investigación. Por mucho que le recordasen que las sombras pasadas son simples reflejos de un tiempo que nunca volverá ni cambiará y que son mejor olvidar, aquello era una tarea que le resultaba simple y llanamente imposible.

Sin embargo, en los últimos tres casos en los que había participado tras el final de su periodo de paternidad, estos recuerdos que acudían a él cada vez que se le presentaba un nuevo caso habían sido sustituidos por una nueva preocupación. Una figura que no le daba respiro y que, al igual que su hija, le impedía conciliar el sueño; una mujer que había pasado de ser una completa desconocida, tanto para él como para el mundo entero, a convertirse, tras una serie de estelares actuaciones, en la persona que estaba en la boca de todo el Cuerpo Nacional de Policía y de la mayoría de los habitantes de la ciudad.

S. Dogood, nombre con el que se hace llamar esta extraña mujer, apareció de repente durante el transcurso de un caso en el que el cuerpo de un hombre de avanzada edad fue localizado en el interior de un pozo cercano al Guadalquivir. A Tomás, la investigación le pilló durante su periodo de baja y, ante su ausencia, fue ella y no sus compañeros del cuerpo, quien acabó resolviendo el caso de manera satisfactoria. De hecho, incluso el propio inspector, que a pesar de encontrarse de baja colaboró en algunos aspectos de la investigación, no tuvo más opción que aplaudir el trabajo realizado por aquella misteriosa mujer después de que, en un momento dado, todo tomara un cariz tan complejo que hasta él mismo llegó a dudar de si serían o no capaces de dar con la solución. Sin embargo, ante el asombro de todos, un día, de la noche a la mañana, S. Dogood, tras una serie de acciones realizadas sin permiso de nadie y siguiendo sus propias intuiciones, logró destapar una importante red de narcotráfico que llevaba trabajando en la ciudad y distribuyendo sustancias estupefacientes por toda la zona durante los últimos dos años sin que ninguna de las autoridades hubiera sido capaz de echarle el guante. Ninguna, claro, hasta que apareció aquella misteriosa figura que se hacía llamar con aquel maldito pseudónimo inglés.

Sea como fuese, desde aquel caso que tuvo recorrido internacional, la misteriosa S. Dogood ha estado presente durante cada uno de los días desde que Tomás regresó a su puesto de trabajo, contando incluso con el permiso de las altas esferas, a pesar de su reiterada oposición y queja, para participar en las investigaciones al entender que su presencia podría ayudar a mejorar la imagen del cuerpo. Buscamos algo más moderno y hollywoodiense, fueron las palabras textuales que le dijo el comisario durante una de sus reuniones.

Así las cosas, y con el pesar que esta situación le suponía, pues cada vez que se encontraba cerca de aquella mujer se sentía examinado en cada uno de sus pasos, Tomás comenzó a cambiarse de ropa mientras seguía contemplando como su mujer luchaba entre las sábanas por sostenerse en el profundo sueño en el que se encontraba inmersa.

Qué curioso, pensó mientras contemplaba la figura de su esposa tumbada en la cama, es ahora cuando más hermosa la veo. Ni ella ni yo somos ya esos jóvenes enamorados que buscaban cualquier momento y rincón para dar rienda suelta a nuestro amor y, sin embargo, es ahora cuando siento que es la mujer más increíble del mundo. ¿Cómo diablos no voy a pensarlo, si me ha dado el mayor regalo que alguien puede hacerle a otra persona?, terminó diciéndose para sí mientras posaba un dulce beso sobre la frente de Marga y la ponía al corriente de la llamada que acababa de recibir.

Hecho esto, y después de beberse con un gran sorbo el culo que quedaba en la cafetera de la cocina, se aseguró de que su pequeña seguía durmiendo plácidamente en su cuna y salió de su casa con decisión, encontrándose con un Fabián que ya le esperaba en el interior de su coche, con el motor en marcha, deseoso de dar comienzo la investigación que les esperaba.

Fabián, quince años más joven que el inspector, se encontraba en este momento encarando sus últimos meses como subinspector. Durante todo el tiempo que llevaba trabajando con él, desde que fue seleccionado por el propio Tomás junto a otra joven llamada Gema, se había comportado de una manera ejemplar y, a pesar de que en algunas ocasiones las ansias por demostrar su valía lo habían llevado a alguna que otra situación complicada, por lo general, Tomás se encontraba bastante satisfecho con su trabajo.

S. Dogood tendría el cariño y la curiosidad de los ciudadanos, así como el beneplácito de las altas esferas para poder trabajar en los casos, pero yo tengo los conocimientos necesarios y a dos personas dispuestas a dar hasta su último aliento para resolver el caso, pensó para sí, con satisfacción, mientras se introducía en el coche sabedor de que le esperaba, con la presencia o no de aquella misteriosa mujer, una mañana muy complicada.

7

Un juego de luces

Durante el trayecto hacia el hotel, Fabián se encargó de ir poniendo a Tomás al tanto de la situación mientras éste se limitaba a escuchar con atención, en silencio, observando a su vez que las calles de la capital andaluza empezaban a poblarse de unos turistas ávidos de ilusión por descubrir nuevos lugares en un día que ya, a pesar de que todavía era primera hora de la mañana, comenzaba a ser abrasador.

Tomás, desde que trabajaba en el Cuerpo Nacional de Policía, siempre había mostrado mucho interés en respetar los tres principios que, tal y como le inculcaron durante su periodo de prácticas, debían estar presentes en toda investigación y que consisten en: Limpieza documental o digitalizada, o lo que es lo mismo, llevar en orden cada una de las informaciones recogidas durante el proceso de investigación; Evitar la intromisión de cualquier persona ajena al equipo encargado del caso, algo que había respetado siempre hasta la aparición de S. Dogood; Antes de iniciar el proceso de investigación, conocer la situación a la que se enfrentaban, a poder ser, incluso antes de ver el escenario del crimen en persona.

—Al parecer —comenzó a relatar Fabián el mensaje que su compañera Gema, la cual ya se encontraba en el lugar del crimen, le había hecho llegar para cumplir con el tercer pilar fundamental que el inspector les había enseñado—, la víctima es una mujer de avanzada edad que se encontraba de visita en la ciudad con motivo de la boda de su nieta, programada para hoy.

—Vaya, menudo regalito de boda ha tenido la pobre —acertó a decir Tomás, tras conocer este detalle.

—Al parecer —continuó exponiendo Fabián, mientras Tomás lo escuchaba con atención—, el cuerpo ha sido descubierto por una de las dos hijas de la víctima, ambas hospedadas en el hotel, cuando se ha levantado esta mañana para ver cómo había pasado la noche. La anciana ha aparecido tumbada sobre su cama, donde, aparentemente, debía de encontrarse durmiendo cuando se produjeron los hechos. Presenta un apuñalamiento en la zona del vientre, siendo esta, al menos a primera vista, la única herida mortal que presenta. En principio, el escenario no muestra señal alguna de haber sido removido, aunque el equipo de la científica está recabando información. Al parecer, y con esto acabo, toda la familia de la víctima se encuentra expectante en mitad del pasillo, alrededor de la habitación donde se ha producido el crimen. Me temo que tendremos público esta vez —terminó diciendo el joven subinspector, esto último con desagrado.

Tomás asintió mientras en su cabeza procesaba toda aquella información que le había resultado, por la situación en la que se había producido, interesante. Una boda, toda la familia alojada en un mismo lugar, la matriarca asesinada… Tendremos que conocer qué relación tenía cada uno de los familiares con la víctima, pensó para sí con cierta pesadez, al imaginar las largas horas de conversaciones que se avecinaban.

—Buen trabajo, Fabián —terminó felicitando Tomás a su pupilo, mientras pasaba su mano por su rostro cansado, sintiendo con ello la barba de tres días que no le había dado tiempo a afeitarse y que, junto con las profundas ojeras que bañaban la orilla de sus ojos, le hacían lucir un aspecto demacrado y cansado. Me estoy haciendo viejo para esto, reflexionó para sí.

—Ha sido cosa de Gema, jefe. Yo sólo me he limitado a repetirte todo como un papagayo —respondió Fabián, con cierto humor, mientras detenía el coche frente al último semáforo que les separaba del lugar al que se dirigían—. Veo que hoy Estrellita tampoco te ha dejado dormir.

El inspector asintió con pesadez mientras que con sus dedos masajeaba sus párpados, intentando con ello borrar el cansancio que castigaba su cuerpo. Lo cierto era que su hija se había convertido en la cosa más maravillosa que le había ocurrido en toda su vida, pero también había transformado sus noches en una batalla inacabable de la que de momento, hiciese lo que hiciese, siempre salía derrotado.

—Vaya, Fabián, cualquiera diría que eres uno de esos agentes entrometidos que andan por ahí resolviendo casos —le contestó, con el ceño fruncido y mirando a un compañero que, a pesar de ciertas diferencias físicas pues jamás tuvo una musculatura tan desarrollada como la de su pupilo, le recordaba mucho a su yo de hace diez años.

—¿Eso es lo que van contando por ahí sobre mí, eh? Pues nada más lejos de la realidad —acertó a responder Fabián con sorna, haciendo que ambos comenzasen a reír.

Sin embargo, este ambiente distendido se evaporó por completo cuando, metros antes de llegar al hotel, se descubrieron ante el típico paisaje que se esbozaba cada vez que alguien había decidido acabar con la vida de una persona.

En la calle, cuatro coches policiales y dos ambulancias, todos ellos con sus respectivas luces de emergencia encendidas, así como un furgón de la funeraria, preparado para actuar en cuanto la jueza decretase el levantamiento del cadáver tras un dictamen rápido del forense, fueron el estridente comité de bienvenida que recibieron en este céntrico lugar.

Al bajarse del vehículo, ambos agentes pudieron comprobar que la mirada de los centenares de turistas que ya poblaban la zona, cobijados en la sombra de los edificios que se disponían alrededor de la catedral, se concentraban hacia el punto donde ellos se encontraban en lugar de dirigirse a la majestuosa y barroca iglesia o a las decenas de coches de caballo que se acumulaban en la plaza a la espera de algún turista dispuesto a dejarse una buena parte de su sueldo en un viaje por la ciudad.

—No sé por qué siempre tienen la maldita necesidad de llamar tanto la atención —se quejó el inspector, con amargor, mientras contemplaba aquel espectáculo de luces y de miradas—. Espero que haya venido Alfredo —añadió mientras cerraba su puerta, haciendo referencia al único forense de toda la ciudad con el que había llegado a entablar una buena relación laboral, gracias en gran medida a la calma y seguridad de la que siempre, el vetusto doctor, hacía gala.

Al llegar a la puerta del hotel se toparon con un joven policía que, al reconocerles, les saludó alzando su mano, siendo un gesto que fue correspondido tanto por Tomás como por Fabián con un leve levantamiento de cabeza mientras se adentraban en las entrañas del hotel.

Ya en el interior, ambos se descubrieron bajo la amplia y solemne bóveda de cristal que cubría la entrada y que despertó en ellos la sensación de haber traspasado un umbral temporal invisible. Allí todo se antojaba más pesado y cargado e incluso, por un breve momento, les pareció que el propio aire que respiraban era diferente. Sin duda, pensó Tomás para sus adentros, este lugar tenía algo que lo hacía especial. Ya no quedan muchos edificios como éste, se dijo para sus adentros.

Al pie de la escalera señorial que conducía a las plantas superiores, junto a un viejo y lustroso ascensor enrejado, se encontraba otro agente, todo un veterano que a juzgar por la expresión que dibujaban sus facciones parecía encontrarse cansado de su trabajo. ¿Y quién no lo está?, se preguntó el inspector mientras lo saludaba y le indicaba que llamase al ascensor.

—Gracias a Dios —suspiró Fabián mientras, ya en el interior del elevador, escuchaba con atención el movimiento de los engranajes esforzándose para llevar a cabo un movimiento que, ininterrumpidamente, llevaban realizando desde hacía más de cien años.

—¿Perdón? —preguntó Tomás, con cierto interés, tras ver el horror que se había despertado en su compañero.

—Jefe, ya sabes que me dan pánico estos chismes. No estoy hecho para encerrarme en una caja que sube y baja por un maldito agujero. ¿Cuántos años tendrá este trasto? Seguro que la Torre del Oro no estaba ni construida cuando lo pusieron.

Al escuchar aquello, Tomás no pudo evitar sonreír. Al parecer, aquel joven fornido y seguro de sí mismo escondía en su interior unos temores muy humanos.

—Nunca dejarás de sorprenderme —acertó a decir Tomás, con una sonrisa en su rostro—. Y tranquilo, no es tan viejo. A juzgar por su aspecto, diría que debe ser de la misma época que el puente de Triana. Año arriba, año abajo.

En aquel momento, Fabián, sorprendido al escuchar aquel chascarrillo, impropio en su jefe, se quedó observándolo en silencio, buscando una respuesta que estuviese a la altura.

—¿Qué, el reputado inspector jefe no teme a nada?

Pero en aquel momento, antes de que Tomás pudiera responderle, se escuchó un breve clic, al que le siguió un pequeño tañido de una campana tras el cual, un nuevo agente, que se encontraba al otro lado, abrió la verja del ascensor que les separaba de aquella planta y, ante ellos, una vez descorrida, se descubrió un amplio y lujoso pasillo en el cual un grupo de personas, bastante nerviosas y alborotadas, se arremolinaban en torno a una de las puertas de aquel lugar.

Por suerte, pensó Tomás para sí mientras recorría sobre una alfombra aterciopelada los metros que lo separaba del lugar del crimen, el asesinato se había producido en un íntimo y pequeño hotel que contaba con quince habitaciones distribuidas por cada una de las tres plantas que lo componían, cuatro si contaba a la recepción. Al menos el número de personas a interrogar será corto, reflexionó algo aliviado, mientras imaginaba, horrorizado, el terrible trabajo que tendrían por delante si el asesinato se hubiese producido en alguno de los inmensos y modernos hoteles de la ciudad.

—Por favor, dejen paso —solicitó, con cierto temor en la voz, el joven policía que les había abierto el ascensor al grupo de personas que se encontraban en torno la puerta de la habitación y, entre las cuales destacaba una mujer, de unos cincuenta años, que se mostraba bastante afectada, repitiendo, como si le fuera la vida en ello, que la dejasen pasar de una maldita vez para estar al lado de su madre.

Mientras cruzaban entre aquel grupo de siete personas, todas mujeres con la excepción de un único hombre de pelo canoso y semblante cansado, Tomás decidió dirigirles una mirada compungida en señal de respeto por la pérdida que habían sufrido aquella mañana. Si algo había aprendido durante sus años de servicio era que, si uno quería que la investigación fuese por buen camino, tenías que ganarte, desde el primer momento y por todos los medios, el afecto de los familiares de la víctima.

Tras aquel pequeño gesto, que podría acabar significando la buena o la mala marcha del caso, ambos agentes se introdujeron en el interior del lugar en el que se había producido el crimen y, mientras recorrían el pasillo que conducía hacia el dormitorio, pudieron observar en el fondo de la habitación como su compañera Gema intercambiaba unas serie de indicaciones con el fotógrafo encargado de tomar las imágenes del escenario del crimen.

Al verla, Tomás sintió cierta tranquilidad. A pesar de que Fabián ya le había transmitido la información preliminar sobre el caso, le relajó comprobar que su pupila se encontraba en el lugar del crimen, trabajando a pleno rendimiento, tal y como era de esperar en ella.

Contento por ello, Tomás se dispuso a descubrir el lugar de los hechos, deseando con todas sus fuerzas encontrarse con el vetusto Alfredo. Sin embargo, para su disgusto, resquebrajado por completo la tranquilidad que le había dado el encontrar a su compañera trabajando en el terreno, descubrió con desagrado que la dulce, grácil y eterna figura que lo había estado atormentando durante sus últimos casos, y que respondía al nombre de S. Dogood, se encontraba de cuclillas observando de cerca el trabajo del reputado forense.

Antes de que Tomás pudiera digerir la presencia en aquel lugar de la persona que cada vez que cerraba sus ojos se dibujaba en su mente, ésta, con un tono suave y delicado pero mortal por su resolución, habló primero.

—Llegas tarde, inspector —dijo la extraña mujer, a modo de saludo.

8

La escena del crimen

Tomás no supo muy bien qué responder a aquella mujer que se encontraba acompañando al forense en el estudio del cuerpo de la víctima.

Su figura delgada y atlética, su mirada fija e intensa, su melena castaña y lisa... Toda ella, en conjunto y por separado, lo irritaba como nada en el mundo lo había hecho hasta entonces. Tenía que ponerle fin a todo aquello, tenía que resolver este caso sin ella porque, de no hacerlo, reflexionó el inspector antes de responder, tendría que seguir soportándola en futuros casos, siendo algo que no estaba dispuesto a tolerar.

—¿Cómo demonios ha llegado antes que nosotros? —terminó preguntando a su pupila, sin ocultar la molestia que le producía este hecho.

La joven, al comprobar que se dirigía a ella, dejó de mirar la pantalla de la cámara de fotos con la que estaba trabajando en aquel momento pero, antes de que pudiera responder a su jefe, S. Dogood se adelantó.

—Inspector, te aseguro que el cómo me he enterado de este terrible suceso te resultará menos satisfactorio que la resolución del misterio que rodea a la muerte de esta pobre mujer. ¿Verdad, querido Alfredo? —comentó S. Dogood, con calma, mientras se levantaba del suelo resaltando con su movimiento, siendo consciente de ello, su esplendoroso cuerpo alzado sobre unos finos y elegantes tacones que le conferían una estatura superior a la de cualquiera de las personas que había en el interior de aquella habitación, y eso que Fabián lucía con orgullo su más de metro ochenta de puro músculo.

—Desde luego, querida —respondió el forense con la amabilidad dibujada en su voz, mientras se incorporaba, no sin dificultad, por un dolor crónico que afectaba a sus rodillas—. Tomás, a falta de un análisis más exhaustivo, el cual realizaré en las próximas horas en el laboratorio, me atrevería a afirmar que la causa de la muerte obedece a una falta prolongada en el tiempo de oxígeno.

Todas las personas que se encontraban en el lugar, a excepción de S. Dogood, pues ya estaba al tanto de este detalle, escucharon con atención y sorpresa la información facilitada por el veterano forense.

—Creo que me he perdido, ¿ahora resulta que los cuchillos ahogan? —preguntó Fabián, con un tono burlesco y una sonrisa dibujada en su rostro, que se apresuró a borrar tras ver que su compañera negaba con la cabeza.

—Obvio… —empezó a decir el forense antes de hacer una pausa, mientras observaba al joven investigador con ojos escrutadores. La juventud es un arma que, en ciertas situaciones, implica demasiados riesgos, pensó para sus adentros el reputado forense— que no, señor Gómez.

—¿Entonces? —preguntó en esta ocasión el inspector, mientras se acercaba al cadáver, obviando por completo el comentario que había hecho Fabián.

—Mira, Tomás, si te fijas —en aquel instante, Alfredo, con toda la delicadeza que pudo, señaló con su dedo enguantado parte de la garganta de la víctima—, toda esta zona presenta un contundente hinchazón que, siendo honesto, en estos momentos, sigo sin saber qué lo ha podido producir. Por otra parte, sí puedo decirte que la inflamación le provocaría una oclusión de las vías respiratorias que acabó derivando en una asfixia mortal. Estos arañazos de aquí, presentes por todo el cuello y por parte del rostro de la víctima y que, a juzgar por el estado de sus uñas, infiero que se provocó a sí misma en un vano intento por abrir una vía respiratoria, me hace pensar en la falta de oxígeno como la causa probable de su muerte. Quizás su asesino le suministró algún tipo de sustancia que le causó el cierre de las vías respiratorias, pero ahora mismo soy incapaz de recordar algún elemento capaz de provocar ese tipo de hinchazón. Por lo pronto, esperaré a poder examinarla en el laboratorio para darte un dictamen más preciso, pero lo que es seguro es que la pobre mujer, por desgracia, debió de sufrir… y no poco.

—¿Sabéis a qué me recuerda? A la muerte de un personaje de Juego de Tronos. ¿Cómo se llamaba…? Sí, el niño repelente ese —comentó Fabián, al recordarle, con la información que acababa de exponer el forense, a una escena de la premiada ficción televisiva que quedó marcada a fuego en su memoria y que, al igual que hacía cada vez que su amado Sevilla F.C. metía un gol, llegó a celebrar con gran efusividad.

Ante aquel comentario, Gema volvió a negar con la cabeza mientras que el forense y el inspector lo contemplaban con una mezcla de extrañeza y malestar, al mismo tiempo que S. Dogood, ajena a la conversación, se concentraba en estudiar silenciosamente el resto del lugar del crimen.

—¿Qué, qué pasa? —preguntó el joven subinspector, sorprendido y molesto, al verse presa de aquellas miradas desaprobatorias—. Odiaba a ese maldito crío. Tendríais que haberlo visto, era...

—Un cabrón, Fabián, lo hemos entendido la primera vez. ¿Entonces, Alfredo? —se dirigió de nuevo Tomás al forense, intentando retomar la conversación hacia el caso que los había llevado hasta aquel lugar.

—Bueno... Tomás, ya sabes que no me gusta apresurarme sin un análisis más completo pero, tal y como he dicho, diría que la causa probable es la de muerte por asfixia. Seguramente a causa de algún tipo de veneno o fármaco pero no estoy seguro todavía. Nunca, en todos los años de carrera que llevo a mis espaldas, he visto un hinchazón como el que presenta la víctima. De todos modos, no tardaré mucho en descubrir qué es lo que tenemos ante nosotros. En cuanto la examine en el laboratorio sabremos con mayor exactitud qué fue lo que le hicieron a la pobre mujer.

Tomás asintió con la cabeza, interiorizando, con aquel movimiento, la información que el forense le acababa de suministrar.

—¿Hora de la muerte?

—Sabía que me lo preguntarías. Nunca pierdes el tiempo, ¿eh? Cómo seas igual con todas las cosas… —dejó caer, con cierta guasa, el forense.

—Pregúntele a mi esposa, Alfredo. Tardé más de tres años en declararme desde el momento que la vi por primera vez, y eso que desde el primer día que nos conocimos estuvimos tonteando. Créeme, no soy igual con todo —respondió Tomás, siguiendo la broma y olvidando, por un momento, tanto el lugar en el que se encontraban como la presencia de aquella sombra que se cernía sobre él. Aquellas bromas en muchas ocasiones resultaban ser la única vía de escape para seguir adelante en momentos tan delicados.

—Vaya, quién lo diría, tres años… Yo, nada más ver por primera vez a mi señora en un viejo salón de baile setentero, no lo dudé y me lancé a por ella jugándome el tipo. Y… desde entonces, más de cuarenta felices años a su lado —terminó diciendo el forense, mientras mostraba, oculto bajo uno el guante de su mano derecha, su anillo a una Gema que le correspondió con una complaciente sonrisa—. Bueno, dejemos los chismorreos para otro momento. Hora de la muerte… —comenzó a decir, pensativo, cambiando por completo el tono de su voz y su semblante—. A juzgar por la temperatura y la tensión corporal que presenta, me atrevería a decir que hará entre cuatro o cinco horas, no mucho más.

—Eso nos deja con que su muerte se produjo en torno a las tres o las cuatro de la mañana —comentó Tomás, tras hacer un rápido cálculo mental.

Alfredo se limitó a asentir.

—¿Y el cuchillo? —preguntó de nuevo el inspector, mientras posaba sus ojos sobre el vientre de aquella pobre mujer, contemplando el mango saliente.

—Pura escenografía —se apresuró a responder S. Dogood, quien, hasta ese momento, había estado asistiendo a toda aquella escena en un segundo plano, observando que algunos de los cajones de la estancia se encontraban entreabiertos.

Tomás, que odiaba tener que ir tras ella, se limitó a contemplarla sin decirle nada, sabedor de que era innecesario animarla a que prosiguiera con su exposición ya que ella misma lo haría. Eso sí, en el momento en el que sintiese que había logrado captar por completo toda la atención de las personas allí presentes.

—El asesino —comenzó, satisfecha al ver que todas las miradas se fijaban en su figura— ha preparado toda esta escena para que nos fijemos y nos perdamos en el cuchillo. Si nos atenemos sólo a ese detalle, todo se antoja muy evidente. Una mujer anciana, alojada en un hotel de una ciudad muy concurrida, sola en su habitación durante la noche… Un robo frustrado. Fin del juego.

—¿Insinúas que todo esto fue consecuencia de un robo? —preguntó Fabián, siempre interesado en las interpretaciones de aquella mujer.

—¡Por supuesto que no, amigo mío! —replicó S. Dogood, alzando su voz, al mismo tiempo que se acercaba al cadáver.

—¿Entonces, qué narices quieres contarnos, Dogood? —preguntó en esta ocasión el inspector, con desagrado. Odiaba toda la teatralidad y pomposidad que rodeaba siempre a aquella maldita mujer.

—Bueno, no quisiera ser yo quién dictamine los hechos, está claro que tenemos que dejar trabajar al verdadero profesional y escuchar lo que nos tenga que decir —en aquel momento, S. Dogood dirigió una pequeña sonrisa hacia Alfredo, quien, gustoso, aceptó aquella pequeña mención—. Pero, en mi opinión, considero que el cuchillo es parte, tal y como ya he expuesto, de una escenografía montada por el asesino para que nos perdamos en su juego.

A sus palabras le siguió un incómodo silencio.

—Mirad, fijaros en su garganta —prosiguió al ver que ninguna de las personas intervenía—. He estado hablando con Alfredo acerca de ese extraño hinchazón que presenta en la garganta antes de vuestra llegada. Es algo muy inusual, sobre todo por el volumen y dureza, y, a todo esto, debemos de tener presente la falta de marcas en la parte externa de la piel, más allá de estos cortes y rasguños que la propia víctima se autoinfligió presa del pánico al verse falta de oxígeno, lo cual me hace descartar un posible estrangulamiento. La anciana debería haber intentado defenderse cuando su asesino le atacó pero, como ya digo, no hay rastro de defensa alguna, lo cual nos vuelve a llevar a la hipótesis del ya mencionado envenenamiento o… —en aquel instante S. Dogood detuvo su relato, saboreando el momento— como ya le he sugerido a nuestro querido forense, cabe la posibilidad de que el asesino depositase en el interior de su garganta, de manera sorpresiva, un objeto que propiciara el colapso de sus vías respiratorias.

Tomás, al escuchar aquello, desvió su mirada hacia Alfredo quien, en silencio, se limitó a asentir, confirmando con ello la plausibilidad de aquella teoría.

—¿Qué propones entonces, Dogood? —preguntó, con interés, el inspector mientras que, en su interior, se lamentaba por volver a ir, una vez más, dos pasos por detrás de aquella mujer. Aquel trabajo era el suyo, él era quién debía de crear hipótesis que dieran pie a la resolución del caso, no seguir las directrices de aquella maldita mujer metomentodo que se le había pegado a sus espaldas como si de una lapa se tratase.

S. Dogood se quedó observando a Gema, quien terminó asintiendo y, con ello, dándole paso para que expusiera el resto del plan. Tomás, en aquel momento, pasó del lamento por verse tras los pasos de S. Dogood al enfado. Un miembro de su pequeño equipo, en aquel momento, parecía mostrarse más colaborativa con aquella mujer que con él. Esto tiene que acabarse de una vez, se dijo para sus adentros lleno de ira.

—Tanto Gema como yo creemos que, de ser cierta mi teoría sobre el posible objeto alojado en su garganta, el asesino debe ser algún miembro de la familia o, en su defecto, alguien conocido de la anciana, dada la falta de heridas que presenta el cuerpo. Además, algo que no debemos olvidar es el motivo que ha traído a toda la familia hasta este lugar. Una boda que, a la luz de los hechos, deberá ser cancelada, por lo que cabe pensar que el objetivo del asesino podría ir más allá del mero hecho de acabar con la vida de la anciana —en aquel momento, S. Dogood se concentró en analizar la reacción del inspector a aquella semilla que acababa de plantar en mitad del tablero que se les había presentado aquella mañana—. ¿Qué opina, inspector?

—Opino… Que es pronto para saberlo —respondió Tomás, midiendo bien sus palabras, mientras ponía sus brazos en jarra y comenzaba a examinar la estancia, intentando recrear en su mente el terrible momento que había tenido lugar en ella.

—Coincido con él, Dogood. Es precipitado aventurar algo así —apostilló Fabián, siempre fiel a su superior.

S. Dogood no pudo evitar dibujar una sonrisa triunfal ante aquella respuesta. Al igual que en el último caso, en el cual una mujer fue encontrada degollada en su salón, aquellos dos hombres le llevaban la contraria. La última vez su teoría acabó, como no podía ser de otro modo, siendo la correcta. Al menos en esta ocasión, se dijo para sí, ya había logrado que al menos un miembro del equipo se sumase a su causa. Dos a dos, querido inspector. Dos a dos, se repitió con satisfacción.

—Bueno, inspector… ¿Qué es lo que propones? —terminó preguntando S. Dogood, con interés.

—Trabajar, eso es lo que propongo. Revisaremos las cámaras del hotel, preguntaremos al personal que trabajó anoche. Lo mismo vieron algo fuera de lo cotidiano… Y sí, preguntaremos a los familiares sobre la relación que mantenían con la víctima—en aquel momento, hizo una pequeña pausa, planteándose que más tendrían que hacer a partir de aquel momento, pero, para su desgracia, no se le ocurrió nada más—. Trabajo de campo, en definitiva.

—Muy bien, os ayudaré con las…

—No, Dogood, no. Tú no intervendrás de ningún modo en el proceso de investigación. Ya sabes las normas. Quedamos en que puedes observar y hacer tus cábalas, pero nada de acercarte a los posibles sospechosos —se apresuró a negar Tomás, de forma tajante y resoluta, mientras se volvía hacia el forense para intercambiar una serie de impresiones de manera más personal.

S. Dogood, mientras observaba a ambos hombres conversar, guardó silencio e intentó, de manera fallida, evitar parecer interesada en aquello que estaban hablando. Gema y Fabián, por su parte, intercambiaban impresiones sobre lo ocurrido.

—Bien, por favor, Alfredo, avísame en cuanto lo tengas. ¿Gema, las fotos están listas?

—Sí, tenemos todos los ángulos posibles tanto del cuerpo como del lugar —se apresuró a responder la subinspectora—. Los de la judicial pueden levantar el cuerpo cuando lo deseen.

—Muy bien. En fin, Alfredo, a ver si efectúan pronto el levantamiento de cadáver y te puedes poner a trabajar con más detenimiento y tranquilidad en el laboratorio. Ya sabes, en cuanto tengas algo me avisas —terminó de decir Tomás a un forense que, tras intercambiar una rápida y cariñosa mirada con S. Dogood, salió de la habitación en busca de la comitiva judicial que se encargaría del levantamiento del cadáver—. Fabián, sal al pasillo e informa a los familiares de que el cuerpo de la señora…

—Reina, Mercedes Reina —se apresuró a decir Gema, al ver que Tomás le había dirigido la mirada para que le facilitase aquel dato.

—Que el cuerpo de la señora Reina será trasladado al instituto anatómico forense para su estudio en los próximos minutos —en aquel momento, el inspector dirigió su mirada hacia el rostro de la víctima. A pesar de tratarse de una mujer entrada en años y a la que ya, por el propio paso de la vida, le quedaba poco tiempo en este mundo, no pudo evitar sentir pena al ver aquel rostro al que le habían arrebatado la vida antes de lo que le habría correspondido—. Infórmales también de que en los próximos minutos tendrán que prestarnos declaración de manera individual.

Fabián asintió y, cuando ya salía presto por el pasillo, Tomás recordó algo más.

—Ah, y pídeles que no salgan de sus respectivas habitaciones. Que cada uno permanezca en la suya —terminó de decir mientras comprobaba, mentalmente, que todas las tareas que había programado para Fabián habían sido ya dictadas—. Gema, baja a la recepción y pide a los encargados toda la información relativa a los huéspedes, las grabaciones de las cámaras de anoche y todo ese tipo de cosas que se te ocurran —Gema asintió y, ya se disponía a salir de la habitación, cuando Tomás volvió a dirigirse a ella—. También avisa a los de la judicial y a los de la científica para que sigan con el registro de la habitación, imagino que al tratarse de un hotel tendrán mucho trabajo por delante.

—De acuerdo, Tomás. Me pongo con ello —respondió Gema, antes de salir de la habitación.

S. Dogood observó todas aquellas directrices en silencio. Le provocaba un gran malestar que el inspector decidiera no contar con ella en todo este proceso. Sus influencias, a pesar de ser grandes, para su desgracia no llegaban a tanto. Sin embargo, sentía cierto alivio al comprobar que Tomás estaba haciendo lo más sensato y lo que, si de ella dependiese, también habría propuesto. Preguntar a los familiares para sacar información. Estaba segura de que el asesino debía ser alguien muy cercano a la víctima.

—¿Qué hay de mí, inspector? —preguntó S. Dogood, con semblante serio, haciendo un último intento por poder mantenerse en la primera línea de la investigación del caso.

Tomás guardó silencio ante su pregunta. Aquella mujer lo incomodaba, sí, pero no podía ocultar que todo esto se le daba bien. Su hipótesis podría ser la correcta si se confirmaba que la víctima había sido primero asfixiada y posteriormente apuñalada. Pero, por el momento, no la quería dentro del proceso de investigación. Él no podía evitar que fisgonease, al fin y al cabo, el alto mando del cuerpo de la ciudad había dado el visto bueno a su presencia en las investigaciones. Sin embargo, ese visto bueno estaba lejos de permitir a una civil participar durante los interrogatorios. Aquella línea, por suerte, no había sido traspasada por el cuerpo… al menos por ahora, pensó Tomás.

Sin embargo, justo antes de que el inspector le comunicase a S. Dogood que tendría que esperar a que tanto él como sus compañeros realizasen el informe preliminar de las declaraciones obtenidas durante los interrogatorios, un grito, procedente del pasillo central, anunció una situación que alteraría por completo el planteamiento de trabajo que el inspector había esbozado en su mente hasta este momento.

9

Una reputación amenazada

Verónica era incapaz de calcular el tiempo que sostuvo entre sus brazos el cadáver de su madre, sintiendo su cuerpo inerte, pesado y rebosante, que se le antojó inabarcable y de quien no estaba todavía preparada para despedirse. Carmen, por su parte, se esforzó en evitar mostrarse sorprendida ante aquel hallazgo. Era tal el odio que sentía hacia aquella mujer, a pesar de que le había regalado su vida, que sólo fue capaz de abrir levemente sus ojos como única señal de sorpresa ante aquel macabro hallazgo.

Minutos después de que la última de las hermanas descubriese lo ocurrido en la habitación de su madre, la joven recepcionista del hotel apareció en el lugar de los hechos, acalorada y temblorosa. Aquella muchacha, pensó Carmen al verla, era joven, quizás un poco mayor que mi sobrina. En su rostro, pálido y agitado, podía percibirse el miedo ante esta situación. El Real era un hotel pequeño e íntimo, seguro que jamás había ocurrido nada parecido entre sus paredes. Todo lo ocurrido, terminó diciéndose Carmen al mismo tiempo que Cristina y Ruth intentaban calmar a su desconsolada hermana y a su hija, respectivamente, no estaba anotado en la hoja de ruta de nadie para aquella mañana.

Sin saber muy bien cómo, cuándo quisieron darse cuenta, después de la rápida actuación de los Zetas, ninguna de las protagonistas se encontraba ya en el interior de la habitación donde se había producido el asesinato de la anciana.

Noelia lloraba desconsolada al fondo del pasillo, sentada en un elegante banco tras el cual se alzaba un gran ventanal circular, asistida por sus dos amigas y por la joven maquilladora que, de una manera más o menos acertada, intentaban consolarla. A su vez, Verónica, todavía fuera de sí, lloraba desconsolada entre los brazos de su marido y bajo la atenta y descorazonada mirada de su hija. Carmen, por su parte, refugiada en su soledad y alejada del resto de sus familiares, esperaba impaciente en la puerta de la habitación donde habían intentado dejar el cuerpo de su madre de la manera en la que su hermana pequeña la había encontrado.

Para su sorpresa, pues Carmen esperaba la llegada de un batallón de policías al lugar, la primera persona en aparecer después de la joven pareja de Zetas que los habían desalojado de la habitación fue una mujer que tenía poca pinta de ser una agente. Ataviada con un hermoso y fino vestido de seda negro, que remarcaba su portentosa figura y que dejaba entrever unas piernas trabajadas alzadas sobre unos finos y costosos tacones, la mujer pasó veloz y con gesto concentrado delante de una Carmen que, haciendo un gran esfuerzo, pues ella está acostumbrada a que siempre la saluden primero, le dirigió un escueto "Buenos días" que no recibió respuesta alguna y que provocó que, desde aquel momento, no viese con buenos ojos a aquella misteriosa mujer.

A esta extraña la siguieron, apenas con un minuto de diferencia, un grupo de cuatro hombres, cargados con maletines y equipados con EPIs, encabezado por un hombre vetusto de pelo cano, cercano a una jubilación merecida, pensó Carmen, que, con la mirada más educada y el gesto más complaciente que nunca le habían dirigido, le expresó su pésame por su triste pérdida y, tras indicarle que se trataba del forense encargado del caso y que las personas que lo acompañaban eran los miembros del equipo de la científica, se introdujo en el lugar donde todo había terminado y, al mismo tiempo, de algún modo, comenzado.

Todo el trasiego del ir y venir de los miembros encargados de la investigación hacia el lugar del crimen provocó que, interesados y una vez repuestos del lamento por el macabro hallazgo, el resto de los familiares de la víctima se uniesen a Carmen y, junto al marco de la puerta que daba entrada a la habitación de su madre, aguardaran impacientes a que se les notificasen alguna novedad.

Tiempo después, una vez que el equipo de la científica se había retirado del lugar, con excepción del hombre de pelo cano, y tras la llegada de una joven agente de rostro redondeado, acentuado por la corta melena morena que lucía, acompañada de un hombre de mediana edad que portaba un maletín que, a juzgar por la marca que presidía la parte central del mismo, debía contener instrumental fotográfico, aparecieron en el lugar la pareja formada por Tomás y Fabián.

El primero de ellos, pensó Carmen nada más verlo, era un hombre de mediana edad que llamaba la atención por la pesadez reinante en su rostro. No obstante, a pesar del cansancio facial, se dijo para sí la mayor de las dos hermanas mientras examinaba con atención su figura, parecía mantener una buena condición física, aunque no tan destacada como la que mostraba el hombre que lo acompañaba, algo más joven y vivo.

Mientras que aquella pareja, junto al resto del personal que todavía se encontraba en el interior, se ponían al día, Verónica, ya respuesta del impacto que le había supuesto descubrir el cuerpo sin vida de su madre, mantuvo sus ojos fijos en su hermana. En ningún momento hubo intercambio de palabras, pero la mirada de la primera bastó para que la segunda agachase, avergonzada, su rostro.

Sí, admitió Carmen para sus adentros, había estado evitando a su madre desde el momento en el que decidió, cuando no era más que una adolescente, y a pesar de los avisos y de la negativa de sus padres, casarse con su marido. Desde aquella boda nada volvió a ser igual con sus progenitores y, por ello, aunque en el fondo la entristecía todo lo ocurrido, no se sentía culpable de no sentir de la misma manera que su hermana la muerte de su madre. Al fin y al cabo, el hecho de vivir bajo el mismo techo lo hace todo más fácil, se justificó para sí, mientras aguantaba, con el orgullo que la caracterizaba, la mirada reprobatoria que le lanzaba su hermana.

Verónica, por su parte, mientras sentía el candor que le aportaban su hija y su marido, cayó en un detalle que hasta aquel momento había pasado por alto y, con decisión, sabedora de que aquello podría acabar derivando en una discusión con su hermana, se dirigió a ella por primera vez desde que había descubierto el cuerpo sin vida de su madre.

—¿Dónde está Pablo? —preguntó, sin ninguna discreción, a su hermana.

Carmen, que hasta aquel momento había estado pendiente de todas las personas que habían estado entrando y saliendo de la habitación, no había reparado en su marido hasta esta pregunta. A pesar del sobresalto que le había causado el despertarse en la cama sin su compañía, con todo lo ocurrido, se había olvidado de él por completo y, ahora, temerosa de que su marido hubiera faltado al pacto que habían sellado antes de iniciar el fin de semana más importante en la vida de su hija, se hizo para sí la misma pregunta que acababa de formularle su hermana.

—Noelia —se apresuró a decir Carmen a su hija—, anoche dejé a tu padre con vosotras cuando me vine al hotel. ¿Qué pasó después de marcharme de la terraza?

—¿Con papá? —preguntó su hija, extrañada por la pregunta—. Si se marchó nada más irte tú. Dijo que te había prometido comportarse durante este fin de semana y que no quería enfadarte, así que se terminó lo poco que le quedaba de su copa y se pidió un taxi para venirse aquí —aseguró Noelia a su madre, al mismo tiempo que sus amigas asintieron a esta información.

En aquel instante, mientras veía la preocupación latente en el rostro de su cuñada, Raimundo no pudo evitar pensar en el mal trago que ésta debía estar pasando. Él conocía muy bien a Pablo, probablemente era la persona de todas las que estaban reunidas en mitad de aquel pasillo que mejor lo conocía. Desde el momento en el que ambos habían cogido las riendas de la bodega familiar, su día a día se habían convertido en un arreglo constante de los centenares de problemas que su concuñado, y por desgracia también socio de negocio, creaba a diario.

—Pues anoche no llegó a mi habitación. He pasado toda la noche sola —respondió Carmen, tajante, mientras el resto del grupo observaba como la ira, que solía acompañar siempre a aquella mujer, se acrecentaba en su rostro—. Verás, se va a enterar ese de lo que vale un…

—¿Y Mihaela? —interrumpió Lorena a su tía, tras percatarse de que durante todo este tiempo, la mujer que estaba a cargo del cuidado de su abuela tampoco había aparecido.

Todos miraron hacia aquella joven que siempre permanecía oculta en un segundo plano durante las fiestas familiares, inmersa en sus pensamientos, mientras que el resto compartían sus anécdotas, experiencias e impresiones sobre cualquier cosa.

Ninguno de los presentes en mitad de aquel pasillo, mientras los agentes trabajaban en el interior de la estancia de la matriarca, se había acordado de la asistenta de Mercedes, Mihaela, una muchacha de orígenes ucranianos que contaba con poco más de treinta años y que, a pesar de los prejuicios de la anciana con los inmigrantes, había logrado hacerse con su cariño a lo largo de sus años de servicio.

—Mihaela… —susurró Carmen, como si con aquello recordase la figura de aquella mujer que, en más de una ocasión, le había despertado cierta sospecha.

—¿Creéis que también le ha podido pasar algo? Ayer se quedó toda la tarde aquí, cuidando de la abuela —apuntó Noelia, preocupada por aquella muchacha a la que tantas veces le había agradecido el cuidado y la atención con la que atendía a su abuela.

—Dios... Si estuvo todo el día con la señora Reina, quizás también le ha podido pasar algo —apostilló Cristina, sumándose con ello a la preocupación de Noelia, a la vez que agarraba, con fuerza, la mano derecha de su amiga.

—Sí, se quedó al cuidado de madre... —añadió Verónica mientras, tras bajar su mirada hacia el suelo, buscaba armar en su cabeza las piezas de un puzle que ella nunca habría deseado comprar—. Menuda es la tía. Esta mañana, cuando me he levantado a ver cómo estaba madre, me he encontrado con que la puerta de su habitación estaba entreabierta. Seguro que Mihaela, cuando se fue a dormir, no cerró bien y el asesino aprovechó su descuido para entrar y matar a madre. No os preocupéis por ella, no perdáis el tiempo, seguro que estará durmiendo en su habitación, la muy gandula. No va a llevar frío cuando la pille.

Tras aquellas palabras de Verónica, todos los presentes permanecieron en un solemne silencio. Las hipótesis marchaban de una mente a otra, sin cesar y con diferente signo: ¿Dónde se encontraban Pablo y Mihaela? ¿Le habría ocurrido algo a la muchacha encargada del cuidado de Mercedes? ¿Quizás había tenido algo que ver con su muerte...?

Mientras todos, sin excepción, intercambiaban sus miradas tratando de discernir qué era aquello que el otro construía en su mente, las dos hermanas, Carmen y Verónica, asintieron al comprender que ambas estaban pensaban lo mismo y, la primera, pues era a ella a la que más le iba a afectar en caso de confirmarse aquella suposición, se dirigió, con decisión, hacia la puerta de la habitación aledaña al lugar en el que se había descubierto el cuerpo de su madre, mientras que el resto de los familiares, guardando silencio, siguieron sus pasos con suma atención.

Carmen sentía en aquel momento que a cada paso que daba en dirección a la puerta de la habitación de Mihaela se sumergía más y más en un pozo sin fondo del cual jamás podría salir. Todo el respeto que se había forjado a lo largo de su vida caería, como si de un castillo de naipes se tratase, si, tras aquella puerta, se descubría la escena que, tanto ella como su hermana, habían dibujado en sus mentes. En el pueblo, se fue diciendo Carmen, donde en más de una ocasión se habían extendido ciertas habladurías, se correría, entre voces mitad escandalizadas y mitad divertidas, que doña Carmen, la de la bodega, la hija del Rogelio y de la Mercedes, había encontrado a su marido en la cama con la cuidadora de su madre y, encima, por si esto fuera poco, el mismo día que su hija debía casarse y con su madre muerta en la habitación de al lado. Un escándalo.

Estaba preparada, se convenció a sí misma mientras efectuaba el último paso que la separaba de la puerta. Llevaba esperando vivir un momento como este durante los últimos diez años. De hecho, el abogado de la familia custodiaba en su despacho una solicitud de divorcio en la cual, en caso de hacerse efectiva, dejaría a Pablo sin nada.

Lo tengo todo a mi favor, estoy preparada para hacer frente a la situación, terminó por convencerse y, una vez estuvo frente a la puerta, tras guardar la respiración y con la frialdad que tanto la caracterizaba, apoyó su redondeada cara contra la puerta y, con el oído apoyado sobre la robusta y vetusta madera, pudo escuchar unos leves quejidos que procedían del interior y que no dejaban lugar a la duda.

Con las pupilas dilatadas y llena de furia, despegó su rostro de la madera. No le hacía falta escuchar más. Acababa de toparse con la realidad que había estado tratando de ocultar y evitar a lo largo de su vida. Miró a su hija una última vez y sólo pudo pensar en lo desgraciada que era. Había soñado con un día de fantasía y, por lo pronto, había recibido como regalo de bodas, sin ser todavía más de las diez de la mañana, el asesinato de su abuela y la ruptura de sus padres.

¿Qué más podría pasar hoy?, se preguntó Carmen para sí, antes de perder por completo la cordura y lanzarse, con todo el dolor y el odio que había acumulado durante los últimos años de su vida, contra la puerta que le separaba de Mihaela, desatando en aquel instante un mar de ira que captó la atención de todo el mundo, incluidas las personas que se encontraban esbozando el plan de investigación en la habitación colindante y que ahora, con aquel estrépito, sólo pudieron preguntarse a qué tendrían que enfrentarse ahora.

10

La emoción de cruzar lo prohibido

Pablo se despertó con un leve hormigueo recorriendo todo su cuerpo. En su cabeza se acumulaban retazos de los hechos que había vivido durante la noche anterior y, al llegar al final, tuvo bastante claro que se encontraba metido en un buen lío.

En su defensa siempre podría decir que su mujer le obligó a comportarse, durante este fin de semana, de un modo muy diferente a lo que él era en realidad. Él no tenía la culpa, trató de justificarse para sí después de recapitular los hechos ocurridos en las últimas horas mientras observaba, tumbado en la cama, el techo de una habitación a la que jamás debía haber entrado.

El sol, que entraba resplandeciente por el amplio ventanal de la habitación, bañaba los cuerpos desnudos de ambos amantes. Mihaela continuaba dormida abrazada al torso de un Pablo que, en aquel momento, no podía apartar su mirada del cálido cuerpo que lo abrazaba. Verdaderamente, pensó para sí, es una mujer muy hermosa y, a pesar de todo lo que ha sufrido en su corta vida, de todos los estragos por los que ha tenido que pasar, es, sin duda, una mujer fina y sedosa, ardiente y sexual.

Sin embargo, al contrario que el resto de las ocasiones que había despertado al lado de la joven, Pablo, mientras atusaba el fino y dorado cabello que caía sobre su hombro, no pudo evitar sentirse mal por la situación. Había traicionado la palabra que le había dado a su mujer y, con su suegra en la habitación de al lado y con Carmen a no más de cincuenta metros de distancia de donde se encontraba ahora, había consumado una nueva traición. Era un cabrón, sí, pero ¿qué podía hacer?, terminó preguntándose casi a modo de disculpa. Era así desde que tenía uso de razón. La emoción de cruzar lo prohibido, el dulzor que experimentaba al adentrarse en territorios inexplorados, el sentirse vivo… Todo ello era innato en él.

No obstante, si había una persona por la que sentía todo lo que podría causar con este desliz esa era su hija mayor. De destaparse su infidelidad, arruinaría por completo el día de su boda.

De su boda, se repitió para sí, con sorpresa. Parece que sólo han pasado un par de días de cuando la llevé por primera vez a una pequeña laguna cercana a su casa a pescar y se me cayó del bote. Menuda se armó, se sonrió al recordar aquello, era tan pequeña y delicada… Y ahora, lejos de aquella laguna, tendría que entregarla a un tipo desconocido y extraño, que había aparecido de la nada hacía un par de años y que, por desgracia, me veo reflejado en él.

Pablo, perdido en todos estos pensamientos, fue incapaz de percatarse de los sutiles movimientos que Mihaela, despierta por culpa de los finos hilillos de luz que golpearon su rostro, comenzó a realizar en su cuerpo y, tras un par de intentos de la joven por bajar a su amante de la nube en la que se encontraba, éste, al fin, se percató de ello y bajó su mirada, topándose con aquellos ojos verdosos que en tan delicada situación lo habían dejado.

—Buenos días, cariño. ¿Ya te has despertado? —susurró al oído de Pablo una Mihaela que, al saber que éste todavía estaba a su lado, dibujó una sonrisa picarona en su rostro, sabedora de que todo marchaba por la senda establecida.

Pablo se limitó a sonreírle. Se sentía afortunado, pero hoy, también, dolido. No era el día ni el momento y, aun así, cuando había logrado lo más difícil, que era haber seguido los pasos de su mujer durante la noche y retornar al hotel tras ella, lo echó todo a perder cuando apenas se encontraba a diez pasos de la meta. A diez pasos de una habitación en la que su mujer estaría cambiándose y preparada para meterse a la cama. Sólo tenía que haber llegado hasta la habitación y haberse introducido, tras un escueto buenas noches, entre las sábanas. Sin embargo, recordó Pablo con amargor, una figura surgida de entre las sombras en mitad del oscuro pasillo desvió, sin que pudiera hacer nada por remediarlo, su destino.

—¿Te he dicho alguna vez lo mucho que me gusta esa sonrisita que me regalas cada vez que me miras? —le preguntó con dulzura la joven, mientras empezaba a deslizar su mano, de manera descendente, por su vientre— ¿Y... también te he dicho alguna vez lo mucho que me gusta esto que tienes por aquí?

—Mihaela... Joder... Mihaela, quedamos en que no íbamos a...

De repente, con la mano que le quedaba libre, Mihaela abofeteó a Pablo. Nunca había hecho algo parecido hasta este momento. Era un paso arriesgado, lo sabía, pero, se dijo la joven una vez lanzó el golpe, merecía la pena correr el riesgo.

—Mira que eres puta —acertó a decir Pablo, tras quedarse unos instantes saboreando el golpe que le acababa de asestar, y, tras esto, agarró con fuerza el cuerpo de la joven que ahora, al sentir la presión de las manos de Pablo sobre su vientre, cambió su semblante, pasando de pícara seductora a pobre inocente.

—Ajá… —respondió Mihaela, entrecortada—. Lo soy.

Pablo, al escucharla responder con aquella suavidad, sintió que todo su ser se disparaba y se colocó sobre ella, olvidando con ello todos los remordimientos que, por un breve instante, habían nublado su mente durante aquel angustioso amanecer que ahora, teniendo entre sus brazos aquellas sedosas curvas, se le antojaba mucho más dulce.

—¿Acaso no sabes quién soy, eh? —empezó a decirle, con furia, mientras intentaba abrirse paso entre las largas piernas de la joven.

—No… Lo único que quiero es que me hagas tuya —respondió Mihaela, con delicadeza y cierto placer.

Y así, tras aquella petición, ambos amantes, sumidos en una tormenta perfecta, comenzaron a hacer el amor de manera vertiginosa, en un rumor ascendente hasta que de pronto, en mitad de todo aquel frenesí, una voz seca y desgarrada, cortó por completo aquel mar de pasión.

—¡Hijos de puta!

Ambos se quedaron petrificados al ver que la puerta comenzó a ser aporreada con contundencia mientras la voz de Carmen, clara y repleta de palabras malsonantes dirigidas hacia los dos, inundó la habitación.

Pablo, ante aquella situación, sintió que un sudor frío le recorría la espalda de arriba a abajo. Aquí termina mi historia, pensó al mismo tiempo que la joven que tenía bajo su cuerpo le dedicaba una cálida sonrisa de placer y en sus ojos, los mismos en los que tantas veces se había perdido, no encontró miedo al saberse descubierta.

—Jódete, maldito hijo de puta. Ahora tendrás que buscarte a otra zorra a la que meterle tu sucia polla —terminó diciéndole Mihaela para después, mientras Pablo era incapaz de mantener su boca cerrada ante la sorpresa que le supuso todo esto, asestarle un cálido beso con el que la joven sentía que cerraba todos sus años vividos junto a aquel hombre que ahora, avasallado por todas partes, se sabía destruido.

11

Una tormenta de reproches

La situación que se produjo después de aquel descubrimiento fue grotesca. Gritos, insultos a partes iguales, golpes...

Noelia, la joven que había soñado durante los últimos siete meses con aquel día, no pudo contener su llanto y rompió en un mar de lágrimas y de histeria al mismo tiempo que su madre, Carmen, a pesar de estar sujetada por su cuñado, Raimundo, arremetía y golpeaba a su marido con las partes de su cuerpo que tenía libres. Pablo, por su parte, con una fina sábana cubriendo su cuerpo desnudo, contenía y repelía como podía los torpes golpes lanzados por su mujer mientras le recriminaba, a voz viva, el espectáculo que, a su modo de ver, estaba montando. Mihaela, desde un segundo plano, aguardaba sentada en la cama, cubriendo su desnudez con la almohada que minutos antes había sostenido su cabeza y luciendo una sonrisa en su rostro al mismo tiempo que Verónica, fuera de sí, intentaba sortear a su hermana y a su cuñado para llegar hasta donde se encontraba la joven cuidadora a la vez que le lanzaba incontables gritos despectivos.

Los agentes del orden, encabezados por Tomás, no daban crédito a lo que estaban viendo. Era la primera vez en sus vidas que asistían a una escena donde la familia de la víctima se enfrentaba entre sí al poco de haberse producido los hechos.

Sumidos entre los golpes y los improperios que iban y venían de todas partes, los tres miembros del equipo, con la ayuda del joven compañero que se encontraba en mitad de aquel pasillo que parecía haberse convertido en una especie de ring de boxeo, comenzaron a separar a los contendientes de aquella riña inesperada mientras que, alejada de todo este torbellino de locura, S. Dogood contemplaba el espectáculo, estudiando, detenidamente, el papel y la actitud de cada uno de los miembros de aquella particular familia.

Junto a ella, también alejada del mundanal ruido de aquella pelea, se encontraba una joven que, ante los hechos que se sucedían ante sus ojos, no pudo hacer otra cosa que maldecirse, avergonzada, por la escena que su familia estaba protagonizando.

—¿No podéis comportaros como una maldita familia por una vez? —preguntó Lorena, con más dolor que fuerza, al mismo tiempo que S. Dogood, sin que se percatara, se acercaba a ella.

—Menudo espectáculo, ¿eh? —acertó a decir S. Dogood.

La joven se limitó a asentir, sin saber bien a quién y a qué estaba respondiendo.

—Bueno… —retomó S. Dogood la palabra, al ver que la muchacha seguía concentrada en la pelea y en la frustración que esta parecía despertar en ella— ¿Y tú eres?

Lorena, que hasta ese instante se encontraba ensimismada en la lucha familiar, desvió, al escuchar esta pregunta, su mirada hacia la figura que estaba tratando de captar su atención.

—¿Perdón? —fue lo único que supo decir, sin ocultar su sorpresa.

S. Dogood tomó aire. Odiaba tener que repetir las cosas, pues esto le hacía sentir que el tiempo de las personas que se lo pedían valía más que el suyo, algo que estaba, a su entender, alejado de la realidad. Sin embargo, encontró algo en aquellos ojos castaños que la miraban con interés que decidió darle una segunda oportunidad.

—Me estaba preguntando el papel qué juegas en todo esto.

—Ah… —acertó a decir ahora la joven, mientras intentaba descubrir qué quería aquella mujer de ella—. Sí, disculpa, no te había escuchado con todo este escándalo. Soy la hija de aquella mujer, la que está intentando agarrar por los pelos a la chica rubia que está desnuda en la cama. Como puedes ver, soy algo más… —en aquel instante, mientras dejó la frase en el aire, Lorena apartó su mirada de los ojos de S. Dogood, buscando la palabra correcta—. ¿Serena?

S. Dogood no pudo evitar mostrarse sorprendida ante esta respuesta. No esperaba encontrar un humor irónico en aquella muchacha que, por un instante, en el fragor de la batalla, se le había antojado sobrepasada por la escena pero que, a juzgar por su respuesta, se encontraba mejor de lo que en un principio había pensado.

—Creo que tu apreciación es bastante correcta, sí —terminó diciendo S. Dogood, intentando disimular su sorpresa por aquella respuesta—. ¿Cómo te llamas?

—Lorena —dijo a la vez que cruzaba sus brazos sobre su vientre.

—Dime, Lorena: ¿Tu familia siempre es así de divertida?

La joven mostró una sonrisa, al mismo tiempo que alzó sus hombros, dando a entender que no sabía muy bien qué decir a esto.

—Si la información que tengo no es errónea, estáis aquí, en la ciudad, por una boda, ¿no?

—Sí, así es. Mi prima, Noelia, es la afortunada —respondió, manteniendo el mismo tono irónico en su voz—. Es esa de ahí, la que está llorando abrazada a esa otra muchacha —añadió mientras con su cabeza señalaba hacia el lugar en el que Ruth acariciaba, como si de un bebé se tratase, la espalda de su amiga al mismo tiempo que le susurraba unas palabras que, dado el bullicio del momento, ni Lorena ni S. Dogood podían alcanzar a escuchar.

—Ya veo, imagino que no tiene que estar siendo un momento fácil para ella —replicó S. Dogood, en un intento por mostrar algo de consideración por los afectados.

—Supongo, no todos los días una se despierta descubriendo que tu abuela ha sido asesinada y que tu padre está liado con la cuidadora.

—No, la verdad que no es lo usual, no. Bueno, ¿y qué hay de ti?

—¿De mí?

—Sí, ¿por qué no participas en todo esto? —apuntó S. Dogood, mientras que con su brazo derecho señalaba a la zona donde continuaban las espadas en todo lo alto.

—No me parece justo, nada más.

—¿Justo?

—Verás, mi abuela ha sido asesinada hace pocas horas y mira cómo estamos. No sé cómo será tu familia pero la mía, ya lo ve, da pena. Nos acabamos de enterar de que alguien ha matado a mi abuela y sólo somos capaces de pelearnos entre nosotros. Me parece que es una gran injusticia y un insulto a su memoria.

S. Dogood se encontraba asintiendo, meditando muy bien el modo de continuar la conversación con aquella joven cuando Tomás, falto de aliento y con su chaqueta descolocada por los agarrones, mientras Carmen y Verónica continuaban lanzando sus reproches hacia la pareja de amantes, se dirigió, en voz alta, a todas las personas que se encontraban en mitad del pasillo, incluyendo a las dos mujeres que se habían mantenido en un segundo plano durante todo el rifirrafe.

—¡Por el amor de Dios, se acaba de cometer un asesinato, ya es suficiente! —estalló en un primer grito con el que logró detener las luchas—. ¿Vuestra madre, suegra o lo que sea vuestro, ha sido asesinada y armáis este maldito espectáculo? —reprochó el inspector, con fuerza y sonoridad, a los miembros de aquella estridente familia.

—¿Ase… Asesi… Mercedes? —preguntó Pablo, con cierto miedo y sorpresa, mientras sentía que un joven y fortachón agente le agarraba con fuerza por su espalda.

—Mi madre, querido. Si hubieses estado esta noche en mi habitación en lugar de metiéndosela a esa puta, ya te habrías enterado —le respondió Carmen, apremiante y directa, mientras intentaba liberarse de las manos que la retenían.

—¿La señora ha sido… asesinada? —preguntó en esta ocasión Mihaela, desde el interior de su habitación, con un tono marcado por la sorpresa.

—¡Sí, por tu culpa maldita zorra! —exclamó Verónica, mientras trataba de introducirse en la habitación de la cuidadora—. ¡Dejaste la maldita puerta abierta y alguien lo aprovechó para entrar y matarl…!

—¡Basta, ya hemos tenido suficiente! —interrumpió de nuevo el inspector, temeroso de que volviera a producirse un nuevo conflicto—. Hagan el favor, ahora mismo, de irse cada uno de ustedes a su habitación, en silencio. Fabián, acompaña a este hombre a la recepción, no creo que ninguno de los dos —apuntó Tomás mientras su mirada iba de Carmen a Pablo—, puedan permanecer junto al otro en este momento. Y ya que bajas, aprovecha para que los de recepción te faciliten los datos de los registros y todo lo que hemos hablado.

—Agente, yo, si le parece bien, por supuesto, me puedo quedar con… —empezó a sugerir Pablo, antes de ser cortado por su mujer.

—¡Con tu santísima madre, que en paz descanse, te vas a quedar, cabronazo! —terminó Carmen la frase que había empezado su marido mientras intentaba liberarse de la joven agente que la tenía agarrada por la cintura.

—Señora, por favor se lo pido, guarde silencio y modérese. Fabián, llévatelo ya a abajo. Gema, acompaña a la señora a su habitación. Agente… —en aquel momento Tomás se dirigió hacia el joven policía que, a su llegada al lugar, le había abierto el ascensor.

—Rodrigo, señor. Mi nombre es Rodrigo Muñoz.

—Muy bien, agente Muñoz, haga el favor de esperar junto a la señorita en el interior de la habitación —ordenó Tomás al joven, mientras señalaba hacia la estancia en la que Mihaela aguardaba desnuda sobre la cama y abrazada a una almohada—. Ah, y una cosa más, evite que salga de ella hasta que yo o alguno de mis dos compañeros llamemos a la puerta. Yo os acompañaré —continuó diciendo el inspector, dirigiéndose en esta ocasión a la desdichada novia y a sus tres acompañantes—. Y… —en aquel momento, Tomás reparó en que todavía le quedaban otras tres personas de aquella maldita familia a las que no podía, por falta de medios, asignarle ningún agente que pudiera acompañarlos a su habitación.

—No me queda otra —susurró para sus adentros con profundo pesar—. Dogood, haz el favor de acompañar a estas tres personas a una de sus habitaciones. Intentaré estar contigo lo más pronto que me sea posible.

Tras estas palabras, y mientras S. Dogood celebraba para sí las directrices que había marcado el inspector y en las que la había hecho partícipe en la distribución, los protagonistas comenzaron a marcharse hacia sus respectivas habitaciones, extendiéndose por el interior del hotel una especie de tensa calma que se sabía amenazada por la tormenta de secretos que se avecinaba en cada uno de los rincones de aquel suntuoso lugar.

SEGUNDA PARTE
SECRETOS DE FAMILIA

1
Sevilla

La temperatura comenzaba a dispararse en unas calles que, poco a poco, empezaban a llenarse de grupos de turistas, nacionales e internacionales, que iniciaban, ilusionados y ávidos por conocer, sus rutas por los diferentes puntos de interés de la capital hispalense. Jóvenes uniformados, ataviados con paraguas para paliar el sol y equipados con micrófonos, comenzaban a recitar las historias ocultas tras los muros de las vetustas construcciones de la ciudad, siendo la Plaza de España, la catedral de Santa María de la Sede con su precioso minarete y el Real Alcázar de Sevilla y sus fastuosos jardines, los puntos de interés más demandados.

En definitiva, Sevilla se abría al mundo un día más, tal y como llevaba haciendo desde el mismo momento de su fundación, mientras que en un pequeño y céntrico hotel de la ciudad, donde en un principio tendría que haber habido nerviosismo e ilusiones ante una cita tan importante como es la culminación del amor entre dos personas, estaban a punto de sucederse una serie de acusaciones que amenazarían la unidad de una familia donde cada uno de sus miembros parecen ocultar un secreto más oscuro que el del anterior.

2

Una mujer difícil

La última persona en cruzar la puerta que conducía a la habitación, antes de que el inspector la cerrase, fue Macarena, la joven maquilladora y prima de Ruth que había presenciado en un segundo plano y con perplejidad todo el espectáculo que había tenido lugar minutos antes en mitad del pasillo.

Tomás, dada la rapidez de los tiempos en la toma de sus decisiones, era incapaz de explicarse, ahora que estaba más calmado y mientras acompañaba a las cuatro jóvenes a la estancia, qué le había motivado a realizar aquella extraña distribución de tareas entre las gentes que conforman su equipo.

Fabián y Gema, reafirmó para sí, estaban lo suficientemente preparados para llevar a cabo un interrogatorio individual satisfactorio, por lo que la decisión de encargarles la custodia de Pablo y Carmen, figuras aparentemente enfrentadas, se le antojó acertada. Diferente era la situación con S. Dogood, pues ésta apenas llevaba tiempo trabajando a su lado y jamás le había permitido asistir a un interrogatorio, mucho menos participar en él. Sin embargo, dada la situación, con tantos frentes abiertos y al tener una plantilla tan reducida, no le había quedado más remedio que darle aquella tarea y rezar para que su incómoda asesora no montara ninguna escena.

Al menos, terminó diciéndose a modo de consuelo antes de dirigirse a las cuatro jóvenes a las que iba a interrogar, le había asignado las personas que parecían más calmadas de todos los implicados en esta historia.

—Bueno, voy a presentarme. Soy el inspector jefe Tomás González —comenzó a exponer, una vez puso sus brazos en jarra y tras tomar una profunda bocanada de aire—, miembro del Cuerpo Nacional de Policía de la ciudad de Sevilla y, como imagino que ya supondrán, soy la persona encargada de la investigación de la muerte, en extrañas circunstancias, de la señora Mercedes Reina. La mujer de avanzad…

—Inspector, ¿va a contarme algo que no sepa? —interrumpió Noelia, malhumorada, mientras se sentaba en una de las sillas de la habitación, concretamente en la misma en la que, hacía menos de una hora, había gritado de terror al descubrir un pequeño grano en su rostro.

—Mire, lamento lo ocurrido, sé que no debe estar resultándole para na… —replicó Tomás, con la mayor suavidad que le fue posible.

—¿Qué, qué es lo que usted sabe? ¿Acaso el día de su boda mataron a su abuela o a alguno de sus malditos familiares? —volvió a interrumpir la joven, mientras que sus tres acompañantes contemplaban la escena en silencio, sentadas en el borde de la cama—No, ¿verdad? Inspector, dígame… ¿Qué cojones va a saber sobre cómo me encuentro?

Tomás, cauto, optó por guardar silencio. Cada persona se comportaba de un modo diferente ante este tipo de situaciones. Había quiénes colaboraban activamente, las que se derrumbaban al ser consciente de la realidad a la que tenía que hacer frente, también se daba el caso de personas que comenzaban a efectuar acusaciones contra cualquier individuo que se le viniese a la cabeza y, tal y como Tomás temía que le estaba ocurriendo con aquella joven, había quienes no dudaban en dirigir todo su dolor y su rabia hacia los propios investigadores.

—No —terminó respondiendo, tras unos instantes de silencio en los que buscó, sin éxito, la ayuda de las otras tres personas que se encontraban en la habitación—. No, tienes razón. Desconozco por completo lo que estás sintiendo ahora mismo pero imagino que tiene que ser algo muy doloroso y es por eso por lo que quiero ayudarte. Créeme si te digo que la única forma de dar con el culpable de todo este dolor y de hacerle pagar por sus actos es que hablemos y me cuentes todo lo que pasó ayer. Es necesario que me pongas en situación para que podamos hacerle justicia a tu abuela y devolverte la paz… a ti y a toda tu familia.

Noelia, al escuchar aquellas palabras, estando todavía conmocionada ante toda la sucesión de acontecimientos que la habían golpeado aquella mañana, esbozó una sonrisa en forma de sonora carcajada.

—¿Paz? ¿En mi familia…? Inspector, ya ha visto la que se ha formado ahí fuera con mi padre… Y eso que el cadáver de mi abuela todavía está caliente en la habitación de al lado. El muy imbécil, ¿no podía mantener su polla fuera del coño de esa maldita zorra?

—¡Noe! —reprendió Ruth a su amiga.

—Ni Noe ni ostias, Ruth. Mi padre hoy tenía que hacer sólo dos cosas. Llevarme hasta el altar y mantenerse alejado de esa puta durante todo el fin de semana, tal y como le había pedido mi madre antes de venir aquí. ¡Nada más! —terminó de decir la joven prometida, mientras escondía su rostro entre sus manos, queriendo ocultar, con aquel gesto, toda la rabia que había brotado en su interior ante el devenir de los acontecimientos.

—Discúlpela agente, ella no es así, pero... En fin, espero que comprenda que se trata de una situación muy delicada para ella —disculpó Ruth a su amiga, buscando la comprensión del inspector.

—Descuida —respondió Tomás, al mismo tiempo que asentía con la cabeza—-. La entiendo perfectamente, incluso diría que es hasta necesario. No imagino otro tipo de comportamiento ante una situación como ésta, pero, perdonar que insista en ello, es esencial que hablemos para poder descubrir al o la culpable de todo lo ocurrido.

—¿Y qué es lo que necesita saber? —preguntó Ruth, tras mirar primero a Cristina y después a su prima, buscando la confirmación de que ambas estaban de acuerdo en cooperar con el agente.

—Bien —dijo Tomás, antes de hacer un breve silencio, buscando en su mente el nombre de aquella mujer que parecía dispuesta a participar en la investigación— Señorita...

–Ruth, Ruth Salvador —se apresuró a responder la joven, mostrando determinación tanto en su respuesta como en su actitud.

—Gracias, Ruth, te agradezco toda tu comprensión y tus ganas de colaborar en la investigación. Qué te parece si empezamos por lo que hicisteis ayer. Imagino que pasasteis la tarde juntas, ¿no?

—Sí, así es —Ruth, en aquel momento, hizo un alto y levantó su mirada, buscando en el baúl de su memoria—. Desde las seis de la tarde, más o menos. Estuvimos visitando la ciudad, con el resto de su familia. Sus tíos y su prima nunca habían estado aquí y Marta, la hermana de Noelia, como es historiadora, nos hizo un tour por toda la ciudad. Después, antes de que anocheciera, sobre las ocho o así, nos sentamos en una terraza que tiene un viejo amigo de la universidad, cerca de la Torre del Oro con vistas al Guadalquivir —apuntó Ruth, mientras Noelia se cruzaba de brazos al mismo tiempo que Cristina, en la distancia, se limitaba a asentir con la cabeza los datos aportados por la joven a la vez que Macarena mantenía la mirada dirigida, en silencio, hacia el suelo.

—Bien, ¿podrías darme el nombre exacto del restaurante y de las personas que estuvisteis visitando la ciudad? —preguntó el inspector, mientras sacaba de su americana un pequeño iPad, aparato que siempre emplea para anotar aquellos detalles que le parecían más relevantes. Aquel instrumento tecnológico había sustituido a las viejas libretas que se llevaban empleando desde que el mundo es mundo, suponiendo todo un avance para el proceso de la investigación, no sólo por lo ilegible de su letra sino también porque le permitía compartir información, al momento, a través de un grupo de escritura compartido con el resto de los miembros de su equipo.

—¿Eso para qué lo va a usar? No irá a grabarme, ¿verdad? —acertó a decir Noelia, con incomodidad en su voz, tras ver el iPad en el que Tomás se había puesto a trabajar.

—¿Grabarla? No, no te preocupes, lo emplearé sólo para anotar la información que me vayáis aportando. Tengo buena memoria, pero así evitamos olvidos innecesarios. Créeme si te digo que es de gran utilidad. La grabadora está apagada, si es eso lo que te preocupa. No habrá registro alguno de lo que digáis, sólo anotaré los detalles que compartáis conmigo y que considere más relevantes —les explicó Tomás, con calma y serenidad, al ver que la sombra de la duda empezó a despertarse en los rostros de las mujeres que lo acompañaban.

—Bueno, en ese caso, supongo que será mejor que lo cuente yo —se adelantó a decir, en esta ocasión, la prometida. En su interior lo único que quería era acabar con todo aquello para poder, con un poco de suerte, seguir adelante con la ceremonia que tanto trabajo le había llevado preparar en los últimos meses. A pesar de todo lo ocurrido, se dijo para sí mientras observaba al inspector trasteando en su iPad, quiero casarme hoy.

Ruth, Cristina e incluso el propio Tomás la observaron sorprendidos. Noelia había pasado de un primer momento de negación y duda sobre si hablar o no, a tomar ahora la iniciativa.

—¿Qué? Supongo que si vamos a hablar de mi familia, tendré que ser yo la que cuente las cosas, ¿no? —preguntó la joven, malhumorada, al sentir que todas las miradas que había en aquella estancia, marcadas por un tono de extrañeza, se dirigían hacia su figura.

—Por supuesto, Noelia. En realidad, creo que es lo más adecuado —respondió Tomás, con cierto agradecimiento en su voz—. Cuéntanos, ¿qué fue lo que hicisteis ayer?

La joven prometida asintió y, tras llenar sus pulmones, comenzó a relatar, de carrerilla, lo que, para ella, había sido el día de ayer, el día previo a su tan esperada boda.

—Bien, primero, para que te sitúes en la historia, creo que deberías saber que Ruth, Macarena y yo vivimos aquí, en Sevilla, mientras que toda mi familia, incluida Cristina, tuvieron que venir desde mi pueblo, que está en el centro de Castilla-La Mancha, siendo este el motivo por el cual todos estamos alojados en este hotel. Ayer, por la mañana, antes de que llegase mi familia a la ciudad, Ruth me acompañó a la finca donde está previsto el convite para perfilar los últimos detalles. Ya sabe, flores, luces, música... todo eso. Una vez dimos el visto bueno, nos fuimos a la estación a recoger, sobre las tres y media o algo así, a mis padres y a Cristina —conforme Noelia narraba todo esto, Tomás se limitaba a anotar toda la información en su pantalla digital mientras que el resto de las mujeres escuchaban con atención—. No serían las cuatro de la tarde cuando ya estábamos aquí, en el hotel que yo misma me encargué de reservar, para dejar las cosas de mis padres y de

Cristina. Al hacer el check-in, me encontré con la sorpresa de que Cristina había reservado por su cuenta una habitación doble para que pasáramos la noche previa de la boda juntas, como en los viejos tiempos —en aquel momento, al dar aquella información, Cristina no pudo evitar mostrar una sonrisa emotiva, mientras Noelia la miraba al contarlo—. Al enterarme de esto, además de sentir mucha ilusión, se me ocurrió que Ruth también podría quedarse. Ya sabe, pensé que sería divertido pasar mis últimas horas de soltera acompañada de mis dos mejores amigas, la mejor amiga de mi infancia y la mejor amiga de mi etapa universitaria. Así, mientras mis padres colocaban sus cosas en su habitación y esperábamos a que llegaran mis tíos, mi prima y mi abuela, que venían todos juntos en un coche desde el pueblo, Ruth y yo nos fuimos a nuestros respectivos pisos para coger algo de ropa para instalarnos en esta habitación junto a Cristina.

—Vale, sólo un apunte, Noelia. ¿En esta habitación, os quedasteis juntas vosotras tres? —preguntó Tomás, al ver que eran cuatro y no tres las jóvenes que se encontraban en la habitación de la novia en el momento del descubrimiento del cadáver.

—Inspector —respondió con rapidez Macarena, sabedora de lo que estaba sugiriendo—, yo soy una prima de Ruth y estoy aquí para encargarme del maquillaje y del peinado de Noelia. Llegué esta mañana al hotel, a eso de las ocho...—en aquel momento se detuvo, valorando la certeza de aquel dato—. Sí, serían las ocho, ocho y poco. Queríamos empezar pronto con el peinado para que no se nos echase el tiempo encima. Yo no me quedé aquí a dormir, yo… bueno, supongo que no soy una amiga —terminó diciendo, en voz baja y con cierto amargor en su voz.

Las otras tres mujeres se percataron del evidente malestar que aquella decisión había causado en la joven maquilladora, y bajaron la cabeza al escuchar sus palabras.

—Perdóname Macarena, no quería... En ningún momento imaginé que te habría gustado pasar la noche con nosotras. Yo… lo lamen…

—No te preocupes, Noelia. No estoy molesta. De verdad, no tienes que disculparte por nada —se apresuró a tranquilizar Macarena a la novia, aunque se podía percibir en el peso de sus palabras que aquello no lo sentía de verdad.

Sin embargo, zanjado aquel pequeño frente que había aparecido durante un breve instante, Tomás, sabedor en aquel momento de que eran dos y no tres las personas que habían acompañado a Noelia durante toda la noche, invitó a la novia a que continuara con su exposición de los hechos.

—Vale, ¿por dónde iba? —preguntó una Noelia que, tras la pequeña intervención de Macarena, había perdido el hilo de su relato.

—Estabas contándome que mientras Ruth y tú estuvisteis trayéndoos la ropa aquí, tus padres deshacían la maleta en la habitación de al lado, a la espera de que tus tíos, que venían en coche junto a tu prima y tu abuela, llegaran al hotel—retomó Tomás la información que la joven acaba de trasmitirle.

—Eso es —confirmó Noelia, mientras observaba el caos en el que se encontraba sumida la estancia, con la ropa de las tres mujeres tiradas por todas partes y las dos camas hechas un ovillo—. Bueno, una vez estuvimos todos aquí, incluidos mi abuela, mis tíos y Mihaela, la mujer con la que hemos pillado a mi padre esta mañana y que vino, si no recuerdo mal, en el tren que llegó justo después del de mis padres, apareció mi hermana para proponernos hacer un recorrido por la ciudad, ya que, excepto mis padres, el resto de mis familiares no la conocía. Mi abuela, cascarrabias como ella sola, decidió quedarse en su habitación con Mihaela mientras que el resto disfrutamos de toda la zona centro durante un par de horas. No sabría decirle el tiempo exacto, pero lo dejamos cuando nos entró hambre y, tras la sugerencia de Ruth, nos acercamos al bar de nuestro amigo José que, como ya sabe, está al lado del río —al decir esto último, por un breve instante, en el rostro de Noelia se dibujó una pequeña sonrisa—. La verdad es que lo pasamos bien.

—Su hermana, Marta, entiendo que no se encuentra alojada en el hotel.

—Así es, ella también vive aquí, en la ciudad, pero decidió quedarse en su piso.

Tomás asintió mientras anotaba aquella información en su pantalla.

—Muy bien, esto ya está. Ahora, Noelia, si no le importa me gustaría que me hablases de tu abuela.

—¿De mi abuela, qué pasa con ella?

—Bueno, has dicho que os fuisteis todos a la ruta que os preparó tu hermana… Todos menos tu abuela y su cuidadora. ¿Por qué?

—La que era, inspector. La mujer que era su cuidadora. Como podrá imaginar, con mi abuela muerta y después de lo de esta mañana, esa maldita zorra está más que despedida —contestó con ferocidad, tanto en su voz como en su mirada, Noelia.

—Era —se corrigió Tomás.

—Bien, dejando de lado a esa malnacida, mi abuela era, espero que no malinterprete mis palabras, una mujer difícil. De siempre, la verdad, no vaya a pensar que ha sido algo que se le ha agravado con la edad. Creo que todos en mi familia le dirán lo mismo, que era una mujer complicada, con mucho carácter… algo que se agravó desde la muerte de mi abuelo el año pasado. La relación que manteníamos casi todos con ella nunca había sido muy buena, sobre todo entre ella y mi madre. Ambas tienen un carácter muy similar y nunca han tenido una relación muy… ¿Cómo decirlo sin que suene mal?

—Cordial —se apresuró a sugerir una Cristina que, hasta ese momento, había guardado silencio—. Vamos, Noelia, tu madre siempre ha odiado a tu abuela, no hace falta que intentes ocultarlo. Desde que éramos bien pequeñitas. Recuerdo que evitaba dejarnos a solas con ella porque siempre nos acababa hablando muy mal de tu padre y esto, como es lógico, sacaba de quicio a tu madre.

El inspector anotó aquel detalle, aunque con mucha precaución pues, al fin y al cabo, se trataba de una información muy soluble. Un odio continuado en el tiempo no era un motivo suficiente para asesinar a alguien, precisamente por el carácter de extensión temporal de ese sentimiento antagónico, y, menos aún, teniendo en cuenta que su asesinato se había producido en la noche previa a la boda de su hija.

—Bien, dejémoslo en que no mantenían una relación muy buena. Por cierto, Cristina, ¿verdad? —preguntó Tomás mientras miraba a aquella joven, de tez blanquecina y mirada castaña, que acababa de intervenir en la conversación—. No se asuste, es pura formalidad. Me gustaría tener sus nombres bien apuntados, para tener un mejor mapa de toda la situación —se justificó el inspector.

—Sí, me llamo Cristina, sí. Soy amiga de Noelia de toda la vida… del pueblo, vamos. Compartimos desde nuestros primeros pasos hasta la graduación del instituto. Éramos inseparables.

—¿Éramos, es que ahora no lo son?

Aquello se sintió en la habitación como si un rayo fulgurante hubiese caído allí mismo. Macarena, asistía interesada en todo aquello, al fin y al cabo, ya había dicho todo lo que tenía que decir y sólo le quedaba observar y disfrutar del momento. Ruth, por su parte, guardaba silencio para su posible turno, mientras que Cristina y Noelia, tras escuchar aquella pregunta, se intercambiaron una mirada silenciosa, como si con ella buscasen ponerse de acuerdo para dar la misma versión sobre su situación actual.

—Bueno, inspector… —empezó a justificarse Noelia, midiendo mucho sus palabras para evitar herir los sentimientos de su amiga—. Como sabrá, las distancias hacen que las relaciones entre las personas se enfríen. Yo me vine aquí a estudiar y Cristina se quedó en el pueblo, así que cada vez nos veíamos menos por culpa de mis compromisos y, bueno, sí, podría decirse que la relación dejó de ser como antes... Pero, a pesar de todo, aquí estamos las dos. Juntas. ¿Verdad, Cristina?

—Sí, eso es. Lo importante es que, a pesar de no vernos mucho, cada vez que estamos cerca la una de la otra es como si nunca nos hubiésemos separado. Incluso hay veces que parecemos seguir siendo aquellas pequeñas mocosas que en verano pasábamos las noches en vela en el interior de una tienda de campaña entre los viñedos —dijo Cristina, apoyando con ello, la exposición que había dado su amiga.

—Comprendo. La verdad que es una lata esto de las distancias. De hecho, yo tengo la misma situación con un par de compañeros de la panda del pueblo y con los que, como mínimo, una vez al año nos escapamos de nuestros quehaceres para juntarnos y ponernos al día —conforme dijo esto, Tomás anotó en su mente que tenía que mandar un mensaje a la panda. Desde que había nacido su hija, había dejado su vida social en un estado absoluto de hibernación—. Y como bien dices, Cristina, cuando nos volvemos a juntar parece que el tiempo nunca ha pasado entre nosotros.

Por un momento, todos se quedaron mirándose los unos a los otros, alcanzando con ello una especie de tregua. Sin embargo, el inspector quería seguir indagando en aquellas relaciones, aunque se arriesgase a terminar con aquel pequeño halo de tranquilidad. Al fin y al cabo, no estoy aquí para agradar, pensó para sí.

—Noelia, sé que ayer te habría resultado inverosímil esta pregunta pero, dadas las circunstancias, me veo en la obligación de formulártela: ¿Conoces de alguien que tuviese algún tipo de interés en ver a tu abuela muerta? —rompió el inspector aquel momento de tranquilidad, mientras se acercó, cauto, hasta el lugar donde se encontraba la prometida que, con un gesto con la cabeza, negó a su pregunta—. Soy consciente de que es algo difícil de asimilar, pero quiero que hagas un esfuerzo —insistió Tomás—. Me gustaría que te tomaras un tiempo para pensar en ello. Quizás un viejo amigo de la familia disgustado, alguien que estuviese enfadado con ella o con vuestra familia, tal vez… contigo. No podemos pasar por alto el hecho de que hoy es el día de tu boda y, después de tu abuela, eres la persona que más ha perdido hoy con su muerte.

—Verá, inspector —comenzó a responder Noelia a aquella sugerencia tras tragar saliva, cómo si aquello le diera fuerzas para expresar su opinión—, no me equivoco si digo que eran pocas las personas que la querían, y menos aun los que eran queridos por ella. Quizás mis tíos, mi prima y su cuidadora, nadie más. A mí y a mi hermana nos acusaba, cada vez que nos veía, de haber traicionado nuestros orígenes al no querer regresar al pueblo cuando acabamos nuestros estudios. A mis padres los odiaba por la mala imagen y las habladurías que las aventuras de mi padre causaban, según su opinión, a la familia y a nuestra respetabilidad en el pueblo, pero, de verdad, me cuesta creer que alguien de mi familia haya tenido algo que ver con lo ocurrido esta mañana. Y en cuanto a lo de alguna persona que quisiese hacerle daño, simplemente me parece del todo imposible.

Tomás asintió al escuchar lo que Noelia le contaba mientras anotaba toda la información en su iPad. Tenía que admitir que le resultaba sorprendente la fortaleza de aquella mujer. A pesar de estar viendo como todo el empeño y sacrificio que había realizado durante los últimos meses para la celebración de su boda se venía abajo, lograba mantenerse firme a la hora de responder a sus preguntas, aguantando con serenidad cada una de las sugerencias que le hacía de una manera admirable.

—¿Y qué hay de ti? —preguntó Tomás—. ¿Hay alguien que quisiera hacerte daño, alguna persona con interés en que la boda no saliese adelante?

—No. Nadie, al menos que yo sepa. A ver, he tenido mis escarceos y problemas con muchos babosos a lo largo de mi vida. Ya sabe, imbéciles que no aceptan un no por respuesta. Pero hace mucho que ninguno me ronda. Así que no, no creo que vayan por ahí los tiros —rechazó, con rapidez, la prometida.

—Piense un poco, haga ese esfuerzo. ¿Alguien del trabajo, quizás? —preguntó de nuevo Tomás a la joven.

Noelia negaba con la cabeza y se disponía a responderle que en el hospital se llevaba bien con todos sus compañeros, cuando de repente, Cristina se levantó de la cama para, con cierto miedo dibujado en su voz, preguntar a la novia sobre una persona que se convertiría, desde ese momento, en una pieza esencial en la partida que se había iniciado aquella mañana.

—Noelia, ¿qué hay del tipo ese? El amigo de Manuel que me contaste que se enfadó porque no lo invitaste a la boda y os dijo que lo lamentaríais. ¿Era tu ex, no? —terminó preguntando mientras miraba a una Ruth que, al escuchar estas palabras, no pudo evitar sonrojarse y entrecerrar sus puños, con fuerza, en torno a la fina sábana que cubría parte de la cama en la que se encontraba sentada.

—Cristina, deberías pensarte mejor las cosas antes de señalar a una persona que, primero no está aquí para defenderse y, segundo, ni tan siquiera la conoces —respondió Ruth, dolida, mientras se levantaba de la cama para situarse a la misma altura que aquella vieja amiga de Noelia que, desde el primer momento, había mostrado una especial inquina hacia ella. Seguramente, pensó la joven sevillana en este momento, Cristina no le perdonaba haberle robado a la mejor amiga de su vida.

—Espera, Ruth, me gustaría saber más sobre él. ¿Quién es y por qué se enfadó contigo? —preguntó Tomás a Noelia, desviando con ello el foco de tensión que se había creado entre las dos amigas de la prometida. Tenía que sacar algo de información. Ya había pasado por encima de todas las cartas que habían sido repartidas sobre la mesa sin obtener ningún detalle importante. Aquel tipo, se dijo para sus adentros, se le antojaba ahora como un pequeño faro en mitad de la tormenta en la que se encontraba inmerso.

Noelia miró por un momento a Ruth. A ella nunca le había caído bien aquel tipo, pero su mejor amiga estuvo, incluso sabía en su fuero interno que seguía estando, enamorada de él. Lo último que quería era herirla, sin embargo, al sacarlo Cristina en la conversación, tenía que admitir que no se le ocurría ninguna otra persona que pudiera querer causarle un gran daño. Tenía que hablarle al inspector sobre él, terminó convenciéndose, a pesar del dolor que sabía que le provocaría a su amiga.

—Se llama Ernesto Cortés, fue el novio de Ruth durante los últimos diez añ…

—Once, fue mi novio durante once años —corrigió Ruth, cortando a su amiga—. Noelia, es mi historia, así que la voy a contar yo. Fueron once, los años que estuvimos saliendo. Ernesto… En fin, es un hombre un poco alocado, como el resto de su panda, pero, inspector, le aseguro que tiene buen corazón y sé que, a pesar de que amenazó con arruinarles la boda, él no ha sido capaz de hacer algo así. Aquella amenaza la hizo en un momento de rabia, enfadado al conocer que yo sí había sido invitada a la boda y él no. Conociéndolo, estoy segura de que culpó a Noelia de eso, y seguro que dijo muchas cos…

—Ya estamos, Ruth. Yo es que no tengo la culpa de que fuera un cabrón contigo. Sí, de acuerdo, yo le pedí a Manuel que no le invitase a la boda porque venías, pero… ¡Joder!

Todas las personas que se encontraban en la habitación se quedaron mirando, con el corazón en un puño, como Noelia, tras haberse levantado de la silla de un brinco, comenzó a rebuscar, agitada y fuera de sí mientras maldecía entre dientes, por todo el aparador que había en la habitación y que estaba colmado de productos cosméticos.

—¿Qué ocurre? —preguntaron al unísono las otras cuatro personas que se encontraban en la estancia.

—Joder, joder, joder... Mi móvil, tengo que encontrar mi maldito móvil. Manuel no sabe nada de lo que ha ocurrido y el pobre estará preparándose ahora mismo con toda su familia. ¡Qué desastre!

El inspector, mientras Cristina y Macarena acompañaban a Noelia en la búsqueda de su móvil, se acercó hasta una Ruth que, al salir a la luz su relación en la conversación, luchaba por contener sus lágrimas y la rabia que sentía en aquel momento.

—Él, debe creerme... Él no sería capaz de matar a alguien. De verdad, sé que él no la ha matado, no ha podido hacer tal cosa.

—Mira, Ruth, de momento sólo puedo decirte que tendré muy presente tu opinión y que, de momento, no será considerado como sospechoso, ¿de acuerdo? —la joven asintió sollozante a aquellas palabras—. Sin embargo, ahora quiero que entiendas que necesito que me facilites sus datos para que pueda ir a hablar con él y que me cuente dónde estuvo anoche. Anoche era viernes y estamos en Sevilla, estoy convencido, sin conocerlo, de que estuvo con un par de amigos tomando unas cervezas en algún sitio. Ellos podrán confirmar que pasaron la noche con él y que, por lo tanto, no pudo estar en el hotel. Tendrá una coartada sólida, de verdad, no te preocupes. Piensa que con esto no sólo ayudas a tu amiga, sino también a Ernesto. Ya lo verás, confía en mí.

En aquel momento, tras escuchar aquellas tranquilizadoras palabras que le dedicó el inspector, Ruth tomó aire y, mientras se restregaba sus ojos, provocando que, al igual que le había ocurrido antes a Noelia, todo el rímel y demás maquillaje que se había aplicado en su rostro se emborronase, comenzó a aportar los datos que el inspector le había requerido, quedando estos anotados en el iPad.

Una vez acabó de recopilar la información, Tomás, con la mayor suavidad que le fue posible, se despidió de aquellas cuatro mujeres, no sin antes pedirles que, hasta nueva orden, no abandonasen el lugar en el que se encontraban.

He sembrado más dolor y tensión que la que había cuando llegué, se dijo para sí el inspector conforme abandonaba aquella estancia. Por un lado estaba la pobre prometida que esperaba, ansiosa, la respuesta a su llamada del hombre que estaba dispuesto a convertirse en su marido. Por otra parte se encontraban sus dos acompañantes, Cristina y Ruth, que, en aquel momento, intercambiaban palabras y miradas acusatorias por todo lo sucedido. Sin duda, la segunda no le perdonaba, ni le perdonaría jamás, a la primera que hubiese mencionado y acusado a su ex de algo tan grave. Y por último, pero no por ello menos importante, se encontraba Macarena, prima de Ruth y maquilladora de la novia, que había contemplado todo el interrogatorio en un segundo plano, con una expresión que, si bien no llegaba a ser de felicidad tampoco podría catalogarse de dolor.

Sin embargo, todo esto no tenía importancia, al menos por ahora, terminó convenciéndose el inspector. Tenía un nombre, alguien que había amenazado a la futura pareja con arruinar su día, además de una cronología y un, más o menos, completo resumen de las relaciones personales que había entre la víctima y sus allegados. Probablemente, aquel tipo no tendría nada que ver con lo ocurrido y su amenaza había quedado sólo en eso, en una advertencia vacía fruto del calentón al verse apartado de su mejor amigo. Sin embargo, en este tipo de situaciones, tal y como Tomás sabía por experiencia, un nada podía convertirse en un todo en menos de lo que dura un parpadeo.

3

La persona que más ha estado esperando esta noticia

Fabián se dirigía hacia el ascensor acompañado por un Pablo que se concentraba en abrocharse el cinturón de su pantalón y ajustarse su colorida camisa a rayas.

—Menuda se ha montado ahí fuera, ¿eh? —comentó al subinspector, con una sonrisa, al mismo tiempo que se metía la camisa por el interior del pantalón y el ascensor comenzaba a descender hacia la planta baja del hotel—. Te pido disculpas por todo el numerito, de verdad. Mi mujer es algo… explosiva.

—Creo que no ha sido sólo cosa de su mujer, señor...

—Lerín. Pero por favor, llámame Pablo. No me gustan los formalismos —apuntó el infiel, mientras se concentraba en ajustarse la camisa.

—Muy bien… Pablo. Siéntate en ese sofá de ahí y espérame. Tengo que pedirle un par de cosas a la recepcionista. En seguida estoy contigo para tomarte declaración —acertó a decir el joven subinspector, una vez se abrieron las puertas y se descubrió ante ellos la ornamentada entrada del hotel.

Pablo, tras asentir a la orden de Fabián, se sentó en el amplio y cómodo sillón mientras observaba, con atención, como éste se dirigía, con paso firme y seguro, hacia la mesa en la que se encontraba la apuesta recepcionista hecha todo un manojo de nervios, revisando varios papeles que sostenía temblorosa entre sus manos.

La pobre, se dijo Pablo para si al observarla, parecía incapaz de hacer nada por culpa de los nervios que la zarandeaban en aquel momento como si de un muñeco de trapo se tratara.

—Buenos días, soy uno de los agentes que está a cargo de la investigación sobre lo ocurrido con la señora Reina. Mi nombre es Fabián Gómez, subinspector del Cuerpo Nacional de Policía, y estoy aquí para pedirle toda la información referente a las entradas y salidas que se produjeron en el hotel en el día de ayer, así como los nombres de los huéspedes que se alojan en cada una de las habitaciones, las grabaciones realizadas por las cámaras de seguridad del edificio, tanto las ubicadas en los pasillos como en las puertas de acceso y de salida y el listado con el nombre de todos los trabajadores del hotel, especificando el puesto que desempeñan —soltó, con rapidez, el joven investigador a una recepcionista que, a pesar de que su jefe ya la había advertido sobre las cosas que la policía le podría solicitar, sintió que sus piernas le fallaban al escuchar aquella catarata de peticiones.

La realidad era que Catalina sentía un profundo respeto por las fuerzas del orden, pero odiaba y temía, a partes iguales, verse cerca de ellas. Había leído demasiado como para saber que encontrarse inmersa, de una u otra manera, en este tipo de investigaciones, podía terminar pasándote factura. Idea que reforzaba en su interior cada vez que recordaba a la pareja que dejó pasar al hotel en la noche de ayer y que, en vista de todo lo ocurrido, podría acabar bien jodida por ello.

—¿Señorita? —preguntó Fabián, al ver que la joven recepcionista parecía encontrarse muy lejos de allí.

—Sí, discúlpeme... agente. Buenos días —acabó respondiendo una Catalina que, ahora sí, tras aquel nuevo requerimiento, dejó aparcado tanto el recuerdo de la pareja nocturna que dejó pasar como la terrible imagen de la pobre y angustiada mujer sujetando entre sus brazos el cuerpo ensangrentado de su anciana madre—. Mi nombre es Catalina Hidalgo, ¿en qué puedo ayudarle?

—Encantado, Catalina. Como ya le he dicho, soy Fabián Gómez y soy uno de los agentes que está a cargo de la investigación sobre lo ocurrido durante la noche de ayer en su hotel. Necesito, para poder ponernos a trabajar en ello, que me ceda los registros de entradas y salidas, así como el nombre de los inquilinos de cada una de las habitaciones y de todo el personal del hotel, incluidos los turnos de mañana y tarde. Ah, también me gustaría que me facilitase el acceso a las grabaciones de las cámaras de seguridad —respondió Fabián, manteniendo su sonrisa, mientras observaba como la joven que tenía frente a él intentaba concentrarse.

—Bien... De acuerdo, pero tiene que saber que tenemos un registro de entradas y salidas manual, no digital. Nos gusta mantener las formas decimonónicas acordes al estilo del hotel. Si quiere ahora mismo le preparo una copia y se la paso en un momento. Me llevará unos minutos —se apresuró a responder Catalina, con la mayor firmeza que le fue posible.

—Una copia no, quiero el original —respondió Fabián, mientras miraba, con determinación, a los ojos de Catalina.

—De... acuerdo —contestó la joven, entrecortada—. Hablaré con mi jefe, a ver qué puedo hacer. Imaginará que no me está permitido dejar el original dado que en él se encuentran anotados el nombre de los huéspedes de días pasados a los que les prometimos nuestra confidencialidad. Antes de proceder a entregárselos debo consultarlo, normas de la empresa. Espero que lo entienda.

Fabián, tras escuchar esta información, se limitó a asentir pero, antes de despedirse de ella, volvió a dirigirle su mirada azulada para recordarle un detalle que, por poco, no pasó por alto.

—¿Qué hay de las grabaciones, señorita...?

—Catalina, me llamo Catalina. Lo pone bien claro aquí —respondió la joven, sin ocultar su enfado, mientras señalaba una pequeña plaquita que había sobre la mesa que les separaba—. Me temo que no tenemos cámaras en ninguna de las áreas del hotel. Tal y como le he dicho antes, para nosotros es vital respetar las apariencias decimonónicas, y eso afecta a ciertos elementos más... tecnológicos. Nuestro hotel presume de ello y es, por así decirlo, nuestra insignia diferenciadora del resto de los lugares que ofrecen los mismos servicios en la ciudad. Le puedo asegurar que ese es el motivo principal por el que muchos de nuestros clientes deciden confiar en nosotros.

En aquel momento, Fabián, al escuchar aquel detalle, no pudo evitar esbozar una sonrisa en sus labios. A pesar de toda la pomposidad y lujo que irradiaba aquel lugar, no dejaba de cumplir el mismo servicio que cualquier hotel de mala muerte del extrarradio.

Me apostaría el sueldo, pensó para sí en aquel instante, a que Pablo no ha sido el primero en usar estas paredes a modo de picadero.

—De acuerdo, Catalina, ponte en contacto con tu jefe para ver cuando nos podéis facilitar el acceso a la información de las entradas y salidas, así como de los nombres de huéspedes y del personal. Catalina... quiero que sepa que esto es importante y, de verdad, lamentaría mucho tener que pedir una orden judicial para hacerme con la información —en aquel instante, Fabián hizo una breve pausa, con la única intención de dotar de mayor intensidad a su petición—. Créeme si te digo que cualquier información o detalle, por pequeño que sea, puede acabar resultando clave para la resolución del caso, házselo saber a tu jefe.

Catalina, mientras desviaba su mirada hacia el cuaderno de registro que tenía sobre su mesa, ansiosa por acabar con aquella conversación, se limitó primero a asentir y después, mientras Fabián volvía hacia el lugar donde Pablo se encontraba sentado, a observarlo en silencio.

Sin duda, pensó la joven recepcionista mientras lo veía alejarse, aquel tipo era algo fanfarrón, pero mostraba una gran determinación para lograr dar con la resolución del problema.

Parece tener muchas ganas de demostrar de lo que es capaz, terminó convenciéndose.

Pablo, por su parte, sentado en el mullido sofá que le había indicado el subinspector, aprovechó todo este tiempo de soledad para valorar su situación. Con el descubrimiento de su relación con Mihaela, era muy consciente de que tendría que decir adiós a muchas de las cosas que siempre habían estado presentes en su vida. Adiós a su puesto en la bodega familiar, a las comodidades y a las regalías que ello implicaba, adiós a su relación con la mujer con la que había compartido casi toda su vida y, a su vez, de algún modo, adiós a unas hijas que jamás le perdonarían todo lo que acababa de suceder. Adiós también a muchos de sus viejos amigos que ahora, al ser excluido de la familia, le darían la espalda con tal de no enfadar a su mujer…

Al menos, se dijo a modo de consuelo, no todo era negativo aquella mañana. Ahora podría decir, sin ningún temor, que amaba a otra mujer. Ya no tendría por qué esconderse, ya no tendría que pagar para que nadie se fuese de la lengua y, por si fuera poco, también acababa de despedirse de la maldita vieja que tantos males le había causado en su vida. Adiós, Mercedes, adiós, repitió Pablo en sus adentros mientras esbozaba una sonrisa, justo antes de que Fabián llegara hasta el lugar en el que se encontraba y que consistía en una recogida salita de descanso con vetustos y almohadillados sillones dispuestos en torno a una mesa de caoba presidida por un precioso jarrón repleto de rosas.

—Bueno… —dijo Fabián una vez estuvo frente a frente con Pablo—. Perdona el retraso, pero tenía que tratar unos detalles con la recepcionista.

—No te preocupes. Entiendo que ella le resulte mucho más interesante que yo —respondió el infiel, con una sonrisa pícara.

—Ya… En fin, mi nombre es Fabián Gómez y soy subinspector del Cuerpo Nacional de Policía de la ciudad de Sevilla y, como ya imaginará, soy una de las personas encargadas de investigar la muerte de su suegra, la señora Mercedes Reina —esto último, lo dijo de manera muy marcada, haciéndole ver que aquello iba muy en serio—. Supongo que se encontrará apenado por este terrible suceso.

—Si le tengo que ser sincero… la verdad es que no. Maldita sea, lo reconozco, probablemente sea la persona que más ha estado esperando esta noticia —respondió Pablo, con una sonrisa de oreja a oreja, al mismo tiempo que se acomodaba más aún en el sofá, recostándose en su interior a la vez que colocaba sus manos sobre su regazo.

Fabián, tras escuchar aquel comentario, no dudó en responder con otra sonrisa. Verdaderamente, se dijo para sí, aquel hombre tenía muy pocas luces… o muy poco que perder.

—Pablo, le voy a ser sincero ya que me ha caído bien. No creo que esas sean las palabras más apropiadas dada la situación, especialmente porque ahora mismo, con los hechos que hay sobre la mesa, tenemos abiertas todas las vías de la investigación… con todo lo que eso implica. ¿Me explico?

Al escuchar estas palabras, Pablo cambió por completo su postura y su actitud, borrando la sonrisa que había lucido casi con orgullo hasta este momento.

—Por Dios... ¿No estará pensando que he tenido algo que ver con la muerte de mi suegra? —preguntó, ahora sí, con cierto miedo en su voz.

—Bueno, tal y como le acabo de decir, estamos en un momento de la investigación en el cual no podemos ni debemos descartar nada. Es más, estabas en la habitación colindante a la de tu suegra y, por lo que me acabas de contar, eres la primera persona en el mundo que quería escuchar esta noticia.

—Bueno, a ver… Fabián, no tergiverses mis palabras buen hombre. En mi defensa diré… A ver… Mira, mi suegra no era una mujer lo que se dice… —Pablo se detuvo mientras pensaba bien qué decir para cambiar de tema—. ¿Estás casado?

—No —respondió Fabián escuetamente.

—Pues no sabes cómo te envidio, chaval. Nunca caigas en esa trampa mortal. Te ata y te asfixia como si de una puñetera víbora se tratase. Al principio todo es felicidad, pero luego vienen las niñas, tienes que convivir y tratar bien a unos suegros que odias y que te consideran un puto fracasado que sólo sirves para calentar la ca…

—Pablo, entiendo lo que quieres decirme. Estar casado es complicado —cortó el subinspector, cansado de escuchar los torpes justificaciones de aquel hombre—, pero, por favor, evitemos desviarnos del tema que nos ocupa. Un tema que no es otro que el asesinato de su suegra. Dime, ¿cómo era tu relación con ella?

El aludido se llevó una mano a su pelo enmarañado y comenzó a acariciárselo con suavidad, como si aquel gesto le sirviera para medir las palabras que iba a pronunciar a continuación.

Este tipo sólo busca un culpable y parece haberlo encontrado en mí, pensó para sí antes de responder a la última pregunta que le acababa de formular el subinspector.

—Supongo que en la media de cualquier relación suegra-yerno. Ya sabe, me odiaba desde el primer momento que la conocí… Y en eso, he de admitir, que no la puedo culpar. Al fin y al cabo, soy el tipo que se tiraba a su hija. Es un mal punto de partida para comenzar una relación personal, ¿no crees?

—Bueno, diría que es el mismo punto de partida de cualquier relación suegra-yerno.

—Sí, pero… En fin, no es lo mismo si tus… bueno… si tus suegros son unos clasistas de mierda. Se creían los reyes del pueblo y no aceptaban que un mindundi como yo rondase a su niña. Tenía que haber visto sus caras durante mi boda, parecía que estaban en un maldito funeral. Quizás también tuvo algo que ver el hecho de que mi mujer tuviera un bombo en ese momento que le impedía incluso poder abrocharse los zapatos pero, bueno... ya sabe, en los pueblos todo son habladurías y aquello, a Sor Mercedes le molestó muchísimo. Yo me lo pasé en grande la verdad, sobre todo viendo la cara de mala hostia que tuvo mi suegra durante todo el día —terminó confesando Pablo, recobrando la diversión en su voz conforme relataba este detalle.

—Entonces, por lo que me estás comentando, considero que la relación con tu suegra debería catalogarse más bien como... ligeramente por debajo de la media, ¿no crees?

—Eres tú quien lo dice, amigo —en aquel momento hubo un breve silencio, donde ambos parecían medir la situación—. Verás, a cualquiera que le pregunte sobre mi suegra, incluso fuera del pueblo, le dirá que es la... Perdón, que era —se corrigió con rapidez Pablo— la mujer más odiosa con la que uno podía llegar a cruzarse en su vida. Se lo aseguro, de verdad. No había persona que la conociera que no la temiese.

—Entonces, ¿dirías que son muchas las personas que tendrían interés en verla muerta?

Pablo, al escuchar aquella pregunta, guardó silencio, sabedor de que tendría que ir con cuidado si no quería meterse en un pozo del que lo tendría muy difícil para salir.

—A ver, una cosa es odiar a una persona y otra muy distinta es querer acabar con su vida. En mi opinión, yo diría que no. No creo que ninguno de los que estamos aquí haya sido capaz de hacerle algo así —tras decir esto, tomó aire para después añadir, de nuevo con una sonrisa en su rostro—. Entre los que yo me incluyo, por supuesto.

—De acuerdo —respondió Fabián, mientras pensaba en el siguiente paso que tenía que dar—. Imagino que tarde o temprano esperabas que te preguntase por la relación que mantienes con esa joven. Soy consciente de que puede parecerte que no tiene mucho que ver con el caso, pero me gusta siempre conocer todos los frentes.

—Sabía yo que de esta pregunta no me libraba. Imagino que debe resultar demasiado jugoso como para pasarlo por alto. Se llama Mihaela y es la… era, mejor dicho, la cuidadora de mi suegra y sí, como ha quedado evidenciado hace unos minutos, mantengo una relación con ella... Y creo que ya no es necesario dar más detalles —El subinspector, al escuchar esto, no pudo evitar alzar su ceja de sorpresa, siendo éste un gesto que a Pablo no se le escapó—. ¿Algún problema?

—No, no… ninguno. Soy de la opinión de que cada uno es libre de hacer lo que le plazca… supongo. En fin, como le iba diciendo, no estoy interesado en su relación extramatrimonial. Lo único que quiero es solucionar el caso y dar con el asesino de su suegra, y para ello es importante que tenga bien referenciado a todo el mundo que forma parte, de un modo u otro, en la historia —tras decir esto, Fabián se acercó más a Pablo. Sabía, por la reacción que había tenido, que por el tema de su amante no iba a sacar nada en claro, así que Fabián tomó la decisión de preguntar por lo que consideró más interesante—. Bien, ¿podrías decirme dónde y con quién has pasado las últimas horas?

Pablo se quedó pensativo al escuchar aquella pregunta. No tenía nada que ocultar, había pasado todo el tiempo acompañado por alguien. En eso, al menos, pensó con tranquilidad, había tenido suerte.

—Sí, claro, aquí no le va a surgir ninguna duda porque siempre estuve con alguien. Llegué a la ciudad a mitad de la tarde de ayer en el tren, junto a mi mujer y la amiga de mi hija, Cristina. Le puede preguntar a ellas que se lo confirmaran. Mihaela, sé que querrá saberlo, vino sola en el siguiente tren, pues mi mujer dejó bien claro que ella no podía venir con nosotros. Supongo que se olía algo de lo nuestro y la pobre tuvo que quedarse ordenando la casa de mi suegra antes de salir a la estación. Mi suegra, si también le interesa, llegó a la ciudad con Verónica y Raimundo, que vinieron en su coche particular.

—¿Podría ser más exacto con la hora de la llegada a la ciudad?

—Pues... Nosotros... serían las dos o las tres de la tarde, no lo recuerdo muy bien ahora mismo. Mihaela llegó tres horas después que nosotros y antes que ella llegaron mi suegra y mis cuñados en su coche. Más o menos, por resumir, toda la familia estábamos en la ciudad e instalados en el hotel alrededor de las seis o así. Fue a esa hora cuando, junto con Raimundo, recogimos a Mihaela de la estación.

—Y después, ¿qué hicieron el resto del día?

—Bueno, verá, mi hija pequeña, Martita, llegó al hotel a ver cómo íbamos y nos propuso hacer una excursión por todo el centro de la ciudad. Mi cuñada y su marido no son muy dados a viajar y era la primera vez que venían a Sevilla, y, bueno, como mi hija es historiadora, pues se ofreció a hacernos un recorrido por las zonas más conocidas de la ciudad. Ya sabe, vimos la Giralda, el Patio de Banderas, el archivo de Indias, la torre esa de oro...

—Del Oro, Torre del Oro, no de oro —le corrigió Fabián.

—Bueno, eso, qué más da. La cosa es que estuvimos haciendo turismo durante toda la tarde hasta que nos entró el apetito y la mayor nos llevó a una terraza, cercana al río, que era, si no recuerdo mal, de un amigo suyo o algo así.

—¿Podría decirme el nombre del bar?

Ante esta pregunta, Pablo guardó silencio, buscando en su memoria un nombre que, después del baño de alcohol de anoche, fue incapaz de recordar.

—Lo siento, sólo puedo decirte que se encontraba cerca del rio, que estaba todo muy bueno y que las cervezas las servían bien fresquitas. Me lo pasé en grande.

—¿Fuisteis todos a la excursión, tu suegra también estuvo?

—No, gracias a Dios que no. Créeme, si hubiese ido ella yo me habría quedado aquí... o me habría tirado de cabeza al rio. No, ella se quedó en el hotel. Lo cierto es que desde que murió el viejo de Rogelio, ella se ha comportado como, lo que en el pueblo se considera, una viuda ejemplar.

—Por lo que me dice, supongo que ese tal Rogelio era su suegro.

—Así es, falleció hace año y medio por culpa del virus que nos trajeron los malditos chinos. La vieja también se contagió pero ya sabes lo que dicen, bicho malo nunca muere… Bueno, ya me entiende.

—En fin… —en aquel momento, Fabián intentaba ordenar todo los peones de la partida que estaba jugando en su cabeza—.

Entonces, ¿tu suegra se quedó sola en su habitación durante toda la tarde-noche?

—No, sola no. Mihaela se quedó a su cuidado. La verdad es que lo sentí por ella, estoy seguro de que habría disfrutado de la ciudad mucho más que la cateta de mi mujer. La muy cazurra sólo quería tomarse unas tapas en cualquier terraza. Mihaela —en aquel momento guardó silencio, como si el mero hecho de mencionar su nombre le produjese placer— es muy inteligente. Le encanta aprender cosas nuevas. Es una pena que haya tenido una vida tan dura, estoy seguro de que en otras condiciones... Sí, en otras condiciones habría tenido un mejor porvenir y habría llegado muy lejos.

—Seguramente, sí, pero, volviendo al tema, entonces, según lo que acabas de contarme, tu suegra se quedó asolas con Mihaela durante toda la tarde y parte de la noche... ¿Sobre qué hora regresaron al hotel?

—Oye, no me gusta lo que acaba de insinuar de Mihaela. Ella es la única persona que quería a Mercedes y puede que fuera la única persona por la que la maldita vieja sentía algo de cariño. Te juro por lo más grande que ella no la ha matado y en cuanto a su pregunta, regresamos cada uno a una hora distinta. Mi cuñada, Verónica, se fue la primera. Siempre ha estado muy pendiente de su madre y le preocupaba dejarla sola con Mihaela. Nunca la ha tragado, sabe. Siempre ha ido detrás de ella para corregirla por cualquier tontería. Verónica es algo obsesiva con todo lo que rodea a su santa madre. Después de mi cuñada creo que se fueron

Raimundo y su hija, al mismo tiempo… Sí, se fueron y nos quedamos en la terraza mi mujer, mis hijas, las dos amigas de la mayor y yo pero, al poco de irse mi cuñado y mi sobrina, mi mujer comenzó a decir que nosotros también deberíamos de regresar pero yo me lo estaba pasando muy bien y le dije que no quería irme, que se fuese ella sola. Teníamos bonitas vistas, buena compañía y cerveza fría, ¿qué más se puede pedir? —Fabián se limitó a asentir, pero evitó responder para no frenar la exposición de Pablo—. En fin, mi mujer, cansada de insistirme en que nos fuéramos, acabó pidiéndose un taxi ella sola y yo, nada más verla de montarse en el coche, recordé que le había prometido comportarme durante todo el viaje, así que, para evitar tentaciones y discusiones por aparecer de madrugada y borracho, pedí un taxi a los pocos minutos y seguí sus pasos. Al llegar al hotel, ya en el pasillo, y cuando estaba a pocos metros de llegar a nuestra habitación, oí una de las puertas abrirse a mi paso. Me giré para ver de quién se trataba y… —en aquel instante se detuvo en su relato, al mismo tiempo que en su mirada apareció un fino halo de culpabilidad—. En fin, asomaron unas piernas que me eran muy familiares y caí en la tentación.

—¿Mihaela?

Pablo se limitó a asentir.

—¿Podrías decirme la hora, más o menos, de cuando sucedió esto último?

—Puf… No sabría decirle con exactitud. Serían las dos o las tres, supongo.

—Muy bien, Pablo. Pues con esto, creo que, por el momento, ya estaría todo.

—¿Ya está, ya he dejado de ser sospechoso de la muerte de mi suegra? —preguntó Pablo, mientras sentía que todos sus músculos se relajaban y volvía a recuperar la sonrisa.

Fabián pensó bien su respuesta. Uno nunca sabía los giros que pueden darse en este tipo de casos, aunque había algo en aquel hombre que le hacía pensar que, a pesar de toda la situación que le envolvía, no había tenido nada que ver con lo ocurrido la última noche con su suegra. Pero, tal y como siempre le recordaba su jefe, la prudencia es la herramienta más valiosa que debemos emplear.

—Pablo, como te he dicho al inicio de nuestra conversación, de momento tenemos todas las vías abiertas en el caso. Por lo que sabemos, tenías motivos y oportunidad, incluso anoche, durante un corto periodo de tiempo, estuviste solo y en mitad del pasillo. No obstante, si de verdad no has hecho nada malo, debes estar muy tranquilo y relajado. Daremos con el culpable más pronto que tarde.

Pablo sintió que en sus adentros algo se removía. Pensaba que su franqueza a la hora de responder le exoneraría de toda sospecha, pero parecía que aquello no bastaba.

—Te lo he contado todo, jamás estuve solo. Tengo coartada. Mihaela puede confirmar que pasamos juntos toda la noche en su habitación —era la primera vez que hablaba de su relación con ella en voz alta, sin temor a las consecuencias que aquello le podría suponer. Al hacerlo, se sintió liberado.

—Bueno, en un principio se podría decir que sí, que tiene esa coartada. Ahora, en un momento, le preguntaré para que me lo confirme. Aunque, de todos modos, a pesar de que lo haga, ¿quién no me dice que os habéis confabulado para cubriros las espaldas?

Pablo sintió que todo su ser se paralizaba.

—Pero, por el amor de Dios, céntrate en la gente que no tenga coartada. Como te he dicho, son muchos los que la odiaban, por no decir todos. Mi mujer, sin ir más lejos. Toda la vida se ha llevado a matar con ella. De hecho, no recuerdo ni un solo día en el que no la pusiera verde. Incluso… —en aquel momento, guardó silencio, sabía que lo que estaba insinuando con sus palabras implicaba una acusación bastante grave—. Desde que se murió su padre no paraba de decir que habría pagado todo lo que tenía para que hubiese sido su madre y no su padre la que hubiese fallecido. Mi mujer estaba sola en su habitación, yo estaba con Mihaela. De verdad, ¿me estás diciendo que soy más sospechoso que ella? —terminó preguntando entre violentos aspavientos, al mismo tiempo que se levantaba del sofá.

—Pablo —replicó Fabián mientras se incorporaba para ponerse a la altura del hombre que tenía frente a él—, te puedo asegurar que preguntaremos a cada uno de los miembros de tu familia con el mismo detalle y atención que acabo de hacer contigo. Por el momento, como ya te he dicho, es pronto para descartar nada y, hasta donde sabemos, todos, sin excepción, puede ser el culpable de la muerte de tu suegra.

4
Una preciada joya

Gema no pudo evitar sentir cierto orgullo al ver la confianza que Tomás depositó en ella al asignarle el interrogatorio de Carmen, la mujer que, durante todo el revuelo que se había formado en mitad del pasillo, se había mostrado especialmente virulenta.

En realidad, se dijo para sí mientras acompañaba a aquella mujer envuelta en un manto de furia hacia su habitación, sabía perfectamente el motivo por el que su jefe le había asignado este interrogatorio en cuestión.

Durante el tiempo que llevaba trabajando en el cuerpo, Gema había logrado destacar por su extraordinaria capacidad para empatizar con las personas, mostrando siempre una cualidad excepcional para entender y canalizar todo el dolor de las personas con las que intercambiaba impresiones para que, además de lograr que se sintiesen mejor, aportasen toda la información que tenían en su poder. Una capacidad que era, al igual que el tic nervioso que sufría en sus manos cada vez que tenía que hablar en público, innata en ella. Desde bien pequeña, tal y como se encargaba de recordárselo su padre, mostró un profundo interés por escuchar y atender a las personas, fuesen o no de su círculo personal. Sabía entender, en cada momento, las necesidades que tenía que atender y las respuestas que debía dar, mostrando ilusión ante una nueva oportunidad, ambición con la aparición de nuevos proyectos y comprensión en los momentos de dolor.

Ambas mujeres, Gema y Carmen, no habían llegado a la puerta de la habitación cuando la segunda decidió, a pesar de que todavía se sentía furiosa por todo lo sucedido, interesarse por la mujer que la acompañaba.

—¿Usted es la agente que me va a interrogar? —preguntó Carmen, mientras miraba de arriba abajo, de manera juiciosa, a la subinspectora—. ¿No es demasiado joven?

A excepción de la cama, que todavía se encontraba deshecha, la estancia en la que estaban a punto de introducirse se encontraba marcada por la pulcritud y el orden, encontrándose todo en su debido lugar.

—No se deje engañar por las apariencias, señora. Estoy perfectamente cualificada para ello —respondió Gema, con seriedad, intentando hacerse respetar a través de la formalidad—. Mi nombre es Gema Ruíz y soy subinspectora del Cuerpo Nacional de Policía de la ciudad Sevilla y, como bien ha dicho, me ha sido encargada su entrevista —mientras decía aquellas palabras sacó el iPad que llevaba siempre consigo para, tal y como le había enseñado su jefe, tomar notas sobre los detalles de la conversación que le resultasen más interesantes—. Voy a emplear este aparato para tomar notas sobre aquellos puntos que tratemos. Dicho esto, si le parece bien, podemos empezar hablando por su nombre y su relación con su familia —terminó de decir la joven, con la mayor suavidad que le fue posible, mientras se sentaba en el sillón que quedaba libre, imitando con ello el movimiento que un momento antes había realizado Carmen, pues ella ya se encontraba sentada en el otro sillón gemelo que había en la lujosa estancia.

—Esto es una soberana estupidez, subinspectora. Han matado a mi madre y se ponen a perder el tiempo conmigo. ¿A qué iluminado se le ha ocurrido todo esto? ¿Acaso creen que he sido capaz de matar a mi madre?

—Señora, para nosotros, es importante establecer una serie de relaciones y hechos que nos sirvan para ubicarnos en toda la historia. No puedo imaginarme el dolor y lo difícil que debe estar resultándole todo esto pero, créame si le digo que es necesario para poder resolver toda esta desagradable situación. Así que, por favor, le agradecería que se presentase, señora…

—Romero, Carmen Romero —respondió, todavía no muy convencida, mientras observaba con detenimiento a la joven que tenía frente a ella.

—Muy bien, señora Romero. Antes de comenzar, me gustaría decirle que siento mucho su perdida y que me tiene aquí para ayudarla en todo lo que tanto usted como el resto de su familia necesiten.

Carmen se limitó a asentir con la cabeza, sin mostrar demasiado interés en ello.

—Bueno, hechas las presentaciones, si le parece bien, señora Romero, me gustaría conocer cuáles fueron los movimientos que hicieron durante las últimas horas, especialmente los de aquellas personas que tenían acceso a la habitación de su madre. Como supondrá, ahora mismo mantenemos todas las hipótesis abiertas.

—¿Todas las hipótesis abiertas…? Agente, déjese de tonterías y de perder su tiempo y, lo que es peor, el mío. Las cosas están muy claras, o al menos así lo veo yo.

Gema se sorprendió al escucharla, aunque no por las palabras que acababa de formular la mujer que tenía frente a ella. No, lo que más llamó su atención fue la seguridad con la que las había pronunciado.

—Muy bien, señora Romero, usted dirá —animó Gema, con cordialidad, a que expusiera la información que rondaba por su cabeza en aquel momento.

—Verá, todo eso de que ahora mismo tienen abiertas todas las hipótesis es una irresponsable pérdida de tiempo. Está claro que a mi madre la han matado para robarle… Robarme, mejor dicho —se corrigió Carmen, mientras miraba con atención a los ojos de Gema—, el diamante que guardaba en su habitación y que iba a regalarle a mi hija por la boda. He estado mirando pero, entre el alboroto de mi hermana y con vuestra llegada, sólo me ha dado tiempo a mirar por encima un par de cajones. De todos modos, a pesar de que no me ha dado tiempo a comprobarlo todo como es debido, estoy segura de que la joya no está en la habitación. Alguien lo ha robado y, obviamente, la persona que lo tenga en sus manos es la misma que la que ha matado a mi madre.

Gema se quedó paralizada. ¿Un diamante? Nadie había encontrado ningún diamante durante el registro de la habitación, pensó en aquel momento mientras, sin poder evitarlo, por su cuerpo comenzó a extenderse su particular tic nervioso. Con cuidado, antes de retomar la palabra pues quería evitar que Carmen notase sus nervios, tomó aire y, apoyando con firmeza sus pies contra el suelo, se dirigió de nuevo a la persona que tenía frente a ella.

—Señora Romero, no hemos encontrado ningún diamante durante el registro de la habitación. ¿Qué puede contarme sobre él?

—No me sorprende, ya le he dicho que la persona que ha matado a mi madre lo habrá robado. Verá, mi madre tenía, entre sus muchas y valiosas joyas, un gran diamante que le iba a entregar hoy mismo a mi hija por su boda. Se lo regaló mi padre cuando se casaron hace ya la tira de años. Es francés, de principios del siglo XIX y, según los papeles de la venta, se tiene la sospecha de que pudo pertenecer a la mismísima doña María Luisa de Austria, ni más ni menos que la segunda mujer de Napoleón. Ya puede imaginarse que se trata de un objeto muy valioso.

—Por supuesto —respondió con rapidez Gema, mientras intentaba recordar, de sus clases de Historia, el retrato de aquella mujer a la que, según acababa de contarle, tiempo atrás había pertenecido aquella joya.

—Pues bien, mi madre, cuando me casé, a pesar de que en más de una ocasión me dejó caer que cuando lo hiciese me lo regalaría, no cumplió con su palabra. Mi marido, el cabronazo que se estaba tirando a esa zorra, nunca le terminó de convencer. De hecho, desde la primera vez que Pablo puso un pie en la casa de mis padres, éstos lo calaron por completo. Ya puede imaginarse lo que aquello significó para mí, una adolescente de dieciséis años... —en aquel momento, al contar aquello, Carmen se apartó el mechón de pelo que caía sobre su rostro, permitiendo a Gema observar con mayor claridad su rostro marcado por la frialdad—. Me volví rematadamente loca por él y tuve que mover cielo y tierra para que mis padres lo aceptasen, algo que no hicieron hasta que me quedé embarazada... de ese maldito cabrón que, pese a haberle dado todo, ha sido incapaz de mantener la polla fuera de esa maldita zorra durante un par de días —terminó desviándose del tema una Carmen que ahora, al recordar a su marido, apretaba con fuerza su mandíbula con cada una de las palabras que salían de su boca.

—Imagino que no ha tenido que resultarle fácil que la persona por la que dio todo le haya traicionado —apuntó Gema, con el tono marcado por el consuelo, sabedora de que se estaban alejando del asunto pero que le serviría para acercarse al dolor de aquella mujer.

—Ya... sí. Bueno, eso ahora da igual. La cosa es que al final mis padres no me regalaron el dichoso diamante. Pensé, muy dolida no se lo voy a negar, que se lo darían a mi hermana pero, para mi sorpresa, cuando ella se casó con Raimundo, tampoco se lo entregaron. Desconozco los motivos que llevaron a mis padres a no dárselo. Mi hermana y mi cuñado siempre han sido mucho más cercanos y cariñosos con ellos pero... En fin, no sé, imagino que mi padre siempre ha sido muy tradicional y, tal y como dijo durante la cena de navidad de hace ya algunos años, aquel preciado objeto, a su entender, debía ser para la primogénita. Tendrías que haber visto la cara de mi hermana al escucharle, casi se atraganta con el trozo de cochinillo que tenía en la boca —en aquel momento, a pesar de la tensión latente en su rostro, no pudo evitar mostrar una mueca de placer al recordar aquel suceso.

—Supongo que no le haría mucha gracia —apuntó Gema, mostrándole una sonrisa fingida, haciéndole ver con ello que era participe de su historia.

—No, la verdad es que no. La cosa es que pasaron los años y nadie volvió a decir nada sobre el diamante, aunque, siendo honesta, tanto mi hermana como yo pensábamos muchas veces en él, aunque eso la santurrona jamás lo reconocerá. Verónica es muy callada y siempre tiene buenas palabras con todo el mundo pero, sabe... esas son las peores —terminó apuntando Carmen, al mismo tiempo que se acercaba un poco más a Gema, como si evitase, con aquel movimiento, que alguien más pudiera alcanzar a escuchar lo que iba a revelarle a la joven investigadora.

—Si le soy sincera, soy de la misma opinión —se apresuró a decir Gema, queriendo mantener la relación cordial que había logrado crear.

—Hace bien, hay que andarse con ojo con ese tipo de personas. Como le he dicho, son las más peligrosas. Pero bueno, volviendo a lo del diamante, una vez supe que mi padre sólo se lo daría a la primogénita, insistí a mi hija para que se casase con el fin de hacerse con él. Sé que puede parecer que soy una interesada, pero en mi defensa diré que no podía permitir que cayese en las manos de mi hermana y de su hija, la triste... Otra que también es muy calladita, sabe. Igualita que su madre. En fin, a lo que iba, el idiota de mi marido, por primera vez en mucho tiempo, se mostró de acuerdo conmigo y a favor de la boda, pues también temía que mi madre hiciese alguna idiotez con el diamante. El prometido de mi hija, Manuel, muy parecido al gilipollas de mi marido, en cuanto supo lo que había en juego con la boda no dudó en declararse a mi hija.

—¿Y su hija qué hizo entonces?

—Bueno, Noelia es muy especial. Siempre le ha costado tomar decisiones por su propia cuenta y no estaba muy convencida de dar el paso. Decía que todavía era muy joven para casarse pero, al final, a base de insistencia, sobre todo cuando Manuel entró en la partida, acabó accediendo y... Bueno, por eso estamos hoy aquí.

Gema asintió al escuchar esta explicación mientras en su cabeza empezaba a unir los elementos de la historia que se le había presentado aquella mañana. Un diamante que se encontraba, supuestamente, en el lugar del crimen y que todavía no había aparecido. Unas hermanas que parecían mantener, a juzgar por las palabras que acababa de exponerle la mayor de las dos, una relación bastante fría y enfrentada. Un matrimonio herido por la infidelidad y otro que se iba a forjar aquel día por puro interés material. Y, por supuesto, el hecho más importante de todos, el cadáver de una anciana que había sido asesinada en su habitación mientras dormía.

No nos vamos a aburrir, se dijo para si la joven subinspectora antes de retomar la palabra.

—Señora Romero, tengo que formularle otra pregunta y me gustaría que me respondiese a ella con la mayor claridad que le sea posible —aquí hizo un alto que fue aprovechado por Carmen para asentir—. ¿Cuántas personas sabían lo del diamante?

Carmen, que había pasado de la incomodidad por tener que atender a las preguntas de la joven subinspectora a la más absoluta tranquilidad, apenas se detuvo a considerar su respuesta.

—Pocos, muy pocos. Como imaginará, no es algo de lo que se pueda ir presumiendo por la calle. Ese tipo de objetos despierta muchas miradas y envidias entre las gentes. Más si vives en un pueblo repleto de envidiosas y chismosas.

—¿Pero… había gente, más allá de su marido, de su hermana y de su hija, que sabían de su existencia?

—Sí, por supuesto. Todos en la familia lo sabíamos. También, como ya le he dicho, lo sabía el prometido de mi hija, Manuel. Al muy pícaro sólo le entraron ganas de casarse con mi niña cuando supo lo del diaman… Joder, ahora que lo pienso… —en aquel instante, un semblante de duda y miedo emergió en su rostro—. Mihaela…

—¿Quién?

—La furcia con la que he pillado al cabrón de mi marido hace un momento. Estoy segura de que ella también sabe lo del diamante. Estaba todo el día con mi madre —empezó a razonar Carmen, mientras el temor iba expandiéndose en ella—. Esa maldita zorra… Deberían mirar en su habitación. Ya lo creo que sí. Vamos, convencida estoy de que la muy hija de puta ha sido la que…

—Señora Romero, le voy a pedir que se calme —se apresuró a pedirle Gema, al ver que la ira crecía de nuevo en el interior de aquella mujer—. Le puedo asegurar que, al igual que estoy haciendo ahora con usted, le preguntaremos a Mihaela por todo esto. Trabajaremos con la información que nos acaba de facilitar y le prometo que daremos con el diamante, si es que alguna persona de las que está aquí lo tiene entre sus manos. Pero ahora, me gustaría saber qué fue lo que hizo y dónde estuvo anoche —en aquel momento, Carmen, todavía con un gesto de agitación, se levantó de su sillón—. No es que sospeche de usted ni nada parecido, señora Romero. Es pura rutina, algo que tenemos establecido. Imagino que lo entenderá.

—Ya, seguro que es por eso… Lo que pasa, agente, es que no tenéis ni pajolera idea de lo que ha pasado. Sois todos unos malditos incompetentes. Mira que les pagamos un buen sueldo y ni por esas hay manera de que sean eficaces. Más le vale encontrar ese diamante… Vale una maldita fortuna y me pertenece. A mí y a mi descendencia.

Gema se limitó a asentir mientras mostraba una mirada calmada y serena. Era consciente de que no sería capaz de sacar nada llevándole la contraria.

—Le doy mi palabra, señora Romero, de que en cuanto demos con el diamante usted será la primera en saberlo. Yo misma la llamaré y, ahora, por favor, si no le importa, le pido que me cuente qué fue lo que hizo y con quién pasó la noche de ayer.

—Está bien… Pero recuerde que me ha dado su palabra, no lo olvide —respondió, casi en un tono amenazante, mientras la señalaba con el dedo—. En fin, vamos a ver. Ayer, una vez estuvimos todos alojados en el hotel, mi hija Marta, la pequeña, debería verla es brillante y preciosa, nos ofreció a toda la familia hacer una visita guiada por la ciudad. Ella trabaja en la universidad como investigadora y se conoce todos los lugares al dedillo.

—¿Participasteis toda la familia en la visita?

—No, mi madre y la zorra de su cuidadora se quedaron aquí. Desde la muerte de mi padre, mi madre se volvió una mujer, y mira que parecía algo imposible, muy difícil. Siempre estaba de mal humor, con el gesto torcido… nada le venía bien. Odiosa, sí, esa es la palabra. Mi madre se volvió una mujer muy odiosa.

—Bien... Entonces, si la he entendido bien, su madre se quedó en su habitación asolas, durante toda la tarde, junto a su cuidadora.

—Sí, así es. ¿Lo ve? Todos los caminos llevan a ella. De verdad que espero que la interroguen a fondo y le sonsaquen todo el mal que lleva dentro. La agarraría del cuello yo misma si pudiera.

—Lo haremos, no se preocupe por eso ahora —tranquilizó Gema, mientras anotaba aquella información—. ¿Y qué tal fue la visita por la ciudad, algo a destacar?

—La verdad es que no. Hicimos una ruta por los sitios más importantes de la ciudad. Ya sabe, la iglesia, las plazas, los carruajes con los caballos y todo eso… En fin, todo muy bonito y muy bien, a pesar del calor que hacía. Después, cuando nos cansamos, fuimos al restaurante de un amigo de mi hija, cerca del río. Allí estuvimos pasando un rato muy agradable, incluso creo que logramos parecer una familia normal y todo —Carmen, por un momento, sintió que la emoción llegaba a ella al contar esto, aunque logró frenarla—. La verdad es que estuvo muy bien, pero mire ahora como estamos.

—¿Una vez acabó la fiesta, regresaron todos juntos al hotel?

—No, no, para nada. Cada uno se marchó cuando quiso. Mi hermana fue la primera, la agobiaba pensar que mi madre estaba sola en un hotel desconocido y con Mihaela, nunca le ha caído muy bien y siempre se ha preocupado por la salud de mi madre, como debe ser en una buena hija —respondió, sin ocultar la ironía en su voz—. Después, fueron mi cuñado y mi sobrina los que se marcharon y, al poco, le pedí al imbécil de mi marido que nosotros hiciéramos lo mismo. Sabía que cuanto más tiempo estuviéramos bebiendo en esa terraza mayores eran las posibilidades de que el muy estúpido lo arruinase todo. Algo en lo que al final, como siempre, he tenido razón.

—¿Entonces, regresó sola al hotel?

—Sí, dejé a Pablo junto a mis hijas y las dos amigas de la mayor, Cristina y Ruth. Lo estuve esperando un buen rato tumbada en la cama con la luz encendida para echarle una buena bronca pero, no sabría decirle muy bien cuando, acabé cayendo rendida en la cama después de todo el viaje. Pasé el resto de la noche durmiendo hasta que mi hermana gritó esta mañana después de descubrir todo lo de mi madre.

Gema asintió con la cabeza y comenzó a tomar notas.

—Muy bien, pues diría que con esto, al menos por ahora, hemos terminado, señora Romero —agradeció Gema mientras recogía su iPad—. Me gustaría decirle, antes de despedirme, que siento mucho la pérdida de su madre y que haré tod…

—No tiene por qué hacerlo, subinspectora —cortó en seco Carmen—. Mi madre era, como ya he dicho, una mujer odiosa, se lo aseguro. Estoy convencida de que a cualquier persona que le pregunte, siempre que no haya, por supuesto, nadie delante, le dirá lo mismo. Algunos dicen que me parezco a ella, que ambas tenemos la cualidad de crear un conflicto por todo. Es posible que sea así, no se lo voy a negar pero, mire, le voy a ser sincera. Hacía mucho tiempo que no sentía nada por ella, pero ahora, curiosamente, una vez que se ha marchado, puedo decir que la extraño. Resulta irónico, ¿verdad? —preguntó Carmen, con una extraña mueca dibujada en su rostro.

—Si me lo permite, creo que eso es algo normal y muy humano. Mi padre acostumbra a decir que no valoramos lo que tenemos hasta que lo perdemos.

—Puede ser, no le digo yo que no… En fin, haga el favor de encontrar el diamante. Estoy convencida de que en él se encuentra la clave de toda esta maldita pesadilla. Todos odiábamos a mi madre, en mayor o menor medida, pero no hasta el punto de matarla. La clave está en la persona que se haya llevado la joya.

Den con ella y tendrán al culpable que ha arruinado toda la boda de mi hija y ha matado a mi madre.

Gema pudo sentir la determinación con la que Carmen dijo aquellas palabras. No se había encontrado durante el registro de la habitación rastro alguno del diamante, pero esto no significaba que éste no existiese. Alguien podría habérselo llevado consigo, junto con la vida de la anciana, sin dejar evidencia alguna de ello. No obstante, a pesar de la aparición en la historia de este pequeño y valioso objeto, todavía era pronto para empezar a descartar nada, se dijo para sí Gema. Por lo que sabía, cualquier miembro de aquella familia pudo haber cometido el asesinato, incluso la propia mujer que tenía frente a ella. Al fin y al cabo, no había que olvidar que estuvo sola durante toda la noche. Había tenido tiempo y oportunidad. Lo que Gema no tenía muy claro era si tenía un motivo.

—Así lo haremos, señora Romero —le aseguró Gema con toda la certeza y seguridad que le fue posible—. Muchas gracias por su colaboración y, por el momento, sólo puedo asegurarle que la mantendremos informada de todo lo que vaya ocurriendo a lo largo de la mañana. Ojalá no tengamos que enfrentarnos a más sorpresas.

Lo que la joven subinspectora no tuvo en cuenta en aquel instante, mientras formulaba aquellas palabras, es que el destino es muy poco dado a cumplir los deseos personales.

5

El regalo de boda

S. Dogood no pudo evitar dibujar una sonrisa mientras contemplaba a Tomás realizar la distribución de los grupos de interrogatorio. En aquel momento, con el fragor de la pelea que se acababa de vivir en mitad de aquel pasillo, el inspector no había reparado en que, dada la situación, por primera vez desde que formaba parte de las investigaciones, tendría que dejarla asolas con algunos de los implicados en el caso. Unos implicados por los que S. Dogood, desde la primera vez que los vio en el pasillo, estuvo muy interesada.

Sí, pensó para si mientras Tomás comenzaba a marcar las directrices, habría sido muy interesante conversar con alguno de los dos miembros que conformaban el matrimonio que acababa de fragmentarse con el descubrimiento de la infidelidad y que había desencadenado toda aquella melé familiar. La tensión y el odio acabaría derivando en una conversación divertida pero, seguramente, superficial y banal. No, ella tenía muy claro dónde debía centrar todos sus sentidos si quería dar con la esencia de lo que se estaba fraguando en el interior de esta peculiar familia y, de hecho, ya había comenzado a trabajar en ello después de intercambiar unas pocas palabras con aquella joven callada que había presenciado toda la pelea desde un disimulado y silencioso segundo plano.

En su vida personal, donde muy pocos tienen cabida, S. Dogood suele mostrarse como una mujer fría y caliente a partes iguales, dependiendo de la situación y de la persona. Desde bien pequeña, además de por su extremada disciplina e inteligencia, S. Dogood destacó por su escaso interés por relacionarse con el resto de las personas, algo que, con el tiempo, tal y como siempre se encarga de recordarle su madre durante las dos únicas ocasiones que se ven a lo largo del año, ha ido mejorando pues ahora, aunque en ocasiones no lo parezca, es capaz de rodearse y de interactuar con gente que le es por entero desconocida, siempre y cuando, eso sí, considere que de esta nueva relación obtendrá un bien superior al esfuerzo que le conlleva iniciarla.

En cuanto al interés de S. Dogood por cooperar en la resolución de crímenes, desde que saltó a la fama en la red social de Twitter, plataforma que emplea para informar a sus miles de seguidores sobre sus investigaciones, han sido muchas las suposiciones que se han trazado para dar con el porqué de su interés. Sin embargo, tal y como suele decirse S. Dogood con una sonrisa cada vez que lee alguna de las hipótesis que sus propios seguidores crean sobre este tema, sólo una persona en el mundo además de ella conoce o, mejor dicho, conocía esta respuesta.

Tomás se disponía a entrar junto a la prometida y las otras tres mujeres en la habitación de la primera cuando detuvo sus pasos y, tras girar su cabeza hacia la derecha, dirigió a S. Dogood una mirada bañada en advertencia, siendo un gesto que no se le escapó a la muchacha que seguía estando al lado de la misteriosa investigadora.

—Parece que no le caes muy bien —concluyó Lorena después de ver como el inspector se introducía en la habitación de su prima.

—Me temo que, tal y como le sucede a la gran mayoría de los hombres, es incapaz de sobrellevar que una persona como yo le tenga que ayudar en su trabajo. Ya descubrirás, conforme vayas creciendo, que es algo bastante usual en el género opuesto. Son gajes del oficio. ¿Dónde te gustaría hablar, en tu habitación?

Lorena no dudó en sonreír a la respuesta que le regaló S. Dogood antes de responder. No sabía muy bien por qué, pero había algo en aquella mujer, en su figura y en la seguridad que desprendía con cada una de sus palabras y de sus gestos, que le resultaba atrapante y adictiva.

—Creo que será mejor que vayamos a la habitación de mis padres, es más espaciosa. Es esa de ahí. Si te fijas, son seis las habitaciones que hay en esta planta. Dos individuales en cada lado, que son las más cercanas al ascensor, una es la mía y la otra es la de Mihaela, la cuidadora de mi abuela y la mujer que estaba acostada con mi tío. Después, cada ala cuenta con otras dos habitaciones de matrimonio, las del lado derecho, en donde se encuentra la mía, corresponde a las de mis tíos y a la de mi prima y sus amigas, respectivamente, mientras que en frente, en el lado de la habitación de Mihaela, está la de mi abuela y la de mis padres. Como ves, es un hotel muy pequeñ…

—Buenos días, agente. Me llamo Raimundo García y ella es mi mujer, Verónica Romero. Veo que ya conoce a nuestra pequeña —interrumpió Raimundo, con tono afable, la información que su hija estaba trasladando a S. Dogood en aquel preciso instante.

—Papá, estaba hablando —murmuró molesta una joven que, a juzgar por aquella primera toma de contacto, pensó para sus adentros S. Dogood, tenía muchas ganas de demostrar su valía.

—Bueno, hija, sólo quería presentarme. Ya sabes que no me gusta ser descortés. Y mucho menos con una agente del orden. Un placer, señorita…

—Descuide, señor García. Si le soy honesta, me gustaría decirle que también es un placer, pero me temo que faltaría a mi palabra —en aquel momento, S. Dogood vio que aquel hombre, dotado de una prominente barriga y de un cabello bañado por el paso de los años, contrajo, molesto, su rostro cansado—. No me malinterprete, me refería a que no deben estar resultando unas horas sencillas y cómodas para usted y su familia. Si me hace el favor, me gustaría pasar al interior de su habitación para poder hablar con ustedes tres en privado. Yo entraré la última, no se preocupe —terminó de decir S. Dogood con una sonrisa que, a pesar de sus esfuerzos por disimular, las tres personas que la observaron la sintieron forzada.

Una vez en el interior de la estancia, la cual, dada la rápida sucesión de acontecimientos que se habían producido aquella mañana, se encontraba desordenada pues, además de la cama desmarañada, había una serie de prendas tiradas por el suelo que, según dedujo S. Dogood, correspondería a las que Raimundo había llevado en el día de ayer.

—Por Dios, Raimundo. Hasta los calzones por el suelo, pareces un crío de cinco años —reprendió, disgustada, una Verónica que, hasta ese momento, no había tomado palabra alguna en la conversación—. Le pido disculpas, agente… Disculpas por todo lo ocurrido. No quiero ni pensar en la imagen que estará formándose sobre nosotros. Entre las discusiones en mitad del pasillo y ahora todo este maldito desorden, dirá que somos una panda de paletos. ¡Vaya desastre!

—No es para tanto, cariño. No hagas un drama por la ropa. Es primera hora de la mañana… Además, ahora mismo es lo de menos, ¿verdad que sí, agente?

—Estoy de acuerdo con usted, señor García. Todo este desorden me resulta… indiferente —acertó a decir S. Dogood, aunque la realidad era que se sentía asqueada por todo aquel caos reinante—. Verán, antes de comenzar nuestra conversación, me gustaría asegurarme de que son conscientes de la importancia de responderme sin ningún tipo de reparo a todas las cuestiones que de aquí en adelante les voy a hacer. Sobra decir que espero encontrar sinceridad en cada una de vuestras respuestas y, en caso de no cooperar me temo que lo único que conseguirán será dificultar mi misión de descubrir al o la culpable de la terrible muerte de su madr…

—Mire —interrumpió Verónica a S. Dogood, con cierta molestia en su voz—, no es necesario que gaste sus esfuerzos en hacerme preguntas sobre mi vida o sobre lo que hice en las últimas horas. He visto ya muchas películas para saber cómo funciona todo esto. Dejémonos de tonterías y de perder el tiempo. Sé que la culpable de la muerte de mi madre es esa maldita puta ucrani…

—¡Mamá! —cortó Lorena con rapidez, tras escuchar a su madre esbozar estas palabras.

—Hija, sólo digo lo que es. Un putón verbenero, una maldita buscona. Pero, de verdad, lo de ella y mi cuñado no me importaría si al menos hubiese hecho bien su trabajo. Ninguno me hicisteis caso. Os dije, desde el primer momento que llegó a nuestra casa, que no me parecía una persona adecuada para ocuparse de los abuelos. Sí, de acuerdo, lo que les pasó a sus padres fue algo terrible. Eso es algo innegable… Pero de ahí a poner al servicio de la casa y al cuidado de mis padres a una niñata metomentodo que apenas sabía freír un maldito huevo frito... Qué queréis que os diga, todo esto ha ocurrido porque ninguno me escuchasteis. Y te lo estoy diciendo a ti, Raimundo. Ni tú, ni mis padres, ni mi hermana y, por supuesto, el idiota de Pablo, quisisteis ver la realidad. Ninguno me escuchó. Todos decíais que teníamos que lavar la imagen de la familia. ¿La imagen de qué? ¿Acaso tuvimos la culpa del accidente? —después de soltar toda esta larga retahíla de información sin apartar su mirada incendiaria de su marido, Verónica tomó aire para después, algo más calmada, cerrar su discurso—. En fin, ya qué más da. Mi madre está muerta por su culpa… por su irresponsabilidad. Mira que me jode tener siempre la razón —terminó diciendo, a la vez que se sentaba, con pesadez, en una de las esquinas de la cama.

—¿Qué accidente? —preguntó con interés S. Dogood.

—Verás, Mihaela es hija de una pareja de inmigrantes ucranianos que trabajaban en los viñedos de la familia. Un día de hace ya… pues no sé, once veranos o así. Ella, por aquel entonces, era poco más que una cría, tendría unos diecisiete años… Bueno, que me voy por las ramas. La cosa es que sus padres, mientras se dirigían a su país al entierro del padre o de la madre de uno de los dos, sufrieron un accidente de coche y murieron en el acto —respondió Raimundo a la pregunta, mientras no quitaba su mirada, marcada por la preocupación, de la figura de su mujer.

—Era al entierro de su abuelo por parte materna. Y son doce, no once, los años que hace de todo eso, papá —se apresuró a corregirle su hija.

—Pues eso —continuó diciendo Raimundo, sin apenas dar importancia a su error—, ya se imaginará la situación en la que quedó la pobrecilla. Menor de edad, huérfana, sin más familia que unos abuelos a los que había visto en contadas ocasiones, pues ella llegó a España con apenas tres añitos… Era tal la tragedia que mis suegros sintieron que era su deber, en memoria del padre de Mihaela que tan bien nos había servido, alojarla y darle trabajo en su casa. Mi suegro, un hombre muy honrado, sintió que se lo debía a la pobre chiquilla. Por aquel entonces, Mihaela no tenía nada que ver con la mujer que es ahora. Era muy poca cosa, muy delgadita y con la mirada perdida. Un pajarito herido, solía decir mi suegro cada vez que hablaba de ella en privado —añadió Raimundo, casi con una sonrisa al recordar este detalle—. Pues bien, como le iba diciendo, mis suegros le ofrecieron trabajar en las tareas de la casa. Esto a mi mujer no le gustó, ya se podrá imaginar, vivimos en la misma casa y claro, aquello era meter a otra mujer en su terri...

—Mira, Raimundo, mejor cállate que al final vas a cobrar como vayas por ahí —interrumpió con enfado Verónica a su marido que, tras aquella amenaza, se limitó a torcer el gesto y a dejarse caer en uno de los sillones que había en la habitación, observando, a partir de este instante, el resto de la conversación en silencio —. A mí lo que me molestó de todo aquello fue que mis padres, con los que había decidido quedarme a vivir para que no se quedasen solos, no me consultasen una decisión tan importante como esa. Verá, yo dedicaba, y seguí haciéndolo a pesar de tener a esa buscona metida en casa, mi día a día para que no faltase nunca de nada en la casa. Creo que es entendible mi enfado. Sí, fue una lástima lo que les pasó a sus padres, eso no lo voy a negar, pero le juro, por lo más grande, que desde el primer momento que puso un pie en mi casa, supe que ella no era trigo limpio. Sabía que tramaba algo con nuestra familia y que acabaría provocándonos problemas y mire ahora donde estamos. Pero luego la mala y la loca soy yo, claro.

—A ver —replicó S. Dogood, mientras calmaba los ánimos de aquella mujer que se mostraba nerviosa—, varias cosas. Primero, doy por supuesto que los tres viven junto a su madre y Mihaela. ¿Me equivoco?

—Así es, sí. Llevamos toda la vida viviendo con mis padres. Es una casa muy grande y a ellos no les gustó la idea de quedarse solos en ella. De tal modo que cuando nos casamos decidimos quedarnos a vivir con ellos. En realidad, al tener tantas habitaciones, podría decirse que son dos o tres casas en una. Cuenta con tres amplios salones, dos cocinas... Es un caserón enorme levantado entre los viñedos. Tendría que verlo, sobre todo por la noche con la luz de los faroles. Es una autentica maravilla —concluyó Verónica, con orgullo, la descripción de su hogar.

—Pero, aun así, a pesar de ser tan grande, al vivir en la misma casa, supongo que tendrían que verse muy a menudo. Tanto con su madre como con Mihaela.

—Supone bien, sí.

—¿Y cómo definiría su relación?

—¿Con mi madre?

S. Dogood que seguía de pie, haciendo destacar con ello el más de metro ochenta que lucía aquella mañana gracias a los finos tacones sobre los que se erguía, se limitó a asentir a la pregunta que Verónica acababa de formularle.

—Pues buena, ¿cómo narices se supone que va a ser la relación con mi madre? Llevo toda la vida a su lado.

—Bueno, imagino que todo el día viviendo bajo el mismo techo con una persona de edad avanzada puede acabar resultando, en ciertas ocasiones… —en aquel instante, al hacer aquella pausa, S. Dogood dirigió su mirada hacia Raimundo—. ¿Estresante?

Verónica guardó silencio al escuchar aquello. Lo cierto era que había tenido múltiples discusiones, y de muy distinto grado, con su madre, especialmente en los últimos tiempos. Sin embargo, fue Raimundo quien, al ver el silencio que mantenía su mujer ante aquella sugerencia que acababa de plantearse, se animó a responder.

—La verdad, agente, es que mi suegra era una mujer algo complicada. Ninguna persona a la que le pregunte le va a decir lo contrario. Aun así, pese a que había días que parecía que estábamos en mitad de una guerra, nos llevábamos bastante bien. En general, podría decirse que no era una mala compañera de piso, si es eso lo que quiere usted saber.

—Entiendo —respondió S. Dogood, mientras Verónica agachaba la cabeza al mismo tiempo que Lorena seguía aguardando su momento—. Más allá de ustedes tres, ¿quiénes más tenían contacto con su madre?

—Bueno, últimamente, desde lo del COVID, no recibíamos ninguna visita. Mi suegra se limitaba a salir a pasear por sus jardines acompañada de Mihaela... Algunas veces Lorena también salía con ella. ¿Verdad, hija?

—Sí... claro. A veces salíamos juntas a pasar las tardes, sí —respondió Lorena, con cierta sorpresa, mientras contemplaba a su padre.

—Y qué hay del resto de su familia, señora Romero. Ya sabe, su hermana, su cuñado y sus sobrinas. Por lo que me han contado, he de suponer que ellos no viven en la casa.

En aquel momento, Verónica soltó una carcajada exagerada.

—No, no, qué dice. Mi hermana y mis sobrinas son demasiado modernas como para vivir en la vieja finca familiar. Se hicieron una bonita casa muy moderna en el centro del pueblo, al ladito de la torre de la iglesia. Pagado todo por mis padres ojo, no vaya a creer que se la hicieron ellos. No obstante, ahora que lo dice... Pablo pasaba más tiempo por casa. Creía que era por estar más cerca de Raimundo y de la bodega, pero ahora ya sabemos cuál era su verdade... ¡Ay, Dios! —en aquel momento, la sombra de terror que se extendió por el rostro de Verónica captó toda la atención de las personas que se encontraban en aquella habitación—. Ahora que lo recuerdo, ¿habéis encontrado un diamante en la habitación de mi madre? Mi hermana ha estado buscándolo como una loca antes de que sus compañeros nos echaran de la habitación.

—¿Un diamante? —preguntó, sorprendida, S. Dogood.

—Sí, se trata de una vieja joya familiar de un gran valor. En teoría la iba a heredar mi hermana cuando se casase, pero como la relación de mis padres con su marido era bastante... —en aquel momento se detuvo, sabedora de que quizás unas palabras mal medidas, podrían ponerla en una posición delicada—, distante, mi madre decidió, a última hora, no regalárselo. Agente, hágame caso, deberían investigar a Mihaela. Seguro que la muy guarra se enteró del regalo que le iba hacer mi madre a mi sobrina y quiso hacerse con... —de repente, Verónica abrió sus ojos y empezó, con voz temblorosa, a exponer una idea que acababa de traspasarla como si de un rayo se tratase—. Pablo... mi… mi cuñado. Ahora que lo pienso, los dos pasaron toda la noche juntos… solos. ¡Está claro, han sido ellos, todo encaja! Tienen que ser el…

—Verónica… —susurró Raimundo, cansado de escuchar a su mujer—. Discúlpela, espero que entienda que están siendo unos momentos muy duros para ella. Siempre ha estado muy unida a su madre y, bueno, creo que no hay nadie en el mundo preparado para descubrir que… ¿Agente?

En aquel momento, S. Dogood, después de saber de la existencia de aquella joya, giró sobre sí misma, dando con aquel movimiento la espalda a las tres personas con las que estaba conversando en aquella estancia, de tal modo que se quedó mirando hacia una pared empapelada con una temática floral. Aquello lo cambiaba todo, pensó en su interior. Tal vez sí que se había producido un robo aquella noche. La desaparición de un objeto tan pequeño que no había quedado ningún rastro de su hurto. Los familiares seguían siendo los principales sospechosos, pero ahora… ahora había otro detalle que podría acabar siendo clave en toda esta historia. Había entrado en la partida una valiosa herencia desaparecida.

Esto empieza a ponerse muy interesante, susurró para si intentando contener con todas sus fuerzas una sonrisa de emoción ante aquel hallazgo.

—Dígame, señora Romero —retomó S. Dogood la palabra al mismo tiempo que se volvía hacia sus interlocutores—. ¿Cuántas personas conocen la existencia de esa joya familiar?

—Bueno, hasta donde sé, todos los miembros de la familia. Mi madre siempre se lo ponía durante la cena de Navidad. Era el único momento del año en el que nos reuníamos todos en casa. Estoy casi segura, a menos de que alguno de estos dos patanes se fueran de la lengua —apuntó en referencia a su marido y a su cuñado—, que nadie, más allá de la familia, había oído hablar de él. No somos tontos, sabemos que un objeto de esa cuantía despierta demasiadas miradas. Y en el pueblo hasta las tapias más ruinosas tienen ojos y oídos.

—Entiendo. ¿Y ustedes sabían que ese iba a ser el regalo de bodas que su madre le iba a hacer a su sobrina?

—No, bueno… Sí. Yo me enteré de todo cuando sujetaba el cuerpo de mi madre esta mañana. Mientras yo, mi sobrina y el resto de sus amigas llorábamos y gritábamos por toda aquella locura, mi hermana comenzó a rebuscar por todos los cajones de la habitación como una loca. He de decir que no la culpo, ella siempre ha sido muy materialista y su relación con mi madre, como ya le he dicho, era… —en aquel instante, hizo un esfuerzo mental por recuperar la palabra que había empleado anteriormente—. Distante. Pero no lo encontró. De verdad, agente, miren en la habitación de esa fulana o en los pantalones del cabronazo de mi cuñado. Estoy convencida de que han sido ellos. Todo encaj… Agente, ¿me está prestando atención?

S. Dogood había dejado de escuchar a Verónica nada más escuchar la rápida respuesta que ésta le había dado. Estaba convencida de que mentía, lo que no sabía, al menos por ahora, era por qué lo hacía. No había razón, terminó diciéndose, para seguir interrogando a aquel matrimonio. Sus compañeros se encargarían de reconstruir dónde y cuándo se encontraban cada uno de los miembros durante las horas claves. La aparición de aquel objeto cambiaba ciertas cosas, pero quizás, pensándolo bien, no en demasía. De todas formas, en cuanto Alfredo les notificase el informe preliminar de la autopsia, comenzarían a disiparse algunas de las incógnitas… o a plantearse más interrogantes. El tiempo lo diría, terminó diciéndose para sí la misteriosa investigadora tras pensar en todos los elementos que conformaban la partida en la que estaba inmersa.

—Sí, la estoy escuchando, señora Romero. Pero, si me disculpan, ahora he de marcharme. Acabo de recordar algo y, créanme, es importante que me ponga a ello con prontitud. Han sido de gran ayuda —en aquel instante, hizo una breve pausa, antes de dirigir su mirada hacia la joven que apenas había intervenido en aquella entrevista—. Lorena, ¿podrías acompañarme afuera un momento?

La joven, para sorpresa de S. Dogood, reaccionó sin mostrar ningún atisbo de asombro ante aquella petición, como si supiese de antemano que iba a hacérsela.

—¿Para qué necesita a mi hija, agente? —preguntó Raimundo, con cierta preocupación, antes de que aquella extraña mujer saliese por la puerta acompañada de su hija.

—Oh, no se preocupe, señor García. Sólo quiero que me indique quién se alojaba en cada una de las habitaciones de la planta. No me gustaría importunarles más, creo que ya los he molestado lo suficiente e imagino que tendrán muchas cosas de las que hablar en privado —en aquel momento hizo una pausa, le gustaba sentir las miradas clavadas en su figura, sobre todo si estaban bañadas en incertidumbre—. Ah, casi paso por alto recordarles un detalle. No es necesario que se dirijan a mí como agente, dado que no lo soy.

Y tras decir aquello, sin esperar la respuesta del matrimonio a esta revelación, S. Dogood salió con decisión de la habitación acompañada de una joven que tendría que ayudarle a despejar algunas de las incógnitas que se estaban dibujando en el horizonte de este caso.

6

Mienten

—¿Qué es lo que sucede? —preguntó Lorena a S. Dogood, con cierto miedo, al salir de la habitación de sus padres.

S. Dogood se limitó a llevar su dedo índice a sus labios, pidiéndole con aquel gesto que guardase silencio.

—Verás, tengo la sensación de que tus padres tratan de ocultarme algo. ¿Estoy en un error? —preguntó S. Dogood a la joven, mientras ponía todos sus sentidos en analizar la reacción de la joven. En función de cómo actuase, pensó la investigadora, decidiría si podría o no serle de utilidad durante el resto del caso.

Lorena, al escuchar aquella sugerencia, dudó. Al fin y al cabo, aquella extraña mujer, que no conocía de nada, acababa de acusar a sus padres de mentir durante una investigación policial. ¿Debía proteger a las dos personas que la habían criado o, por el contrario, arrojar un poco de luz en todo aquel caos en el que toda su familia se había visto envuelta esta mañana?, se preguntó mientras decidía su respuesta.

—No, estás en lo cierto —terminó respondiendo.

S. Dogood sintió cierto alivio al escuchar aquella respuesta.

—Bien, Lorena, bien. Lo primero de todo, me gustaría agradecerte que te muestres tan dispuesta a colaborar conmigo, estoy convencida de que serás de gran ayuda.

—No tienes por qué darlas. Mi único interés es que se acabe toda esta maldita locura de una vez —respondió la joven, mientras, nerviosa, se mordía su labio inferior.

—Me alegra ver que las dos vamos en la misma dirección. Bueno, ¿en qué dirías que han tratado de engañarme tus padres?

—Verás… Si te soy sincera, lo que más me ha llamado la atención es que mi madre haya relativizado la relación que tenían mis tíos con mi abuela. La realidad es que no había día que no acabasen a gritos. Imagino que mi madre quería evitar que te hicieras una mala imagen de mi tía. Al fin y al cabo, no deja de ser su hermana.

S. Dogood asintió. Aquello ya se lo había imaginado.

—¿A qué dirías que se debe la mala relación entre tus tíos y tu abuela, quizás por todo el tema del diamante?

—Podría ser pero, siendo honesta, no sabría decirte. Que yo recuerde, siempre ha sido así. Nunca se han llevado muy bien, aunque es cierto que, desde que mi abuelo falleció, el malhumor de mi abuela ha ido en aumento. Cada vez estaba más y más angustiada y enfadada con todo el mundo. Durante los últimos meses, sólo le gustaba pasar las horas en soledad y con su cuidadora.

—Con Mihaela… Y contigo, ¿no? Tu padre ha dicho que a veces salías a pasear con ella alrededor de vuestra casa. He dado por sentado que mantenías una buena relación con tu abuela.

En aquel momento, Lorena no pudo evitar tocarse la nariz con la parte exterior de su mano mientras pensaba bien lo que decir. Si no medía bien sus palabras, se dijo para sí, podría acabar colocando a sus padres en una situación complicada.

—Mira, no sé por qué habrá dicho eso mi padre pero no es cierto. Mi relación con mi abuela era buena… si la comparamos con las relaciones que mantenía con el resto de mi familia. Jamás discutíamos y, cada cierto tiempo, pues sí, me pasaba a ver cómo estaba. Pero, como ya te he comentado, era Mihaela la que se pasaba todo el tiempo junto a ella. Supongo que mi padre quería diferenciarme de mis primas y hacerme pasar por una nieta más cercana y unida a mi abuela.

—¿La relación de tus primas con tu abuela era mala?

—Mala es poco. Mi abuelo jamás les perdonó, a ninguna de las dos, que se marcharan tan lejos del pueblo. Decía que no lo podía entender. Incluso antes de que se marchasen les dijo que les daría todo lo que pidieran, pero mis tíos, incluso diría que mi abuela también, no eran de la misma opinión e insistieron en que mis primas se marcharan a estudiar lejos del pueblo.

—Imagino que querrían un mejor futuro para sus hijas y sus nietas.

—No estoy tan segura de que fuese por eso —respondió Lorena, sin dudarlo—. A mi tía le gusta presumir siempre de los estudios de sus hijas y, bueno, a su modo de ver, las relaciones y las amistades que se producen en la universidad no son las mismas que las que se dan en un pueblo.

—Pero entonces, por lo que me cuentas, si tu abuela fue una de las personas que más puso de su parte para que saliesen a estudiar fuera, esto no debería de resultarle algo molesto, por lo que no sería una justificación de su mala relación, ¿no?

—No. Bueno, a ver… Al principio sí, mi abuela, como ya te he comentado, fue la que más las animó a marcharse a estudiar. Pero todo cambió a raíz de la muerte de mi abuelo. Al ocurrir durante la pandemia, no pudimos despedirnos de él como se merecía y, cuando todo se relajó un poco, le hicimos un funeral al que ninguna de mis primas acudió. Desde entonces mi abuela les echó a las dos, lo que en el pueblo solemos decir, la cruz.

S. Dogood asintió. Entendía a la perfección a lo que se refería Lorena. A pesar de que eran ya muchos los años que iba y venía de un lugar a otro, S. Dogood, a pesar de su aspecto urbanita, le gustaba pasar los largos y cálidos veranos en una casa de su familia cercana a un complejo lagunar perdido en mitad de la nada. Entendía a la perfección los entresijos rurales.

—Sabes, Lorena, hay algo que no alcanzo a entender. Si tu abuela se llevaba tan mal con tus primas, ¿por qué iba a regalarle el diamante a una de ellas?

Lorena sonrió al escuchar aquello.

—Es una pregunta interesante, ¿verdad? Justo la misma que lleva haciéndose mi madre desde que mi tía se lo contó.

—Pensaba, por lo que ha contado tu madre, que se había enterado de lo del diamante justo hoy, cuando tu tía se puso a rebuscar los cajones de la habitación de tu abuela.

—Bueno… Supongo que ese es otro detalle en el que mi madre le ha mentido.

—Entiendo —acertó a responder S. Dogood, y tras lo cual guardó silencio, procesando la información—. Imagino que ni a ti ni, especialmente, a tu madre os tuvo que hacer mucha gracia saber que vuestra abuela iba a regalarle a tu prima un bien tan preciado.

—A mí, la verdad, es que me dio igual. Al fin y al cabo, es una maldita piedra que ni me va ni me viene, pero a mi madre sí que le molestó. De hecho, recuerdo que no paró de hablar de ello durante una semana, incluso se lo llegó a recriminar en persona a mi abuela —nada más decir esto último, Lorena agachó la cabeza, como si se arrepintiera por haber desvelado este detalle—. Pero bueno, con el tiempo pareció olvidarse del tema y ya no volvió a decir nada más sobre ello. Mi madre, las cosas como son, es capaz de tragarse su orgullo para evitar males mayores, sobre todo si al hacerlo conseguía ahorrarle disgustos a mi abuela. Algo que mi tía, por otro lado, no haría jamás.

—¿Y entonces, por qué crees que me ha mentido sobre este detalle?

Lorena desvió su mirada de S. Dogood al escuchar este nuevo interrogante, en un movimiento con el que parecía buscar la respuesta que justificase a su madre.

—No sabría decirte, imagino que pensaría que todas las sospechas caerían sobre ella.

—Pues no sabría decir qué es peor. Si levantarlas por darme esa información o por mentirme.

—Mira, te aseguro que ella no la ha matado. Mi madre, sí, en ocasiones se enfadaba con mi abuela, pero, a ver, como cualquier otra hija que pasa todo su tiempo al lado de su madre. Ella, tal y como te ha contado y esto sí que es cierto, siempre se ha encargado de su cuidado, de hacer toda las cosas de la…

—Se encargó… hasta que llegó Mihaela a vuestra casa —replicó S. Dogood.

—Sí, bueno… A ver, a pesar de estar Mihaela en casa, mi madre siguió estando siempre pendiente. De verdad, por favor, créeme. Mi madre no ha podido hacerlo. Además, ella estuvo toda la noche durmien… —en aquel momento, el terror invadió por completo el rostro de la joven—. Mierda.

—¿Qué ocurre?

Lorena puso sus brazos en jarra, al mismo tiempo que negaba con la cabeza de lado a lado, como si intentase olvidar el detalle en el que acababa de caer.

—Mi… mi madre… —empezó a decir, con un nerviosismo creciente—. Mi madre volvió al hotel sola de la terraza dónde estuvimos cenando. Según dijo, quería asegurarse de que mi abuela se encontraba bien… No, es imposible… mi… mi madre no le haría daño a mi abuela. Tiene que haber alguien que pueda… ¡Mihaela! —exclamó casi triunfal al caer en ella—. No era muy tarde cuando mi madre se vino para el hotel, estoy segura de que ella estaba despierta y nos dirá que fue ella quién acostó a mi abuela, una vez mi madre se fue a su habitación. Sí, Mihaela lo confirmará. Tienes que preguntarle a ella.

S. Dogood se limitó a asentir, pues lo último que quería era meter más presión a aquella joven que tanto la estaba ayudando.

En cuanto a lo de su madre, la cosa tenía mala pinta. Al fin y al cabo, había sido la persona que encontró el cuerpo y, al mismo tiempo, una de las dos últimas, si no la última, que había visto a la anciana con vida. Mihaela, la joven cuidadora que había sido la causante de todo el escándalo vivido aquella mañana en el pasillo del hotel, tendría la clave para resolver parte del problema, terminó diciendo para sí antes de dirigirse a la pobre muchacha que tenía frente a ella y que parecía desbordada por la situación.

—Lo haré. Como bien dices, Mihaela nos podrá contar lo que sucedió anoche cuando tu madre regresó al hotel, y así sabremos con exactitud qué fue lo que hizo tu madre —al decir estas palabras, S. Dogood sintió que la relación que había construido con aquella muchacha, por un momento, se resquebrajaba, por lo que pensó que era el momento óptimo para cambiar de tema—. Oye, una cosa más. ¿Qué hay de las tres mujeres que están con tu prima, las conoces?

—Conozco a dos de ellas, a la más rellenita no la había visto hasta esta mañana, cuando salí al pasillo con todo el alboroto. La chica morena y alta, es una amiga de toda la vida de mi prima. Se llama Cristina y es una mujer muy agradable. La recuerdo de haberla visto de siempre, desde muy pequeña, junto a mi prima por las calles del pueblo. Hubo un tiempo, antes de que mi prima se fuera a estudiar, que eran inseparables. Trabaja en las oficinas de la bodega, encargándose de los pedidos y de los temas de oficina. Pensé que no iba a venir a la boda porque hacían mucho que mi prima y ella no se veían, de hecho, dejó de preguntarme por mi prima hace algún tiempo pero se ve que, a pesar de la distancia, seguían manteniendo el contacto. La otra mujer, la chica rubia, se llama Ruth y es una amiga de la universidad, su mejor amiga de hecho. La conocí ayer y la verdad es que, a pesar de que en un primer momento me pareció un poco engreída, fue bastante amable conmigo durante toda la noche. Muy simpática, la verdad.

—¿Crees que alguna de las dos sabía lo del diamante? —preguntó S. Dogood.

—No, en eso mis padres sí que han sido sinceros contigo. Mi familia siempre ha sido muy cauta con todo lo relativo a nuestras posesiones. No creo que mi prima, a pesar de que le encanta presumir de todo lo que hace y de todo lo que tiene, fuese tan tonta como para contárselo a nadie, ni tan siquiera a su amigas.

S. Dogood asintió. Aquellas dos mujeres, había pensado la investigadora, a pesar de haberse mantenido en un segundo plano durante toda la disputa familiar formaban parte del juego que se estaba desarrollando aquella partida y era importante tener un mínimo de información sobre ellas.

Con esto, terminó diciéndose S. Dogood mientras registraba en su cabeza la información que acababa de recopilar, había terminado, por el momento, con la joven. Seguramente, más adelante, tendrían que volver a hablar pero, por ahora, estaba servida y las ganas por conocer el relato de la cuidadora le pedían dar por cerrada esta conversación. No obstante, antes de despedirse, tenía una última pregunta que, dependiendo de su reacción, pensó S. Dogood para sí antes de formularla, podría sacar importantes conclusiones.

—Para terminar, y ya te dejo volver con tus padres, me gustaría hacerte otra pregunta: ¿Hay alguna persona que te resulte sospechosa?

Lorena se quedó paralizada al escuchar aquello. Era algo demasiado directo e inesperado, y el simple hecho de dar una respuesta se le antojó aterrador.

—Dogood, ¿puedes venir un momento? —interrumpió, de repente, la voz del inspector desde la otra punta del pasillo.

S. Dogood, nada más escuchar la voz de Tomás, giró su cabeza con lentitud hacia el lugar en el que éste se encontraba y, con un tono más frío que el que había empleado en la conversación con Lorena, respondió.

—Un momento, ya estoy terminando. Lorena —continuó diciendo, ya dirigiéndose de nuevo a la joven con la que, hacía un momento, había estado a solas en mitad de aquel lujoso pasillo—, me temo que vamos a tenerlo que dejar aquí por ahora pero te prometo que volveremos a hablar muy pronto. Hasta entonces, piensa bien en la última pregunta que te he formulado. Reflexiona con tranquilidad y trata de recordar si vistes algún extraño comportamiento o algún detalle que, por cualquier extraña razón, llamase tu atención en las últimas horas.

Y tras formularle esta petición, sin darle tiempo a una réplica ni a una breve despedida, S. Dogood giró sobre sus pies y avanzó hacia el lugar en el que se encontraba Tomás atusándose nervioso con una mano su cabello mientras en la otra sostenía su móvil pegado al oído. Lorena, por su parte, se quedó contemplando en silencio, desde el mismo lugar en el que había estado hablando con S. Dogood, como ésta se distanciaba de ella mientras en su cabeza reverberaba la pregunta que aquella extraña mujer acababa de formularle.

"*¿Hay alguna persona que te resulte sospechosa?*".

7

Krav Magá

Con toda la información que acababa de recopilar bullendo en su cabeza, S. Dogood se acercó hasta el lugar en el que se encontraba el inspector, cerca del ascensor y justo frente a la puerta de la habitación en la que se había destapado la relación que mantenía Pablo con la cuidadora de su difunta suegra. Tomás, por su parte, justo antes de que S. Dogood lo alcanzase, se despidió de la persona con la que hasta ese instante había estado manteniendo una conversación telefónica.

En el rostro del inspector S. Dogood vislumbró un atisbo de sorpresa y de tensión que achacó a la posibilidad de novedades.

—Era Alfredo, no vas a creerte lo que ha encontrado en el cuerpo de la víctima —anunció Tomás, mientras guardaba su móvil en un bolsillo interior de su americana.

—¿Un diamante? —preguntó, como si se tratase de lo más evidente del mundo.

—¿Cómo demonios…? —respondió Tomás, con una voz marcada más por la molestia que por la sorpresa.

—Hago mi trabajo, inspector —replicó S. Dogood, con una sonrisa triunfal—. En la zona de la faringe, justo donde la víctima presentaba la inflamación, ¿verdad?

El inspector se limitó a negar con la cabeza, de lado a lado, mientras se maldecía para sí al ver que aquella endemoniada mujer, que se había convertido en una especie de sombra inacabable que lo perseguía allá donde iba, volvía a estar un paso por delante.

—Algún día me contarás como diablos lo haces, Dogood. Y sí, al parecer Alfredo ha localizado un diamante entre la zona de la otofaringe y de la…

—Orofaringe —se apresuró a corregirle, tras escuchar que había sustituido la r por una t—. ¿También alcanzó la zona de la hipofaringe?

—En efecto. No te haces una idea, ni la más remota, de las ganas que me entran de arrojarme sobre ti cada vez que me haces una pregunta para la que ya tienes una maldita respuesta.

—Inspector… resérvese para cuando estemos solos en algún lugar más íntimo —respondió S. Dogood mientras le dedicaba una pícara sonrisa.

—En fin, haré cómo que no he oído nada y, volviendo a lo que nos ocupa —prosiguió Tomás, ignorando la gracia de S. Dogood—, al parecer, el diamante, a juzgar por los desgarros que presenta la víctima, fue introducido con suma violencia. A pesar de que acaba de empezar a trabajar con el cuerpo y, por lo tanto, es pronto para confirmarlo, Alfredo me ha comentado que es muy posible que aquello le provocase una opresión respiratoria que le causó la muerte. La puñalada, seguramente, fue asestada una vez la víctima había fallecido o en los momentos finales de su agonía, de modo que se trataría de un vago recurso por parte del asesino para desviar nuestra atención del diamante o, vamos a pensar por una vez bien de él o de ella, de un simple gesto de humanidad hacia la anciana para acabar con su agonía. Lo único seguro, a mi modo de ver, es que la víctima conocía a su asesino. Uno no deja acercarse tanto a alguien si no lo conoce. ¿Qué opinas?

—Considero que, por lo pronto, es temprano para aventurarme a asegurar algo. Lo único que tengo claro es que fue una muerte terrible.

—Coincido —confirmó el inspector, al mismo tiempo que agachaba su cabeza en señal de duelo por la persona que había partido apenas a unos metros de donde se encontraban—. En fin, nosotros por ella ya sólo podemos dar con su verdugo. ¿Qué tal te ha ido con el matrimonio y su hija? Espero que te hayas comportado y no hayas dado motivos para que el cuerpo reciba una nueva denuncia.

—Siempre dudando de mi buen hacer, inspector. Y eso que sólo le he supuesto al cuerpo... ¿Cuánto... dos denuncias?

—Cuatro, y la última ascendió a un total de veinte mil euros por daños contra la honorabilidad.

—Cierto, pero en mi defensa diré que aquello fue esencial para la resolución del...

—Dogood, ya discutimos eso en su debido momento y creo que quedaron aclaradas todas nuestras posturas, así que vamos a dejarlo estar y centrémonos en el caso. ¿Cómo sabías lo del diamante? —terminó preguntando Tomás, mientras dirigía su mirada hacia el lugar donde, hacía unos minutos, había visto conversando a S. Dogood con la joven.

—Bueno, digamos que la hija de la víctima se ha mostrado muy preocupada por él pero ahora, ya que sabemos dónde se encuentra éste y que queda descartada la hipótesis del robo, creo que nos conviene analizar otro detalle. Al parecer, la fallecida gozaba de poca popularidad entre la mayoría de los miembros de la familia. De hecho, Lorena, la joven con la que estaba hablando hace un momento, me ha contado que su abuela últimamente se había vuelto más malhumorada y reservada, según me han dicho, sólo pasaba el tiempo con su cuidadora.

—Concuerda con lo que me ha contado su nieta y sus amigas. Nada nuevo —dijo Tomás, con cierta decepción en su voz.

—Yo no diría que nada, hay ciertos detalles que me han resultado… intrigantes. Pero por el momento, prefiero esperar antes de pronunciarme. No quiero dar un paso en falso que eche a perder más dinero de los contribuyentes por mi culpa.

—Qué generosa, Dogood. Seguro que te importa mucho el dinero de los contribuyentes —respondió Tomás, sabedor de que, aunque insistiera, S. Dogood no le daría mayor explicación sobre aquellos detalles que le estaba ocultando—. Te advierto de que no quiero ningún truquito.

—No lo habrá, te doy mi palabra.

Tomás se limitó a arquear sus cejas, dando a entender que su palabra valía más bien poco.

—En fin, volviendo a lo de la relación de la víctima con su familia concuerda incluso con la actitud de la novia. Me ha parecido que estaba más dolida por ver que sus planes de boda se estaban yendo al traste que por la muerte de su abuela o por el descubrimiento de la infidelidad de su padre. La he dejado en su habitación llamando a su futuro marido, pero al menos he podido sonsacarles un nombre que seguir. Se trata del exnovio de una de las amigas de la afortunada, concretamente de Ruth, la muchacha rubia. Al parecer, el tipo en cuestión, un amigo de toda la vida del novio, amenazó con arruinarles la boda tras saber que no estaba invitado debido a la mala relación que mantenía con su exnovia. A ver si tenemos suerte y damos pronto con él—-S. Dogood asintió en silencio mientras guardaba aquella información en su mente—. Por lo que se refiere al marido infiel, según me ha comentado Fabián antes de marcharse a la casa del novio para informarle de lo ocurrido, éste le ha asegurado que no tiene nada que ver con la muerte de su suegra y que, si hay alguien, en toda su familia, que tuvo oportunidad de matar a la anciana, pues pasó toda la noche sola en su habitación, esa era su mujer, la cual, según sus palabras, no soportaba a su madre. Gema todavía sigue con ella en la habitación, a ver que nos cuenta cuando acabe pero, espero equivocarme, algo me dice que le estará diciendo exactamente lo mismo pero de su marido.

—Es lo más probable, sí. Las acusaciones vuelan de un lado a otro del pasillo. Verónica, la hija menor de la víctima, sospecha que la muerte de su madre es fruto de un complot urdido por su cuñado y la cuidadora. Su hija no la ha dejado en buen lugar cuando he hablado asolas con ella, la verdad. Al parecer, según me ha contado, su madre me ha mentido en casi todo y, por lo visto, ella fue la primera persona que regresó al hotel durante la noche de ayer, por lo que pudo entrar a la habitación de su madre antes de marcharse a dormir a su habitación sin que nadie se enterara.

—Eso concuerda con la información que me han dado las chicas. En fin, aquí parados no hacemos nada, vamos a hablar con la cuidadora. A ver qué sorpresa nos tiene preparada. La verdad es que tiene muchos frentes abiertos a los que responder —comentó Tomás, mientras se dirigía ya hacia la puerta que llevaba a la habitación de Mihaela.

—¿Yo también?

—Sí, qué más da ya. Te has encargado de un interrogatorio y, en principio, lo has hecho sin que nos denuncien, lo cual es todo un logro viniendo de ti —Dogood se limitó a hacer como que no lo había escuchado—. Además, prefiero tenerte cerca antes que dejarte sola husmeando por los pasillos. Ah, por cierto —añadió el inspector, antes de llamar a la puerta—, tendrás que hacerme un informe enumerando cada uno de los puntos que has tratado durante tu interrogatorio, incluido todo lo que has estado hablando con esa chiquilla en mitad del pasillo.

—Dalo por hecho —respondió S. Dogood, justo en el momento en el que Tomás alzaba su puño, dispuesto a golpear con él la puerta de la habitación a la que se disponían a entrar.

Tras unos segundos de espera, la puerta se abrió y ante ellos apareció la figura del joven policía a quién el inspector le había encomendado la tarea de quedarse al cuidado de la joven cuidadora.

—Hola, Rodrigo —dijo Tomás—. ¿Todo en orden?

—Muy buenas, inspector. Se ha dado bien la cosa. La chica, nada más cerrar la puerta, se ha metido en el baño para darse una ducha y yo he estado aquí sentado esperando a que saliera. He estado deleitándome un poco con las vistas de la habitación.

—¿Sigue en el baño? —preguntó Tomás, ahora con cierta preocupación dibujada en su voz.

—Así es. Una vez nos despedimos y cerré la puerta, ella, sin decir mayor palabra, se enrolló en la sábana que quedaba en la cama, ya que estaba desnuda cuando fueron sorprendido en mitad del… —en aquel momento, el joven agente se detuvo mientras miraba a S. Dogood.

—¿Polvo? Agente, le aseguro que soy una mujer a la que, al igual que a la gran mayoría del resto de individuas de mi género, no le incomoda hablar del sexo. Créeme cuando te digo que estoy convencida de que me resulta, aunque te pueda sorprender, mucho más gratificante que a ti —respondió S. Dogood, con la frialdad que tanto la caracterizaba, mientras observaba con atención la puerta cerrada que daba al baño.

—Sí, claro, claro. Vamos, te aseguro que mi novia también lo disfruta mucho —se apresuró a responder el agente, mientras mostraba una sonrisa pícara—. Me he callado por… bueno, yo…

—Rodrigo, creo que ya hemos tenido suficiente —cortó un Tomás que, al igual que S. Dogood, tenía ahora su mirada fija en la puerta del baño—. Soy el inspector González, ¿se encuentra bien? —preguntó Tomás, con voz clara y firme hacia la persona que se encontraba en el interior del baño.

Silencio. Esa fue la escalofriante respuesta que obtuvieron por parte de la joven cuidadora y, tras un momento de duda en el que el inspector y S. Dogood se intercambiaron miradas de preocupación, sin mediar mayor palabra, ambos comprendieron cuál era la acción que tenían que acometer a continuación.

—Dejadme sitio, vamos —fue lo único que dijo Tomás antes de coger un pequeño impulso, pues apenas había espacio entre la puerta que tenía la intención de derribar y el muro del pasillo que conducía al dormitorio, para lanzarse con todas sus fuerzas contra la puerta.

A pesar de la escasa carrerilla que pudo tomar, Tomás logró alcanzar algo de velocidad y, con fuerte estrépito, se lanzó hacia una puerta que, al contrario que su cuerpo, apenas se inmutó con el golpe.

—Déjame a mí, anda —se apresuró a decir S. Dogood, tras ver que Tomás se llevaba, con claros gestos de dolor, su mano izquierda a la zona del hombro con la que había impactado la robusta puerta.

—No, Dogood, espera. Un golpe más y seguro que logro derri…

Pero antes de que Tomás acabara de decir su frase, S. Dogood, con un rápido y grácil gesto con su pierna derecha, destrozó por completo el pomo de la puerta, desencajándola del marco y haciendo que quedase entreabierta.

Ambos hombres se quedaron mirándola atónitos mientras que, con toda la sutileza y sensualidad del mundo, bajaba la pierna con la que había golpeado el pomo, en lo que parecía una perfecta coreografía sincronizada y ensayada.

—Krav magá, deberíais probarlo —se limitó a responder, sin ocultar la satisfacción que aquella acción le había proporcionado.

El inspector, que todavía sentía un agudo dolor en su hombro, se quedó observando, sin poder ocultar su sorpresa, a aquella mujer que ahora, con toda la razón del mundo, le devolvía una mirada con aires de superioridad.

—Creo que deberíamos entrar y confirmar que se encuentra bien, ¿no? —sugirió S. Dogood, al ver que ambos hombres seguían contemplándola atónitos.

Tomás, al escucharla, asintió y, de nuevo con la urgencia que por un momento pareció perder al mismo tiempo que repetía en voz alta el nombre de la joven cuidadora, se introdujo en el interior del baño.

El suelo, parcialmente cubierto por la sábana con la que Mihaela había tapado su cuerpo desnudo antes de introducirse en el baño, se encontraba empapado a causa del goteo incesante que caía de una bañera en cuyo interior se encontraba sumergido el cuerpo de la joven cuidadora de la que, desde el lugar en el que se encontraban Tomás y S. Dogood, sólo se alcanzaba a ver, por encima del borde de la bañera, uno de sus brazos y del cual brotaba un fino pero continuo hilo de sangre que había dotado a todo el agua, tanto el que bañaba el suelo como el que cubría el cuerpo de Mihaela en el interior de la bañera, de un enloquecedor tono rojizo.

—Dios —fue lo único que Tomás fue capaz de decir mientras se lanzaba a socorrerla—. Dogood llama a una ambulancia. ¡Ya! —ordenó Tomás mientras sacaba con rapidez el inerte cuerpo de la joven de la bañera para colocarla en el suelo y comenzar a practicarle las maniobras de reanimación.

Una anciana asesinada durante la noche, una familia enfrentada por una joya familiar, un marido infiel manteniendo relaciones sexuales en las horas previas a la boda de su hija con la cuidadora de su suegra que acababa de intentar quitarse la vida y, por si eso fuera poco, la existencia de un amigo del novio que había amenazado con estropear el enlace a la joven pareja y del que todavía no se sabía nada.

Aquella mañana estaba siendo un retrato perfecto de lo que la locura humana puede llegar a producir y, lo peor de todo, es que esto sólo era el principio de lo que estaba a punto de suceder.

TERCERA PARTE

UN OCÉANO DE INCERTIDUMBRES

1

Regreso a quince años atrás

Manuel sentía que su cabeza subía y bajaba al mismo tiempo que un martilleo, pesado y constante, golpeaba y repiqueteaba desde sus adentros mientras que su boca parecía encontrarse sumida en un desierto infinito.

—Menudo despertar… —dijo entrecortado, entreabriendo sus ojos y con la voz más rota que jamás había escuchado salir de su ser.

El hombre que aquel día estaba llamado a dar el sí quiero combatía como podía la pesadez con la que se había despertado esta mañana, arremolinado en torno a su almohada, completamente desnudo y con los ojos bien abiertos sin pensar en nada más que en el dolor con el que estaba siendo castigado en aquel momento. Desconocía tanto el tiempo como el lugar en el que se encontraba, siendo sólo capaz de vislumbrar que todo a su alrededor daba vueltas sin parar.

Sin embargo, una voz, procedente del exterior del lugar en el que se encontraba, resolvió una de sus dudas.

—¡Manuel! ¡Vamos, chiquillo, levanta de una vez que al final nos pilla el toro y no salimos por la puerta grande! —exclamó Daniela, desde el otro lado de la puerta, con la gracia que tanto la caracterizaba y por la que era conocida en todo el barrio.

Tras escuchar la voz de su madre, en un movimiento involuntario, Manuel se aferró con fuerza a la almohada en la que se apoyaba. Aquel sábado era diferente a todos los que había vivido en sus más de treinta y cuatro años de vida y, sin embargo, allí estaba, abrazado al almohadón que tenía entre sus brazos en lugar de bajo su cabeza, repitiendo una escena que tantas veces había protagonizado de joven... y de no tan joven.

—Dios... ¿Qué diablos ocurrió anoche? —se preguntó para sí mientras buscaba dar con una respuesta que, por más que se esforzaba, no llegaba a él.

—¿Manuel, te encuentras bien? —preguntó de nuevo, al ver que su hijo no daba señales de vida—. ¡Manuel!

—Sí... —respondió, con esfuerzo, tras relamer sus labios resecos.

—¿Manuel? —volvió a preguntar Daniela, ahora con cierto miedo en su voz, después de escuchar el tono de su hijo.

Silencio, tengo que pensar, se dijo para sí. ¿Qué demonios ocurrió anoche? Sabía que no se había visto con Noelia. No, de eso estaba seguro. Ella le había dejado muy claro, o más bien su maldita madre, que la tradición decía que los novios no podían verse durante las veinticuatro horas previas al enlace. Esa había sido la causa por la que él iba a pasar todo el día previo a su boda junto a sus padres, solo, recluido en su casa, mientras que su futura esposa reunía a toda su familia en un hotel de la ciudad. Sin embargo, mientras su madre, solícita, volvía a golpear a la puerta, Manuel recordó, de repente y con cierta claridad, que sus dos mejores amigos, Ernesto y Paquito, decidieron presentarse a media tarde en su casa para pasar disfrutar de su última noche sevillana como soltero.

—Niño, ¿te encuentras bien? —insistió Daniela.

A pesar de escuchar a su madre, Manuel continuó poniendo todo su empeño y su concentración en recordar qué era lo que había ocurrido en la noche anterior para haberse despertado en este terrible estado. Ya tenía el con quién había pasado la noche pero, a pesar de sus esfuerzos, seguía sin ser capaz de recordar dónde la pasó y qué fue lo que estuvo haciendo.

Sin embargo, justo cuando logró recordar que anoche se había negado a hacer algo, el sonido de la puerta abriéndose invadió por completo la habitación y con ello Manuel se transportó a quince años atrás, cuando no era más que un joven y alocado adolescente que no paraba de meterse en líos.

Daniela, con paso decidido, se precipitó al interior de la habitación de su hijo. No en vano, aquel rincón seguía siendo su casa y tenía sobradas razones para justificar su intromisión. Había visto a su hijo salir por la puerta de su casa en demasiadas ocasiones junto a sus dos amigos y regresar tras una larga noche de aventuras y desventuras hecho un completo despojo humano, como para tener pánico por lo que podría encontrarse hoy.

Al parecer, pensó Daniela mientras observaba a su hijo tirado en la cama, abrazado a su almohada y completamente sudado, mis temores estaban justificados.

—¡Anda qué! Mira que te avisé. No vais a cambiar nunca, ¿eh? Ni aunque estéis atados en las camas del asilo de Nuestra Señora del Rocío vais a dejar de hacer estas chiquilladas.

—Ma… mamá —acertó a decir Manuel, en dos tiempos, todavía con la sequedad marcada en su voz y mientras buscaba una sábana con la que cubrir su cuerpo desnudo pero que, por más que se esforzó, no logró encontrar.

—¡Qué tenéis treinta y cuatro años! Creo que ya vais siendo mayorcitos para seguir haciendo estas cosas.

—Mamá… —repitió Manuel, mientras se tapaba la cara con sus dos manos.

—Ni mamá ni leches, anda. Ponte en pie y espabila. Falta una miaja de tiempo para que llegue la familia y los fotógrafos —en aquel momento, Daniela guardó silencio mientras que, con su nariz, investigaba los olores que pululaban por la estancia—. Y haz el favor de darte una ducha antes de salir a recibirlos. Apestas a alcohol, a tabaco y a otras cosas que prefiero ni pensar. Voy a ver cómo anda tu padre. De verdad, me tengo el cielo ganado… Toda la vida detrás de vosotros. ¿Qué haríais sin mí? ¡Venga, va! ¡Mueve el culo!

Y tras escuchar aquellas palabras, que fueron acompañadas por unas palmaditas apremiantes sobre una de sus piernas, Manuel se incorporó de la cama, todavía soñoliento y algo desorientado, y, mientras veía a su madre alejarse de la habitación, dos hechos acudieron a su mente.

Por un lado, empezaba a despertarse en él los miedos propios de encontrarse ante el día en el que culminaría aquello en lo que llevaba trabajando durante tanto tiempo. Por otra parte, seguía preguntándose qué demonios había hecho en las últimas horas para amanecer en aquel estado.

Lo que Manuel no sabía en aquel momento era que muy pronto tendría que enfrentarse a un torrente de acontecimientos que estarían, de un modo u otro, relacionados con lo que había sucedido durante la noche pasada. La misma que ahora, sentado y desorientado sobre su cama, era incapaz de recordar.

2

Juego de bailes

La música inundaba todos sus sentidos mientras el alcohol se entremezclaba con su sangre, generándole todo ello la cálida sensación de desasosiego que tanto ansiaba conseguir para dejar atrás lo vivido durante las últimas horas.

Ernesto, algo más relajado después de varias copas, se encontraba sentado sobre un amplio sofá ubicado en el interior de una sala privada de un oscuro pub de las afueras de la ciudad. Frente a él, una mujer joven, morena y desnuda de cintura para arriba, se contoneaba al son de la música.

No se podían tocar a las chicas, le había recordado uno de los gorilas apostados en la entrada. Si se acordaba algún tipo de servicio extra, éste tendría que producirse fuera del local, le advirtieron antes de adentrarse en el interior de aquel tugurio en el que ahora, sentado en un viejo y raído sofá de un color rojo muy vivo, observaba a la joven bailarina jugando con su cuerpo con suma gracia.

Sin embargo, mientras la joven efectuaba su número, en el interior de su cabeza, Ernesto se repetía una única cosa. Su mejor amigo, sí, el mismo que le había acompañado desde siempre a todas partes, le había traicionado al no invitarle a su boda y todo por las mentiras que su exnovia había vertido sobre él.

—Malditas mujeres, te acuestas con otra un par de veces y ya parece que has matado a alguien —murmuró para sus adentros mientras la bailarina se daba la vuelta y, de espaldas a él, comenzaba a mover sus caderas al ritmo que marcaba la música—. Incluso las muy hijas de puta —continuó diciendo, en voz alta sin importarle que la joven que le acompañaba pudiera escuchar lo que decía—, son capaces de poner en tu contra a tu mejor amigo… Anda y que les jodan… A él y a la hija de puta de su novia. Total, con la vieja muerta, no van a poder casarse —terminó diciendo, al mismo tiempo que dibujaba una sonrisa en la comisura de sus labios.

De repente, la puerta que resguardaba la sala privada en la que se encontraba del resto del local se abrió y ante él apareció una pálida y temblorosa figura que Ernesto, nada más verla, supo reconocer a la perfección.

—Ernesto, tío… tenemos que hablar —pidió Paquito, balbuceante, al mismo tiempo que se dejó caer en el raído sofá.

—¡Eeeh! Él pagar si querer verme —se apresuró a decir la joven, con un fuerte acento escandinavo, nada más ver entrar a aquel tipo y mientras intentaba ocultar, de una manera bastante torpe, sus pechos entre sus manos.

—Tú dedícate a bailar y cállate, maldita zorra. Y si lo haces bien, puede que te encargue otro trabajito para mí y para mi amigo. Estoy seguro de que sabes hacer muchas cosas con esa boquita que tienes —le respondió Ernesto, mientras mostraba un fajo de billetes que sacó de su bolsillo.

—Ernesto, de verdad que no tengo yo el cuerpo para esto —empezó a decir un Francisco que, cada vez que cerraba sus ojos, era incapaz de ver otra cosa que no fuera un mar de sangre.

—Mirad, gilipollas. Yo no saber mis compañeras hacer aquí con vosotros, pero yo no puta. Sólo bai…

—Eres una puta —cortó Ernesto a la joven, mientras se incorporaba del sillón y, con paso tambaleante, se acercaba hasta ella—. Y, como buena puta que eres, harás todo lo que te pida. ¿Lo entiendes o eres tan cortica que sólo vales para que te la metan por el…?

Antes de que Ernesto terminase la frase, la joven, furiosa, alzó con fuerza su pierna derecha y, dado que su cliente se encontraba a escasa distancia, logró acertarle de lleno en la entrepierna. Al momento, como si un rayo lo hubiese atravesado de la cabeza a los pies, Ernesto cayó de bruces contra el suelo.

—Serás zorr…. Cuan… Cuand… Agh —dijo Ernesto, entrecortado y casi sin voz, mientras se llevaba sus manos a la zona en la que había recibido el impacto.

—Gilipollas —les espetó la joven, mientras se agachaba a coger un par de billetes, los que consideró oportunos para cobrarse el servicio realizado, que habían caído del puño de Ernesto tras el golpe—. Mierda con patas. ¿Tú entender lo que yo decir o cortito ser? —le devolvió la pregunta a aquel hombre que ahora yacía en el suelo dolorido antes de, a modo de despedida, lanzarle un escupitajo que acabó bañándole la parte derecha del rostro.

Paquito observó toda aquella sucesión de acciones en silencio, entre fascinado e impactado por lo que acababa de ver. Era la primera vez que contemplaba a su amigo en una situación como esta. Tirado en el suelo, con la espalda arqueada y con el aliento entrecortado por el dolor.

Definitivamente, pensó mientras se arrodillaba, las últimas horas han sido una sucesión de primeras veces en mi vida.

—Ernesto, vamos, tienes que levantarte del suelo. Debemos marcharnos de aquí y dar parte de lo que hemos visto. Sabes que, si Catalina habla, los dos estamos…

—Paquito, no me jodas —logró decir Ernesto, a pesar del dolor que sentía al pronunciar palabras—. Acaban de pegarme una patada en los cojones y me vienes con toda esa mierda ahora. Me cago en la puta, creo que me ha roto algo… Dios, te juro que como la pille se la voy a meter hasta que grite de dolor —acertó a decir mientras, tambaleante, trataba de levantarse del suelo.

—Ernesto, mira que eres idiota. La hemos jodido y tú sólo te preocupas de que una puta te ha pegado una patada que te has merecido por gilipollas.

—Mira… Paquito. ¡Como sigas por ahí te inflo a hostias aquí mismo, eh! Te cojo por la… —se encontraba amenazando Ernesto a su amigo cuando de repente, en la sala privada en la que se encontraban, apareció uno de los seguratas del establecimiento.

—¡A ver, panda de subnormales! ¿Qué cojones es lo que no habéis entendido de no molestar ni tocar a ninguna de las chicas?

—irrumpió un segurata, de casi de dos metros de altura, lleno de furia.

—Verás... Nosotros... —comenzó a decir Paquito, titubeante.

—Mira, canijo, me importa tres cojones lo que quieras decirme. Ya os estáis perdiendo de mi vista. Venga, a tomar por culo de aquí, panda de gilipollas. ¡Ahora! —ordenó con virulencia, al mismo tiempo que cogía al dolorido Ernesto por la camisa levantándolo del suelo mientras indicaba a Paquito el camino hacia la salida de la sala con la cabeza.

Y así, ambos amigos, sumergidos entre las decenas de hombres que, de manera individual o grupal, contemplaban el juego de bailes que algunas muchachas les ofrecían subidas en diferentes plataformas, comenzaron a recorrer la distancia que los separaba de la salida del local.

Ernesto, a pesar del dolor que seguía golpeándole en su entrepierna, fue capaz de reconocer a la joven que le había endosado aquel duro golpe subiéndose a una de las plataformas que contaban con barra americana. Con el rostro lleno de rabia, sin poder hacer nada porque podía percibir en su nuca la pesada respiración del segurata que lo llevaba casi en volandas, Ernesto pudo ver que la joven, antes de comenzar su número, le lanzó un beso a modo de despedida.

"Menuda hija de puta", fue lo único que pudo decir, mientras su amigo repetía, una y otra vez, un pausado y preocupado: "Estamos jodidos, Ernesto. Estamos bien jodidos".

—No os quiero volver a ver por aquí y, como tengáis los santos cojones de acercaros a molestar a alguna de las chicas, os juro que acabáis en lo más profundo del Guadalquivir. Avisados estáis. Los dos. ¿Estamos? —ambos asintieron al unísono sin pensárselo dos veces—. Así me gusta. Ale, a tocar los huevos a otra parte —terminó diciendo el fornido vigilante antes de lanzar a Ernesto por los aires con toda la fuerza que pudo.

—Que no volvamos, dice… ¡Hay mil sitios con mejores putas que éste, imbécil! —gritó Ernesto, una vez se aseguró de que el segurata había regresado al interior del local y no podía escucharle.

—Tío, me la has jugado. Mira que sabía que no era buena idea, que todo saldría mal… Joder, míranos. —en aquel momento, mientras decía todo esto, Paquito no paró de pasar sus manos sudorosas por su cabello rizado—. Dios, no quiero ni pensar la que nos va a caer cuando se enteren que estuvimos en el maldito hotel, de que…

—Mira, Paquito, cállate ya, por favor te lo pido. Ahora que se me está pasando el dolor de huevos me va a empezar a doler la puta cabeza por tu culpa —pidió Ernesto mientras se colocaba una camisa que estaba completamente desgarrada—. Además, Catalina dijo que no nos registraría en el listado del hotel, de hecho, me encargué de recordárselo antes de irnos. No te preocupes, hombre. Nadie sabrá que estuvimos en el puñetero hotel.

—¿Nadie? Por favor, Ernesto, no digas gilipolleces. Esto no es como cuando le robabas a tu padre unos cigarros y tu hermana se callaba a cambio de que le dieras uno. Estamos hablando de un puto asesinato. Joder, alguien ha muerto. ¿Eres consciente de lo que está en juego? —preguntó Paquito, fuera de sí, mientras sus lágrimas brotaban de sus ojos y empezaba a zarandear a su amigo por los hombros.

—Cálmate ya, hostias. Nadie, salvo la muchacha esa, sabe que estuvimos allí. Lo único que tenemos que hacer es dejarlo estar. Por lo que a nosotros…

En aquel instante, antes de que Ernesto terminase su frase, una melodía irrumpió en mitad de la discusión, haciendo que ambos amigos guardasen silencio.

—Es Manuel —terminó diciendo Francisco, asustado, mientras, con manos temblorosas, le mostraba la pantalla con la llamada entrante a Ernesto.

—Joder. Me cago en la puta. Cógeselo anda, si no va a ser peor. Con suerte, la mierda que le di anoche le habrá hecho efecto y no se acordará de nada.

Paquito, tras escuchar estas palabras, dirigió una mirada de odio a su amigo. Habían acabado en esta situación por su culpa. Él no era el responsable. Al principio no quiso participar en toda aquella maldita historia, pero… la codicia…

—¡Paquito coge el puto teléfono de una vez! Y pon el manos libres anda. Quiero enterarme de lo que quiere la maldita rata —le apremió Ernesto, nervioso, al ver que la melodía del móvil continuaba sonando sin que su amigo moviese un músculo.

—Está bien —dijo al fin y, tras lo cual, mientras deslizaba su dedo para coger la llamada, tragó saliva, sabedor de que sería una llamada complicada.

La música cesó al desbloquear la llamada y, de repente, una única voz rompió el silencio que los dos amigos guardaban para escuchar con atención.

—Paquito, tío, ¿puedes contarme qué cojones hicimos anoche y explicarme por qué soy incapaz de acordarme de nada?

En aquella voz, ambos pudieron percibir la angustia y la duda pero, por encima de todo, el miedo.

Manuel desconocía por completo lo que había ocurrido durante la pasada noche. Era incapaz de recordar nada más allá de que había salido a tomar algo con sus dos mejores amigos. Sin embargo, tras despertarse en unas pésimas condiciones, temiendo haber cometido alguna estupidez, tomó la decisión de llamar a las dos únicas personas que podían dar luz al océano de dudas en el que estaba inmerso, unas personas que, tras escuchar la pregunta que Manuel acababa de formularles, se limitaron a intercambiar sus miradas y, a pesar de que ninguno dijo nada, ambos parecieron convencidos que de todo esto no saldrían bien parados.

3

La ambulancia

Tomás cerró con fuerza las puertas de la ambulancia mientras seguía escuchando a sus espaldas los gritos desgarradores y las súplicas que Pablo formulaba, fuera de sí, después de haber descubierto lo que le había ocurrido a Mihaela.

Ya en el interior del vehículo medicalizado, mientras el inspector se sentaba en un pequeño asiento plegable que había en uno de los laterales, las dos sanitarias que lo acompañaban, una doctora y una enfermera, comenzaron a estudiar la situación de Mihaela, intercambiando unas opiniones que Tomás, sumergido en sus pensamientos, fue incapaz de alcanzar a escuchar. Después, tras un tiempo en silencio donde ambas profesionales trabajaron a marchas forzadas, el inspector quiso interesarse por el estado de la joven.

—Doctora, dígame, ¿cómo se encuentra?

Ésta, una mujer de mediana edad y que se desenvolvía con suma determinación, se limitó a negar con la cabeza mientras observaba con atención uno de los aparatos a los que, apenas treinta segundos antes, había sido conectada la joven cuidadora.

—No sabría decirle. Hemos logrado controlar la hemorragia producida por los cortes de las muñecas, pero me temo que ha perdido mucha sangre. Silvia, pásame el esfigmomanómetro.

Tomás, tras escuchar aquel corto dictamen, se dedicó a observar con atención y en silencio cada uno de los movimientos, perfectamente coordinados, que ambas sanitarias efectuaban en el interior de aquel pequeño habitáculo.

Al final, acabó diciéndose para sí, todo se fundamenta en el trabajo en equipo. El suyo, al igual que el que estaba viviendo desde un segundo plano, tenía una ardua tarea por delante. Aquel caso parecía estar abocándose a un sonoro fracaso, aunque este intento de suicidio podría aclarar algunas cosas. Quizás Mihaela tomó la decisión de quitarse la vida al sentirse culpable por la muerte de Mercedes. Tal vez, pensó Tomás, la joven cuidadora y su amante, el marido infiel, habían acabado anoche con la anciana y ella, al temerse descubierta, había decidido poner fin a su sufrimiento o, quizás, había decidido acabar con su vida para evitar afrontar las consecuencias de un affaire que, con absoluta certeza, había terminado con su trabajo y, por ende, con su modo de vida. Dios, la pobre no debe tener más de treinta años, apuntó Tomás mientras contemplaba su rostro cubierto por una mascarilla conectada al respirador portátil de la ambulancia.

Definitivamente, lo único seguro en toda esta historia, dictaminó el inspector para sus adentros, era que aquel intento de suicidio obedecía a algo que había ocurrido en las últimas horas entre los muros del hotel. La clave está en descubrir el qué.

—Creo que hemos logrado estabilizarla dentro de la gravedad… pero me temo que está muy débil —anunció la doctora, un tiempo después con preocupación, mientras no apartaba su mirada del aparato que monitorizaba el ritmo cardíaco de Mihaela.

—¿Está consciente? —se apresuró a preguntar Tomás tras escuchar aquel rápido dictamen mientras intentaba contener sus ganas de levantarse de la pequeña silla en la que había estado sentado desde que se introdujo en el vehículo medicalizado.

—Sí, pero con toda la sangre que ha perdido no creo que tenga fuerzas para decirle nada. Quizás, ni tan siquiera, para escucharle.

—¿Podría acercarme y ver si…? —empezó a preguntar Tomás, antes de ser cortado por la doctora.

—No, no creo que sea recomendable, la verdad. Además, si lo que busca es respuestas, como ya le he dicho, no creo que pueda darsel… —en aquel momento, Tomás, haciendo caso omiso a lo que le decía la doctora, se levantó de la silla plegable—. ¡Inspector, haga el favor de comportarse y siéntese!

—Mihaela, no sé si puedes oírme —comenzó a decir, mientras observaba que la joven dirigía, con pesadez, su mirada hacia él—. Esto es importante, asiente con la cabeza si quieres responder de manera afirmativa. ¿Tuviste tú o Pablo algo que ver con la muerte de Mercedes? Mihaela, por favor… Mihaela… —suplicó Tomás, con la mayor suavidad que le fue posible.

—Inspector, por favor se lo pido, siéntese en la silla. Estamos a punto de llegar al hospital y allí… —de repente, la doctora, que estaba empujando a Tomás para que se sentase, dejó de hablar al observar que las máquinas que monitorizaban a la joven comenzaron a lanzar una serie de parámetros alarmantes.

Mihaela, que apenas había logrado realizar un movimiento muy sutil con la cabeza que Tomás no alcanzó a interpretar, cerró sus ojos con pesadez para después, ante la atenta y preocupada mirada de las tres personas que la acompañaban en aquel pequeño habitáculo, perder la consciencia.

—¡Joder, Silvia, acércame el desfibrilador, está entrando en parada! ¿Qué, satisfecho? Ya ha tenido su momento de gloria —reprendió la doctora, mientras la enfermera disponía, a toda velocidad, el instrumental que le acababa de requerir su superiora.

Tomás por su parte, al ver que no podía hacer nada más allí, se dejó caer, derrotado y con pesadez, sobre la pequeña silla plegable ubicada a los pies de la paciente. Quizás debió haber hecho caso a la doctora y haberla dejado descansar, se recriminó para sus adentros mientras pensaba en si el leve gesto con el que había respondido la joven cuidadora obedecía a una afirmación o a una negación.

Lo único seguro, terminó diciéndose Tomás al mismo tiempo que la ambulancia enfilaba a toda velocidad la calle que conducía al hospital, era que Pablo tenía muchas cosas que decir al respecto. Especialmente si aquella pobre muchacha perdía la vida.

4

El pacto

S. Dogood, tras descubrir el intento de suicidio de la joven cuidadora, se dedicó a recorrer de un lado a otro el lujoso pasillo del hotel donde se había desencadenado la tormenta que sobrevolaba sobre su cabeza. Observando, en silencio, cada una de las puertas tras las que se encontraban la mayoría de los protagonistas de toda esta historia.

Empecemos por el origen de todo, se dijo para sí mientras cerraba sus ojos, abstrayéndose con aquel gesto de todo lo que la rodeaba sin detener sus pasos.

Una familia decide alquilar una serie de habitaciones en el mismo hotel a pesar de que la relación que guardan entre ellos no es del todo buena. El motivo del viaje no es otro que el enlace matrimonial de la primogénita de la familia con un tipo que conoció mientras estudiaba en Sevilla, de ahí que se tuviesen que desplazar desde el pueblo manchego en el que hacen vida hasta la capital andaluza. Durante la noche anterior, después de una agradable cena familiar, según asegura la mayoría de los protagonistas, la anciana matriarca es asesinada en el interior de su habitación después de que una persona le introdujese un diamante en la garganta, objeto este, por otra parte, que provocó cierta disputa familiar entre las dos hermanas y la víctima.

Ya por la mañana, prosiguió relatando en sus adentros S. Dogood mientras giraba sobre sí para deshacer sus pasos, la hija pequeña de la víctima descubre el crimen y, tras dar la voz de alarma, todos los familiares que se encontraban en las habitaciones aledañas acuden para conocer a qué obedecen sus gritos.

Todos, apuntó con rapidez S. Dogood, salvo la pareja de amantes. La cuidadora y el marido de la hija mayor de la víctima, que a su vez resulta ser el padre de la novia, son descubiertos poco después en pleno affaire, desatándose con ello una tempestad de reproches y acusaciones entre unos y otros mientras el cadáver de la anciana todavía sigue caliente en la habitación contigua. La policía interviene y procedemos a realizarles un breve interrogatorio a cada uno de ellos, tanto de manera individual como grupal, en función de las necesidades, por las diferentes estancias en las que se encuentran alojados.

De la información extraída durante estas entrevistas, a la espera de que Gema termine de poner todas las notas en orden, se puede extrapolar una división generalizada en la familia. Es llamativo que la mayoría coincida sólo en un detalle: la víctima era una mujer odiosa. Por otro lado, la herencia, con la excepcional aparición de un diamante en torno al cual parecía girar parte de la trama, ocupa otro de los puntos calientes que había sobre el tablero en este momento, quizás el más caliente junto con la infidelidad de Pablo y la joven cuidadora. Por último, por si fueran pocos los frentes abiertos, no había que olvidarse del viejo amigo del prometido y que, según la novia y las amigas de ésta, tal y como le había contado el inspector antes de descubrir a la cuidadora en el interior de la bañera, había amenazado con arruinar el enlace previsto para hoy.

Todas las piezas y las sospechas se cernían sobre una u otra persona, en función de quién apostillaba la información. Pablo, yerno de la víctima y marido infiel, pasó, durante su interrogatorio, de asegurar con rotundidad que no veía a nadie en su familia capaz de acabar con la vida de su suegra a terminar diciendo, tras verse con la etiqueta de sospechoso según las anotaciones que había pasado Fabián, que sentía que su mujer podría ser capaz de acabar con la vida de su madre. Según él tenía tanto la oportunidad, pues estuvo sola durante toda la noche en su habitación, como un móvil, dada la mala relación que mantenía con su madre. Sin embargo, Carmen, en esta ocasión dirigiéndose a Gema, había asegurado que toda esta situación estaba motivada por un robo frustrado. Habría sido otro interesante punto de vista pero que quedaba descartado por completo con el hallazgo del diamante en la garganta de la víctima. Por último, no había que olvidar el papel de Verónica, la hija menor de la víctima y que durante su interrogatorio no se cansó de poner el foco, además de mentir en un gran número de ocasiones, sobre la cuidadora de su madre y su yerno. Teoría que por ahora seguía siendo más que plausible, más teniendo en cuenta que la cuidadora había pasado la mayor parte de la tarde-noche con la víctima y que, tras toda la sucesión de descubrimientos que habían tenido lugar en esta mañana, había intentado quitarse la vida.

—Complejo, muy complejo —terminó diciendo S. Dogood, esta vez en voz alta en mitad del pasillo, tras haber repasado por quinta vez toda la información que disponía en aquel momento.

S. Dogood, que encerrada en estos detalles había olvidado por completo que la boda seguía adelante, se encontraba repasando de nuevo las informaciones recabadas cuando de repente cuatro personas, cargadas tres de ellas con cámaras a sus hombros, aparecieron en el pasillo rompiendo con ello la tranquilidad que la había acompañado en los últimos minutos.

—¿De dónde diablos sacará todas esas ganas por casarse? —acertó a preguntarse mientras observaba al equipo de fotógrafos introduciéndose en la habitación donde esperaba la novia. Una muerta en la silenciosa nocturnidad del hotel, un intento de suicidio tras un ruidoso despertar, una infidelidad consumada ante los ojos de todos, los celos entre unas hermanas enfrentadas y, ahora, una boda que se negaba a ser aplazada—. Demasiado barroco para mi gusto —terminó diciéndose, mientras observaba el lujoso pavimento sobre el que se había pasado deambulando de una punta a otra durante la última media hora de su vida.

—La verdad es que es bastante recargadillo, sí. Pero me gusta, resulta elegante e íntimo. El tipo que lo eligió tenía un gusto algo… antiguo, sí, pero gusto al fin y al cabo —comentó divertido, con marcado acento, uno de los fotógrafos, mientras observaba con cierto interés el cuerpo de S. Dogood, pensando que se trataba de alguna amiga de la novia con la que, con un poco de suerte, podría acabar triunfando aquel día—. No me lo digas, eres una de las damas de honor, ¿verdad? Salta a la vista, estás preciosa.

Sin embargo, lejos de escuchar las últimas palabras que el fotógrafo acababa de dedicarle, S. Dogood se encontraba muy lejos de aquel lugar. La concentración que hacía un momento se podía percibir en su rostro ante el enrevesado caso con el que se había encontrado aquella mañana había cambiado a una mezcla de satisfacción y urgencia.

El fotógrafo, con cierta emoción al ver que aquella atractiva mujer se acercaba hasta dónde se encontraba, dibujó una sonrisa que borró por completo cuando, para su sorpresa, aquella extraña y seductora mujer pasó a su lado, a toda velocidad, sin dirigirle una sola mirada y, tras adelantarlo dos metros, comenzó a golpear con fuerza la puerta de una de las seis habitaciones que se abrían en aquel pasillo.

—¡Lorena, soy Dogood, te necesito! —anunció S. Dogood, con voz viva, mientras continuaba aporreando la puerta en cuyo interior se encontraba la joven que había colaborado con ella.

Al poco, apenas cinco segundos desde el primer golpe contra la robusta madera, Lorena abrió la puerta sin poder disimular el nerviosismo que el requerimiento de S. Dogood había despertado en ella.

—¿Por qué este hotel? —preguntó S. Dogood, sin esperar a que la joven le pudiera decir nada.

—¿Qué? —fue lo único que una sorprendida Lorena fue capaz de decir.

—¿Por qué elegisteis este hotel y no otro de la ciudad?

—Mmmh... Si no recuerdo mal, el hotel lo eligió mi prima. Sí, fue ella y, ahora que lo dices, recuerdo que una tarde, durante los preparativos, mi tía nos comentó que, además de ser un lugar con unas vistas increíbles y encontrarse en una posición envidiable de la ciudad, aquí trabaja un amigo del novio de mi prima. Nos dijo el nombre... Paquito creo que era. Sí, eso es, Paquito. Lo recuerdo porque a mi madre le hizo mucha gracia. Por lo visto, al trabajar aquí, le consiguió a mi prima un buen descuento en el precio de las habitaciones.

S. Dogood, en aquel momento, sonrió. Al final, se dijo para sí triunfante, iba a ser Carmen la que tuviese razón en todo aquello.

Sin decir mayor palabra, se apresuró a bajar a toda velocidad las escaleras que separaban la planta en la que se encontraba de la entrada del hotel, lugar donde se encontraba Gema trabajando con la información que la recepcionista le había facilitado.

Lorena, por su parte, impactada por aquella reacción, se apresuró a seguir sus pasos y averiguar a qué obedecía aquel extraño comportamiento.

La subinspectora, desconocedora en aquel momento de la tormenta que se avecinaba sobre ella, se encontraba consultando y anotando, junto a la ficha digital que acababa de crear para cada uno de los miembros de la familia, las horas en las que, según el registro del hotel que le acababa de facilitar la joven recepcionista, habían ido entrando y saliendo los diferentes huéspedes del hotel en el día de ayer.

De repente, el silencio, con el que hasta ese momento había estado trabajando en el amplío y lujoso vestíbulo, se quebró por culpa de una S. Dogood que repetía, a voz viva y mientras descendía a toda velocidad las escaleras, su nombre, haciendo que la joven levantase su mirada del registro que estaba consultando hacia las escaleras, con la intención de descubrir a qué obedecía aquel clamor.

—¿Qué diablos ocurre, Dogood? Deja de vocear como si estuvieras en el maldito campo —le pidió Gema nada más verla aparecer por las escaleras, sumida todavía en un estado de agitación y casi sin aliento.

—En el registro... En la noche de ayer... ¿Aparece el nombre de un tal Francisco? —logró preguntar S. Dogood, con el aliento entrecortado por la pequeña carrera que acababa de realizar, un instante antes de que Lorena se incorporase a la conversación.

Gema asintió. Lo recordaba porque ese nombre en cuestión aparecía apretujado entre los de las dos amigas de la novia y los de una pareja inglesa, dando la sensación de que había sido añadido a posteriori.

—Sí. Dime, Dogood, ¿quién es y por qué te interesa tanto?

Al escuchar aquello, S. Dogood se limitó a dibujar una sonrisa.

—Él, querida, es el motivo por el que la familia decidió alojarse en este hotel. Al parecer, es un amigo de la pareja que trabaja aquí. Fue él quien le ofreció a Noelia la posibilidad de alojar a toda su familia entre estos muros, consiguiéndole un descuento en el precio. Me pregunto por qué podría tener tanto interés en que se alojaran aquí. A ver, estoy segura de que... —en aquel instante, detuvo su discurso mientras contemplaba el listado que, un momento antes, estaba en manos de Gema— Nuestro hombre estuvo anoche aquí a una hora que... ¡Eureka! A una hora que coincide con la de la muerte de la víctima —completó S. Dogood con satisfacción, una vez comprobó el registro.

Gema asintió y, con decisión, dirigió con rapidez su mirada hacia una joven recepcionista que, en silencio y desde su mesa, había estado contemplando toda aquella escena desde la distancia y con preocupación.

—Catalina, ¿qué puedes decirnos de este tal Francisco? Es compañero tuyo, ¿no?

La recepcionista, al escuchar aquellas preguntas, no pudo evitar bajar su mirada hacia la mesa que tenía frente a ella mientras notaba que sus pulsaciones se disparaban en su interior. Le había prometido, a él y a su acompañante, que no diría nada, que los encubriría tal y como había hecho otras veces. Esto, se dijo para sí mientras seguía sin atreverse a mirar a Gema, sabía que iba a terminar ocurriendo algún día y anoche, desde el primer momento que los vio aparecer, todo le dio mala espina. Paquito siempre venía solo, pero ayer... Ayer, por primera vez, vino acompañado por un tipo que, desde el primer vistazo, Catalina sintió como alguien extraño y peligroso. Sabía que algo había ocurrido cuando esta extraña pareja salió disparada del hotel a los pocos minutos de haber entrado. Después, ya por la mañana, una llamada lo descubrió todo. Habían sido ellos, se convenció Catalina antes de entregarle el registro a los agentes. No podía encubrirlos, esta vez no, se repitió mientras anotó en un apretado hueco, justo antes de entregar el registro de entradas y salidas a las autoridades, el nombre de su compañero de trabajo y de robos. Al fin y al cabo, ella era una buena persona. El robar, a pesar de que estaba mal, se había convertido en la propina que complementaba su escaso salario, pero lo ocurrido anoche... Aquello, simplemente, superaba sus límites morales.

No obstante, a pesar de que ya había tomado la decisión de asumir su culpa al incluir aquella información en el registro de entradas y salidas en lugar de ocultarla, ahora, al sentirse bajo la escrutadora mirada de aquellas dos mujeres, sin saber muy bien por qué y con el pulso disparado, decidió jugar su última bala y emplear la excusa que tenía pactada con Paquito para el caso de que alguna vez se descubriese su pacto secreto.

—Sí, así es. Francisco es el encargado del mantenimiento del hotel. Anoche se acercó al hotel a buscar un par de herramientas. Al parecer, según me contó, se le había roto algo en su casa y necesi...

—¿A las cinco de la mañana? —se apresuró a interrumpir S. Dogood a la recepcionista, sin ocultar la sorpresa que le supuso ver como aquella muchacha, de rostro inocente, estaba intentando engañarlas.

—Sí... —respondió la joven en un fino susurro.

—Catalina... Nosotras lo único que queremos es solucionar las cosas. Venga, cuéntanos, ¿qué fue lo que ocurrió anoche? —preguntó Gema, en un tono conciliador.

Catalina no pudo evitar sollozar y derrumbarse en aquel momento.

—Yo... Joder... Jamás pensé que fueran capaces de... de... Dios, de haberlo sabido, créanme... De haberlo sabido jamás les habría dejado entrar.

—A ver si estoy en lo correcto, Catalina. Aprovecháis, Paquito y tú, que no hay ninguna cámara en el hotel para entrar, cada cierto tiempo, en alguna habitación cuando los huéspedes no están. Paquito pone la destreza de sus manos y tú la información sobre qué estancia está vacía en aquel momento y de anotar en el registro quién entra y quién sale por la puerta. Si no ha entrado nadie, dado que la recepcionista así lo ha anotado, nadie resulta sospechoso y probablemente los huéspedes acaban pensando que aquello que creían sustraído simplemente se les ha olvidado meterlo en la maleta para este viaje —expuso con frialdad S. Dogood, mientras Catalina se limitaba a asentir a su razonamiento—. Mira, entiendo que no debe ser fácil para una persona leída e instruida como tú tener que trabajar en un puesto como este —afirmó, tras suponer que aquella joven, por su actitud y formalidad, tenía una formación superior a la del puesto que desempeñaba—. La sobrecualificación puede llegar a resultar insultante. Algo que nadie merece sufrir. Sé muy bien de lo que hablo, créeme. Pero, Catalina, es importante que nos cuentes con claridad todo lo que pasó. Sabemos que anoche sucedió algo durante tu turno de trabajo. Tienes en tus manos decirnos el qué.

Catalina se mordió el labio inferior mientras empleaba todas sus fuerzas en lograr mantenerse erguida sobre sus piernas. Finalmente, tras coger aire, al fin pudo responder a aquella mujer que, sin saber muy bien cómo, había logrado desnudarla por completo.

—Todo… Todo lo que has dicho es cierto. Paquito y yo… Bueno, tenemos una especie de pacto para sacarnos un sobresueldo. Siempre había sido cosa nuestra pero anoche… anoche vino acompañado por un hombre que no había visto nunca. Nada más verlo, de verdad que os soy sincera, despertó en mí una profunda inquietud. Paquito me había hablado de él en alguna ocasión, y nunca por nada bueno. Yo, por miedo, ya que tenían un gesto muy serio, no les quise decir nada y, cuando me quise dar cuenta, apenas cinco minutos después de su llegada, ambos bajaron a toda velocidad por las escaleras. Antes de que se marchasen les pregunté por cómo había ido todo… Paquito ni me miró y su amigo, con la mirada llena de furia y rabia, se acercó hasta mí, se detuvo justo delante de mi mesa y, apuntándome con el dedo, me amenazó con matarme si contaba que habían estado en el hotel. Tras esto, una vez se marcharon, estuve pensando qué podría haber causado ese comportamiento. Yo… Bueno, supuse que algo había salido mal, sí. Pero jamás llegué a imaginar que… —en aquel momento hizo un alto, al mismo tiempo que se limpiaba con el dorso de la mano su rostro bañado en lágrimas—.

Ya saben, imaginar que habían acabado con la vida de una persona. Sé que lo que diga ahora no sirve de nada, sólo puedo decir que lo lamento. Lo lamento profundamente.

5

Amor

Estupor. Este era el estado en el que se encontraba Manuel desde que se había despertado en el día que estaba llamado a ser el más importante de su vida.

Por más que lo intentaba, era incapaz de recordar los hechos acaecidos durante las últimas horas y que lo habían dejado en aquel calamitoso estado.

Sus dos amigos, los tipos con los que había pasado sus últimas horas olvidadas, terminó por convencerse, eran los únicos que podrían resolverle sus dudas y, después de varios intentos, al fin logró que uno de ellos respondiese a su llamada.

—Paquito, tío: ¿Puedes contarme qué cojones hicimos anoche y por qué soy incapaz de acordarme de nada? —se lanzó a preguntar Manuel, sin ocultar su angustia, nada más comprobar que su llamada había sido desbloqueada.

Silencio. Esta fue la respuesta que le dio su amigo y que fue seguida, justo cuando se disponía a volver a preguntar, por un golpe seco que cortó por completo la conexión entre ambos dispositivos.

Manuel, estupefacto por lo que acababa de suceder, tras ponerse las primeras prendas que encontró en su armario, salió de su habitación con paso titubeante y, cuando ya se encontraba en plena marcha hacia el salón, descubrió que en éste ya se encontraban algunos miembros de su familia y que, siguiendo con la tradición, se habían acercado a su casa a primera hora para comenzar a festejar un día que estaba llamado a ser muy especial.

Manuel, oculto en mitad del pasillo, detuvo su marcha al descubrir a tanta gente en su salón. En su cabeza, iban y venían una serie de ideas que se interrumpieron de golpe al sentir, en el interior del bolsillo de su pierna derecha, la vibración de su móvil.

—¡Paquito! —exclamó en sus adentros al mismo tiempo que retrocedía, nervioso, de nuevo a la protección e intimidad que le brindaba su habitación.

Sin embargo, tras cerrar la puerta y sentirse a salvo de las curiosas miradas de sus invitados, una nueva sorpresa lo golpeó al ver la pantalla de su teléfono.

—¡Noe! Cariño, ¿va todo bien? —acertó a decir Manuel, con una voz irreconocible.

—Manuel... Verás… —comenzó a decir, titubeante, una Noelia que no sabía muy bien cómo construir la frase con la que anunciar a su prometido lo que acababa de sucederle a su abuela—. No, no va bien… Manuel, mi abuela ha muerto —acertó a decir finalmente, despojándose con ello del nudo que se había formado en su ser.

Manuel sintió que un rayo lo atravesaba por completo en aquel instante. Había cosas que podían salir mal, que podían incluso llegar a marcar por completo a una boda pero sin llegar a cancelarla. Sin embargo, con esta situación sería muy complicado seguir adelante con la boda.

Maldita vieja, va a joderme incluso estando muerta, se dijo para sus adentros, antes de dar una respuesta a su prometida.

—Manuel, ¿estás ahí? —preguntó la novia, preocupada.

—¿Qué…? —empezó a decir entrecortado—. ¿Qué es lo que ha ocurrido?

—La han asesinado. Algui… alguien… Joder, todavía no puedo creérmelo. Todo esto parece una maldita pesadilla.

Al escuchar aquello, Manuel casi lanzó su móvil contra el suelo. Una cosa era que la vieja hubiese muerto de forma natural, aquello habría sido una trágica coincidencia, pero, al fin y al cabo, circunstancial. Sin embargo, el hecho de que alguien la hubiese matado lo cambiaba todo.

—Lo siento mucho, cariño. De… De verdad que siento mucho todo lo ocurrido. No, no tengo palabras… Joder, qué mal —de fondo, mientras hablaba, Manuel podía escuchar la agitada y entrecortada respiración de Noelia.

—Tenía que ser justo hoy… en nuestro día.

—Sí, es terrible —se limitó a decir Manuel, a la vez que se sentaba en su cama y trataba de colocar todas las piezas en su cabeza.

—Nos han estado interrogando, ¿sabes? —dijo de repente Noelia, necesitada de contarle todo lo que acababa de vivir—. Creen que ha sido alguien de mi familia. Alguna de las personas que estamos aquí, en el hotel —añadió, diciendo esto último con mucho dolor.

—Pero… ¿Saben quién… Hay algún sospechoso? ¿Han encontrado algo?

—No, ni idea…. Cariño, no puedo imaginar a alguien de mi familia haciendo algo así —añadió Noelia, convencida de ello, mientras valoraba como iba a contarle algo que sabía que le iba a enfurecer—. Cariño… He tenido… He tenido que contarles lo de la amenaza que nos hizo Ernesto. Les he contado que…

—¡Me cago en la puta, Noe! No me jodas —interrumpió Manuel, enfurecido, al ver que su prometida había puesto en el ojo del huracán a su amigo—. Otra vez con eso. ¿De verdad crees que Ernesto sería capaz de…? —antes de terminar su pregunta, guardó silencio.

—Termina, vamos, termina de decirlo.

—¿De matar a alguien?

Noelia se limitó a lanzar un fuerte soplo de aire, mientras valoraba bien qué decir.

—No lo sé, amor… no lo sé. Lo único que puedo decir es que nos amenazó con estropearnos la boda. Ya sabes que no le sentó nada bien que no le invitáramos y… Bueno, sabes mejor que nadie que en ocasiones es un poco…

—Noelia, por favor, te he pedido muchas veces que no te metas con él —cortó Manuel, en un intento por defender a su amigo.

—Vale, bien. Entonces la culpa es mía, ¿no? La mala soy yo por recordar que nos amenazó con destrozar nuestra boda…

—Noe…

—Mira, estoy segura de que no debe resultarte fácil porque es tu mejor amigo, pero sabes mejor que nadie que Ernesto no está bien. No hace falta que te recuerde que Ruth necesitó más de diez puntos de sutura en su cabeza la última vez que se vieron. Por no hablar de aquella muchacha a la que…

—¡Basta! —exclamó Manuel, mientras se frotaba con fuerza la palma de su mano sobre su frente—. Ya lo has dejado bien claro, ¿vale?

Noelia decidió guardar silencio, mientras en su cabeza bullía una pregunta que acababa de dibujarse en su mente, tras escuchar la defensa que su prometido había hecho de su amigo.

—Es la única persona… —empezó a decir Noelia, tras pensar muy bien cómo plantear una pregunta de la que necesitaba conocer su respuesta—. Cariño, sé que no te va a gustar esto, pero tengo que preguntarte por…

—Noe… —pronunció Manuel, con pesadez, sabedor de la pregunta que se avecinaba.

—¿Estuviste anoche con él?

—Sabía que me lo ibas a preguntar, lo sabía. Mira… Tengo a toda mi familia metida en mi…. —de repente, Manuel, sin saber muy bien porqué, guardó silencio y estudió bien sus movimientos antes de convencerse de que, al menos hoy, debía ser honesto con su prometida—. Sí, Noe, sí. Anoche salimos un rato. Fuimos a tomar un par de cervezas, pero…

—¿Pero qué? —preguntó Noelia, con miedo, aferrada a su teléfono, al ver que su prometido había dejado a medias su respuesta.

—Pero soy incapaz de recordar nada de lo que hicimos —dijo con rapidez y del tirón Manuel, sintiéndose liberado al pronunciar aquella revelación—. Es… es como si me hubiesen borrado la memoria, maldita sea. He estado intentando hablar con ellos, pero no he logrado que ninguno me respondiese. Tan solo Paquito ha descolgado, pero la llamada se ha cortado antes de que dijese nada.

—Joder…. Manuel, mira que te pedí que te quedases en casa. Mira que te he dicho un montón de veces que esos dos no traen nada…

—Sí, ya lo sé, ¿vale? —zanjó de golpe Manuel, con furia.

—En fin… Tenemos que ver qué narices hacemos con la boda —dijo Noelia, intentando cambiar de tema y solucionar algo que, en aquel momento, se le antojaba capital.

—Mierda, con todo esto no me había parado a pensar en la boda. ¿Qué crees que deberíamos hacer?

—Ni idea, la verdad. Supongo que, teniendo en cuenta la situación, tendremos que cancelarla.

Manuel, al escuchar esto, golpeó su móvil contra su frente. Llevaba más de diez años trabajando para aquel día, diez años de su vida con aquella mujer que le llenaba en muchos aspectos pero que también lo incordiaba en otros tantos. Diez años cediendo y tomando precauciones en cada una de sus escapadas para poder ser admitido en una familia que resultaba ser tan rica como asquerosa. Aquel sueño, el de poder convertirse en un hombre de provecho y llevar un importante negocio, se le estaba escapando de sus manos y esto, se dijo para sí mientras apretaba su mandíbula con fuerza y pensaba bien qué responder, era algo que no estaba dispuesto a permitir.

—Cariño… no quiero ni puedo imaginarme lo difícil y doloroso que debe estar resultando todo esto para ti y para tu familia… también lo es para mí, claro. Pero pensémoslo bien antes de tomar una decisión precipitada. Ten en cuenta que ya está todo listo. Todo nuestro esfuerzo, toda la inversión… Podemos hacerlo como homenaje a tu abuela, decir unas palabras en su memoria durante la ceremonia o…

—Manuel, sé que mi abuela y tú no teníais la mejor relación del mundo. Incluso creo que nadie la tenía pero… No sé, creo que lo mejor sería cancelar y ver cómo acaba todo esto.

—Por favor, Noe, piénsalo, hazlo por mí —insistió, con un tono dulce, Manuel—. Va a ser un momento. Mira, en unas horas, después de un pequeño intercambio de palabras, estaremos juntos. Al fin el uno con el otro. Cariño, es lo que llevamos soñando durante muchísimo tiempo... casi diez años. Entiendo que tus padres no puedan venir si están muy afectados por la…

—¿Afectados? Si se han estado dando hostias en el pasillo porque hemos pillado a mi padre con la puta de la cuidadora de mi abuela. En fin, no sé… Está resultando ser todo un desastre. Nada sale bien.

Manuel, al saber del descubrimiento del affaire que se había descubierto de su futurible suegro, golpeó su pie contra la mesita de su cama. Aquel gilipollas también se la iba a liar. ¿No podía haber mantenido su polla fuera del maldito agujero de la puta ucraniana ni en el día de la boda de su hija?, se preguntó para sí con odio y furia.

—Mira —comenzó a decir Manuel, en el tono más calmado que le fue posible—, lo único que quiero es casarme contigo. Y quiero hacerlo hoy. Es mi mayor deseo y me da igual quién o no esté en la ceremonia. Hoy es nuestro día, sólo importamos tú y yo, y eso nada ni nadie va a poder cambiarlo. Amor.

Aquellas últimas cuatro letras, expresadas con la mayor de las dulzuras, fueron la perdición, una vez más, de una Noelia que, tras guardar silencio durante unos segundos, valorando la situación y las palabras que acababa de escuchar, terminó por ceder.

—Está bien, seguiremos adelante con la boda. Voy a decírselo a mi familia. No sé si vendrán, pero bueno… Como has dicho, lo importante es que estemos nosotros dos. El resto no importa.

—Eso es, amor. Nosotros dos nos bastamos, no nos hace falta nadie más para ser felices. Ya lo sabes —respondió Manuel, algo más relajado al ver que su proyecto, a pesar de todo lo ocurrido y por el que tanto había luchado, seguía adelante.

Una vez se despidió de ella, Manuel, satisfecho por haber logrado reconducir la situación, salió de su habitación en busca de su madre, quién, envuelta en un manto de nervios, marchaba de un lado a otro, sujetando en sus dos manos una bandeja colmada de churros, atendiendo las necesidades y las felicitaciones de cada uno de los invitados que se habían acercado aquella mañana a su casa.

Mientras Manuel recorría una distancia que en un día normal habría atravesado en diez segundos y que ahora, con todo aquel cúmulo de personas que le felicitaban por este día tan especial, le llevó más de dos minutos, un atractivo hombre comenzó a adentrarse en el interior de aquel lugar atestado de personas.

—Mamá, tengo que contarte algo que ha suced… —estaba diciendo Manuel a su madre en el mismo momento en el que Fabián, con voz alta y firme, se dirigió a él.

—Manuel, soy…

—Por favor, estoy hablando con mi madre. Dame un mom… —fue la respuesta que dio Manuel sin girarse a ver quién era la persona que demandaba su atención.

—Señor Martínez —cortó de nuevo la misma voz, esta vez con un tono más grave—, mi nombre es Fabián Gómez y soy subinspector del Cuerpo Nacional de Policía de la ciudad. Tengo que realizarle una serie de preguntas acerca de lo ocurrido en el hotel donde se encuentra alojada la familia de su prometida. Imagino que ya estará al tanto de lo ocurrido.

En aquel momento, al escuchar aquellas palabras, Manuel sintió que un escalofrío lo atravesó de arriba abajo. Ni tan siquiera le había dado tiempo a poner al día a su madre sobre lo que había ocurrido y aquel hombre ya se encontraba en el interior de su propia casa. Lo único que tenía claro, se dijo para sí antes de girarse y descubrir el rostro de la persona que le estaba demandando su atención, es que nada lo detendría, que la boda seguiría adelante sucediese lo que sucediese. Incluso aunque para lograrlo tuviese que mentir.

6

Nuevos descubrimientos

10:06.

Esta fue la hora exacta en la que, según fijó el equipo médico, se produjo el deceso de Mihaela.

Tomás, al saber del triste desenlace de la joven cuidadora, sólo pudo sentir pena y dolor. A pesar de que por su trabajo era algo a lo que tenía que enfrentarse con mayor frecuencia de lo que le gustaría, siempre le resultaba difícil ver marchar a una persona. Sin embargo, en esta ocasión, al dolor de ver partir a una persona tan llena de vida se le sumó la rabia al sentir que, de una u otra forma, aquello que la había motivado a tomar la decisión de abandonar este mundo estaba relacionado con el caso que tenía entre manos, haciendo que la idea de que su perdida podría haberse evitado se expandió en su mente.

Poco importa ya, acabó engañándose a sí mismo mientras un taxista experimentado lo llevaba de regreso al lugar dónde se había originado toda la locura en la que se había visto envuelto.

Ya en el hotel, el inspector se encontró con una estampa muy diferente a la que había dejado cuando se marchó en el interior de la ambulancia.

En la puerta de entrada se congregaban más de una decena de personas, entre ellas varias cámaras de televisión, interesadas por descubrir y narrar lo que estaba ocurriendo entre las paredes de aquel céntrico lugar.

¿Qué tendrá la muerte que siempre despierta tanta atención?, se preguntó el inspector mientras se abría paso, no sin dificultades, entre la expectante multitud.

Ya en el interior, bajo la amplia bóveda de cristal del vestíbulo, todavía sin haberse desprendido del impacto que le había supuesto la muerte de la joven cuidadora, Tomás comenzó a buscar a los miembros de su equipo entre las personas que pululaban de un lado a otro, la mayoría huéspedes que acababan de ver como su fin de semana en Sevilla se había visto marcado por un terrible suceso.

—¿Dónde diablos se habrán metido? —se preguntó en voz alta el inspector, mientras buscaba una cara conocida entre el mar de personas que lo rodeaban.

—¿Viene a por mí? —susurró una voz temblorosa a sus espaldas.

—Emm… Eres la recepcionista, ¿verdad? —acertó a decir Tomás, sin poder ocultar la sorpresa que le había producido escuchar aquella pregunta.

—Sí, soy Catalina. Inspector, ¿viene… viene a detenerme? —volvió a preguntar la joven, mientras dirigía su mirada hacia el suelo, queriendo ocultar con ello la vergüenza que sentía en sus adentros.

—Perdona… ¿Cómo dices? —fue lo único capaz de decir el inspector, sin disimular su sorpresa—. ¿Detenerte?

La joven, con el rostro compungido, asintió levemente.

—No... No, claro que no. ¿De dónde has sacado esa idea?

—Verá, inspector. Anoche, yo... —comenzó a responder Catalina, entrecortada.

—Calma, Catalina. Procura tranquilizarte, no hay ninguna prisa. Estoy aquí, contigo. Respira... Eso es, con calma.

Mientras Tomás la calmaba, Catalina aprovechó para limpiarse con el dorso de sus blanquecinas y temblorosas manos, en un gesto que ya había repetido aquella mañana varias decenas de veces, sus ojos bañados en lágrimas a la vez que con profundas bocanadas trataba de recuperar el aliento perdido. Después, tras unos segundos de silencio, donde la joven logró serenarse, comenzó a relatar su historia.

—Anoche ayudé a dos hombres a pasar al hotel y creo que ambos son los culpables de todo lo que ha ocurrido. Uno de ellos, Francisco, aunque todo el mundo lo conoce como Paquito, trabaja aquí, en mantenimiento. Él y yo teníamos una especie de trato por el cual lo dejaba entrar durante mi turno a las habitaciones que en ese momento sabía que estaban vacías para robar en su interior, sin que nadie más lo supiese pues no dejaba registro alguno de su presencia. Le juro que no fue idea mía. Fue él quien me lo sugirió hace ya un tiempo. Yo, bueno... El sueldo que tengo apenas me llega para vivir y... En fin, sé que no tengo excusa y que estuvo mal, sólo quiero enmendar, de algún modo, el daño que he causado.

El inspector procuró ocultar y medir su reacción ante aquella revelación.

—Muy bien, Catalina. Has sido muy valiente contándome esto. Ahora quiero que me escuches con atención. Francisco trabaja aquí en el hotel, ¿verdad?

—Sí, eso es. Como ya le he dicho, se encarga de las tareas de mantenimiento. Ya sabe: luces, agua, algún que otro desperfecto con algún mueble de la habitación, el mantenimiento del ascensor...

—Bien, bien. Y qué hay de su acompañante. ¿Él también trabaja aquí?

—No, no. De hecho, ayer fue la primera vez en mi vida que vi a ese tipo. Francisco siempre había venido solo durante... Bueno, durante los robos. Pero ayer, como ya le he dicho, vino acompañado por este hombre.

—¿Entonces no sabrías decirme nada sobre esa persona?

—A ver, al cien por cien no estoy segura, ya que, como le he dicho, ayer fue la primera vez que lo vi en mi vida, pero Francisco siempre me ha hablado de un amigo suyo que, por lo que contaba, es una pieza de cuidado. Supongo que sería él.

—¿Sabrías decirme su nombre? —preguntó Tomás, ávido de respuestas mientras se acercaba, sin ser consciente de ello, a la joven recepcionista.

—Sí, pero, como ya le he dicho, es sólo una suposición mía. No estoy segura de que sea él —le advirtió Catalina.

—Sí, sí, descuida. Soy consciente de ello.

—La cosa es que Francisco siempre me hablaba de sus aventuras. Es un hombre que habla por los codos y, aunque no le preguntes, siempre acaba contándote algo de su vida. En la mayoría de sus historias siempre menciona los nombres de dos amigos suyos. Uno de ellos es un tal Manuel que, por lo visto, hacía tiempo que no se dejaba ver porque se había ido a trabajar y a vivir la vida, según decía Paquito, al pueblo de su pareja. El otro, si no recuerdo mal, es Ernesto. Éste, por lo que me comentaba, era el que siempre lo acompañaba, por eso supongo que sería él el de anoche.

Tomás asintió, satisfecho, al escuchar el nombre de Ernesto, pues coincidía con el del ex de Ruth. El tipo que, según le habían contado la novia y sus amigas, había amenazado a la pareja prometida con arruinarles su boda.

Espero, por su bien, que tenga un buen abogado, pensó el inspector para sí antes de dirigirse de nuevo a la joven y nerviosa recepcionista.

—Muy bien, Catalina, lo tendremos muy en cuenta de cara a la investigación —terminó diciéndole, con delicadeza, tratando de calmar sus nervios—. Una última cosa: ¿Imagino que, en caso de verlo de nuevo, serías capaz de reconocerlo?

—Sí, creo que sí podría hacerlo, sí.

—Perfecto —asintió Tomás, exultante.

—Inspector… —retomó la palabra Catalina, volviendo de nuevo a mostrar temor en su voz—. ¿Qué pasará conmigo?

A esto Tomás guardó silencio mientras observaba la angustiada mirada de la joven que tenía ante sí. Había cometido un delito, eso estaba lejos de toda duda, pero había algo en aquella desangelada mirada que le entristeció.

—Bueno, Catalina… Tendrás que contarnos en qué consistía ese pacto que teníais Francisco y tú y, en función de los hechos, valoraremos y decidiremos. De todos modos, sólo puedo recomendarte que sigas cooperando con nosotros y, por supuesto, que te busques a un abogado que pueda aconsejarte —al decir esto último, Catalina se estremeció—. Tranquila, me encargaré personalmente de que se sepa que has cooperado de manera activa y en todo momento con nosotros. Estoy convencido de que todo saldrá bien.

La joven comenzó a sollozar ante aquellas palabras mientras se limpiaba sus mejillas humedecidas por sus lágrimas.

—Gracias, yo… sólo puedo decir que siento mucho todo lo ocurrido… de verdad que lo siento. De haberlo sabido, jamás…

—Has sido muy valiente contándome esto —le dijo Tomás, mientras posaba su mano sobre su hombro—. Oye, una cosa más: ¿Sabrías decirme dónde están mis compañeras? No las veo por aquí.

La joven asintió.

—Al poco de marcharte en la ambulancia, tus dos compañeras me preguntaron por Francisco. Les conté lo mismo que acabo de decirte y, tras escucharme, tu compañera más bajita y joven ordenó la búsqueda tanto de Ernesto como de Paquito, siguiendo la descripción que le di de los dos. Apenas veinte minutos después de hacer esto, hará ya unos cinco minutos o así, recibió una llamada donde le contaron, según le comentó antes de marcharse a tu otra compañera, que alguien había visto a dos hombres que respondían a esa descripción peleándose a la salida de un viejo pub de las afueras de la ciudad.

—¿Ambas se fueron juntas?

—No, la otra mujer se quedó aquí. Está arriba con la familia. Según comentó, prefería mirar en la habitación de la cuidado… Dios, ahora que caigo, discúlpame, con todo lo ocurrido he olvidado interesarme por ella. ¿Cómo se encuentra la pobre muchacha?

La reacción que tuvo Tomás al escuchar aquella pregunta fue suficiente para una Catalina que, tras saber el destino de aquella pobre mujer, se despidió del inspector y se dirigió en silencio a su mesa de trabajo, sabedora de que se encontraba ante sus últimas horas en aquel puesto de trabajo.

El inspector, con rapidez, marchó escaleras arriba en busca de S. Dogood mientras en su cabeza se preguntaba cómo le estaría yendo a Fabián con el prometido y a Gema con aquellos dos tipos. Espero, por el bien de todos, que esta pesadilla acabe muy pronto, susurró para sus adentros.

Al llegar al pasillo en el que se había iniciado toda la disparada historia en la que se encontraba inmerso, el silencio con el que se topó la primera vez que llegó a aquel lugar se había cambiado por un rubor de comentarios y directrices que varios fotógrafos dirigían hacia las diferentes personas que posaban junto a una esplendorosa novia.

—¿Qué demonios? —se preguntó Tomás mientras observaba, sorprendido, aquella idílica estampa familiar que, de no ser por la situación vivida, habría encontrado de lo más normal dado el evento que se estaba celebrando.

Pablo, que a pesar de todo lo ocurrido había logrado convencer a su hija para que le dejara formar parte de este día, fue la primera persona de las que se encontraba en aquel lugar en percatarse de la presencia del inspector en el pasillo y, antes de que éste localizase a S. Dogood, se dirigió a toda velocidad hacia él.

—Inspector, gracias a Dios que ya ha llegado, los nervios me están volviendo loco. Dígame, ¿cómo se encuentra Mihae…? —no terminó de formular su pregunta al ver que Tomás, con gran pesar, movía su cabeza de lado a lado.

—Siento tener que decirle que ha fallecido. Lo lamento muchísimo.

En aquel momento, Pablo sintió todos sus músculos contraerse. En su cara, por increíble que pueda parecer, no hubo expresión alguna ante aquel descubrimiento. Todo su ser parecía haberse evaporado de aquel lugar, quedándose sin lágrimas que llorar ni llanto que vociferar. Mientras tanto, el resto de las personas, que un instante antes posaban alegres ante las cámaras, guardaron silencio, volviendo con ello a la realidad de aquella mañana.

—Lo siento mucho, Pablo —rompió el silencio, de repente, la voz, bañada en compasión, de Carmen—. Era… demasiado joven para marcharse —Y tras decir esto, primero ella y después su hija, ambas engañadas por aquel pobre hombre que había visto, en apenas dos horas, todo su mundo desmoronarse, se fundieron en un abrazo que sabía, incluso desde la distancia, a perdón.

S. Dogood, que se encontraba compartiendo unas palabras con Lorena al fondo del pasillo, se acercó mientras se sucedían estos hechos hacia la posición en la que se encontraba Tomás, al suponer que éste había acudido allí para, además de informar a la familia de la muerte de Mihaela, hablar con ella.

—Sorprendente, ¿verdad? —comentó S. Dogood, en un susurro, una vez estuvo a la altura del inspector.

—En realidad no, Dogood. Eso que ves ahí… es una familia. Es el amor verdadero que sólo puedes sentir por alguien a quien quieres de verdad, a pesar de todo el daño que te haya podido hacer —replicó Tomás, con cierta emoción, al ver por fin un poco de luz entre tanta oscuridad.

—Bueno, si tú lo dices… —acabó accediendo S. Dogood, sin ocultar que aquello no terminaba de convencerla—. Inspector, siempre me has parecido un sentimental. Menos mal que al menos hay una persona en este equipo que trabaja.

—Dogood, ¿tengo que recordarte de dónde vengo ahora mismo? —preguntó Tomás, molesto, mientras mostraba los restos de sangre que se extendían por su ropa.

—Sé muy bien de dónde vienes, y sí, la muerte de la joven cuidadora es una pérdida irreparable, pero… y si te digo que sé, a ciencia cierta, que su muerte no está relacionada con el asesinato de la anciana.

—¿Qué tienes? —preguntó Tomás, con cierto miedo, al sentir que aquella maldita mujer se le volvía adelantar en la investigación. Una vez más.

—Digamos que en uno de los cajones de la habitación de la cuidadora había una carta escrita de su puño y letra que encontrarás… ¿Interesante? Pero, créeme si te digo que eso ahora es lo de menos —añadió S. Dogood, con una sonrisa al ver crecer el miedo en el interior de la persona que tenía frente a él—. Verás, puede que la clave de todo la tengamos justo delante de nosotros. En una persona que, hasta ahora, no nos había parecido sospechosa pero que, por lo que ha llegado a mis oídos y tras algunos detalles que acabo de descubrir, quizás sea una parte fundamental en todo este juego e, incluso, puede que hasta sea la instigadora de los trágicos acontecimientos que han sucedido hoy aquí.

7

Entre pillos anda el juego

Ernesto, nada más escuchar a través del móvil de Paquito como Manuel les preguntaba sobre qué había ocurrido durante las últimas horas, sin saber muy bien por qué, en un acto reflejo, agarró con todas sus fuerzas el aparato telefónico y lo estrelló contra el suelo ante la atónita e incrédula mirada de su propietario.

—Lo siento tío, no he podido contenerme. Me he puesto nervioso al ver que nos preguntaba sobre lo de anoche y no lo he podido evitar —se disculpó Ernesto.

Paquito, que acababa de ver como su móvil se había convertido en un amasijo de plástico, cristal y pequeños componentes tecnológicos, no daba crédito a lo que acababa de presenciar. Aquel maldito gilipollas, el que acababa de destrozar su teléfono, era el mismo que lo había metido en una historia que ahora, viendo cómo se habían sucedido cada uno de los acontecimientos, sólo podía catalogar de pesadilla.

—Eres... Eres un maldito imbécil —fue lo primero que dijo, mientras mantenía su mirada clavada en los fragmentos desparramados por el suelo de su móvil.

—¿Yo? ¿Un imbécil? —preguntó Ernesto, ofendido tanto por las formas como por el tono con el que su amigo acababa de catalogarle.

—Jamás tendría que haberte hecho caso, maldita sea. Nunca tuve que haberte seguido la corriente en toda esta estupidez. Mira que lo vi venir, mira que sabía que todo esto acabaría mal.

Ernesto, al escuchar las quejas de su amigo y compañero, comenzó a negar con la cabeza mientras apretaba con fuerza sus puños.

—Claro, claro que sí, Paquito. Dime una cosa: Si sabías que todo saldría mal, por qué narices quisiste formar parte del plan, ¿eh? ¿Te recuerdo que lo ideaste tú? ¿O qué, de eso ya no te acuerdas? ¿Quieres que te repita lo que me dijiste? Te juro que recuerdo a la perfección cada una de tus putas palabras —en aquel momento se detuvo, esperando una respuesta que nunca llegó, por lo que decidió continuar—. Tranquilo, Ernesto. Esto lo he hecho un montón de veces, confía en mí, dijiste. Le quitaré a esa vieja el diamante en sus narices y no se dará ni cuenta. Será muy fácil —expuso Ernesto, imitando el tono de voz de Francisco.

—Eso es mentira. ¡Tú me comiste la cabeza! —logró responder—. ¡Fuiste tú quién me habló del verdadero valor del diamante, quién me dijo que si lográbamos hacernos con él jamás tendríamos que volver a trabajar! —estalló Paquito, mientras apuntaba a su amigo con su dedo índice—. ¡Yo me negué a ello, siempre dije que me parecía mal robar a nuestro amigo!

—Ya, claro. Y por eso tardaste tanto en ofrecerle el descuento a Noelia para que toda su familia se alojase en el hotel, ¿verdad? Venga, no me jodas Paquito, no me seas falso. Incluso te quisiste encargar de todo, hasta de engañar a Manuel.

—¿Yo, para qué cojones iba a querer engañar a Manuel?

—Sí, tú, Paquito, tú. ¿Qué pasa? ¿Tengo que recordarte que fue idea tuya la de hacerle creer que nos lo llevaríamos de despedida para pasar una gran noche antes de su boda, cuando en realidad lo único que ibas a hacer era drogarlo y así tener una coartada?

—Eso… Era necesario, maldita sea —terminó diciendo, en un tono casi inaudible, sabedor de que en aquello, su amigo, tenía razón—. Cuando supimos que tanto la vieja como su cuidadora se quedaban en el hotel, insistí en que seguir adelante con el plan era una maldita locura.

—Sabes mejor que yo que eso no suponía ningún problema. Lo que ha echado todo a perder es que eres un cagao, Paquito. Un puto cagao. Teníamos las horas exactas, sabíamos que por la noche la cuidadora estaría en su habitación y la anciana en la suya. Sólo teníamos que esperar a que todo el mundo estuviese acostado. Pero da igual, no te preocupes, tu amiguita de la recepción nos cubre las espaldas. Nadie sabrá que hemos pasado por allí.

Paquito no pudo ocultar la risa nerviosa que se despertó en él al escuchar las palabras de su amigo.

Todavía, pensó para sus adentros, todavía, a pesar de estar en la situación en la que se encontraban, aquel iluso seguía creyendo que todo estaba bajo su control y que estaban libres de cualquier sospecha.

—Dios, de verdad… ¿De verdad crees que Catalina no habrá contado, una vez se haya descubierto todo, que estuvimos anoche en el hotel?

—No, no lo hará. Estoy seguro de que ella no dirá nada en nuestra contra —se apresuró a asegurar, con rotundidad, Ernesto.

—¿Qué… Qué estás seguro? Pero ¿de verdad crees que alguien en su sano juicio va a ser capaz de guardar silencio una vez descubran a la vieja ensangrentada? Teníamos que haber hecho lo que te dije. Debíamos haber ido a una maldita comisaría para dar parte de lo que vimos… o habérselo contado a Catalina y que ella llamase a la policía.

—Ves como eres un imbécil, Paquito. ¿Qué querías? Llamar a la policía y decirles: Buenas noches, agentes. Miren, he pasado por casualidad a la habitación de esta mujer y me la he encontrado muerta. Pueden hacer el favor de venir a echar un…

—No, claro, es mucho mejor tu plan —cortó Paquito, en esta ocasión, mientras sentía que el calor aumentaba en su interior—. Ha sido mucho mejor dejar a Manuel tirado en su casa para irnos después de copas, haciendo como si nada hubiese pasado. Mucho mejor, sí señor.

—Al menos hemos pasado un buen rato.

—Cojonudo, un rato cojonudo —respondió Paquito, con sarcasmo.

—A ver, tranquilízate, tío. No hemos hecho nada malo. La realidad es que ni tan siquiera hemos llegado a robar nada. Si al final nos preguntan, les contaremos lo que pasó y ya está. De verdad que no sé dónde ves el problema.

—¿Qué dónde…? ¿En serio eres tan estúpido que no ves que seremos los principales sospechosos? ¿Qué huimos del lugar de los hechos sin decírselo a nadie? Mira, sabía que eras tonto, pero no gilipollas… Y encima ahora, al tirar mi móvil contra el suelo, has cortado nuestra vía de comunicación. Le podíamos haber dicho a Manuel que nos drogamos anoche y que no recordábamos nada de nada, igual que le pasa a él. Podríamos haberle dicho que…

—Sigue, Paquito, sigue que te está quedando muy creíble todo —animó Ernesto, con ironía—. Joder, si tú mismo lo has dicho hace un momento: ¿qué pasa si a tu amiguita le da por contar que entramos anoche en el hotel? Eres un maldito gilipollas, eso es lo que pasa. Un mierda que no tiene un par de huevos. No sé en qué puta hora te hice caso. Teníamos que haber entrado cuando se quedaron solas las dos, la vieja y la criada esa. Las habría amordazo y así no habrían gritado o, mejor, las habría matado para que no pudieran decir quiénes éramos y ya está, fin de la historia, menos dolores de cabeza. Pero no, teníamos que evitar que nadie nos viera. Esperar a la noche, a cuando la anciana estuviera sola... Eres un blando, Paquito, siempre lo has sido. Una puta mierda con patas, igual que toda tu puta familia. Desde el retrasado de tu hermano a la zorra de tu madre. Unos putos mierdas.

En aquel momento, al escuchar estas últimas palabras, Paquito sintió que toda la tensión acumulada durante la noche se disparaba en su interior.

Desde bien pequeño, había soportado las burlas que todo el mundo hacía sobre él, algo que nunca le había importado. Sin embargo, había algo que no soportaba, y eso era que se metiesen con su madre y con su hermano pequeño. Jamás permitía que nadie dijese algo sobre su pobre madre, la cual se había dejado toda su salud para sacar adelante a sus dos hijos. Uno un pobre inútil que no hacía más que meterse en líos y el otro un discapacitado que era incapaz de quedarse solo en casa. Su pequeña familia era sagrada, nadie podía tocarla.

—¿Mi puta familia dices? ¿El retrasado de mi hermano y la zorra de mi madre? —susurró, en un tono frío, justo antes de asestarle a Ernesto, sin que éste lo viera venir, un contundente golpe con la mano abierta en la que sujetaba los restos de su móvil despedazado—. Dime, amigo… ¿Qué te parece ahora la zorra de mi madre? —le preguntó mientras Ernesto se llevaba sus manos, dolorido, a la zona del rostro donde había recibido el impacto y que ahora, rasgada por los cristales sueltos de la pantalla que él mismo había destrozado contra el suelo, comenzaba a sangrar profusamente.

—¿Qué cojones…? —acertó a decir Ernesto, mientras trataba de asimilar lo que acababa de suceder.

Paquito, que a pesar de asestar aquel golpe seguía lleno de furia, sin decir mayor palabra se lanzó hacia la figura que tenía frente a él con todas sus fuerzas. Iniciando con ello una pelea que, sin que ninguno de los dos contrincantes lo supiese en aquel momento, supondría el final de sus aventuras en aquella mañana.

8

Recuerdos borrados

Manuel, al ver que todas las miradas de los familiares congregados en su casa se posaban sobre el lugar en el que se encontraba junto a su madre y el joven subinspector que acababa de aparecer en su salón, decidió, con la mayor delicadeza que le fue posible, marchar al interior de su habitación donde tendrían la intimidad necesaria para hablar de un tema que, por la llamada previa que había mantenido con Noelia, sabía que sería complicado.

—¿Qué ocurre, agente? —preguntó Daniela, con la cara encendida por la preocupación, antes de introducirse en la habitación de su hijo.

—Verá, señora —comenzó a responder Fabián, sin apartar su mirada de quién era su verdadero objetivo en aquella visita—. Me temo que esta mañana ha aparecido muerta la abuela de la futura esposa de su hijo en el hotel donde estaba alojada y, por el momento, todos los indicios apuntan a que ha sido asesinada.

—¡Jesús! —exclamó, llena de pánico, una Daniela que por poco no cayó al suelo del susto.

—Actualmente nos encontramos trabajando en diferentes hipótesis, y hemos considerado oportuno que su hijo debía saberlo. Al fin y al cabo, dentro de poco estará casándose con la nieta de la fallecida.

—Claro, claro. Ha hecho usted muy bien, agente. Se lo agradecemos —afirmó Daniela, mientras su hijo guardaba silencio—. Manuel, debes llamar a Noelia ahora mismo. No quiero ni imaginarme lo que estará sufriendo la pobrecilla.

—Mamá… Yo ya lo sabía —respondió Manuel a la sugerencia de su madre, mientras se rascaba la cabeza con una de sus manos—. He hablado con ella hace unos minutos.

A Daniela aquello la enfureció. Odiaba ser la última en enterarse de algo.

—Y se puede saber por qué diantres no me lo has contado, ¿eh? —preguntó la madre, sin ocultar su malestar.

—No me ha dado tiempo. Iba a contártelo cuando ha aparecido este hombre —se defendió Manuel, a la vez que abría sus brazos en gesto de disculpa y señalaba al subinspector con la cabeza.

—Iba, iba… ¡Siempre la misma historia!

—Mamá, no empieces —le suplicó Manuel.

—No, si al final voy a ser yo el problema. Manuel, hermoso, que tenemos a toda la familia en casa celebrando la boda y me acabo de enterar de que alguien ha matado a la abuela de Noelia. A ver, ¿dime cómo narices quieres que no me ponga nerviosa? ¡Qué diablos quieres que haga, qué narices va a pasar ahora con la boda!

—Mamá, intenta tranquilizarte por…

—Lo sabía —prosiguió Daniela—, mira que lo sabía. Te dije que esa maldita familia era capaz de hacer cualquier cosa con tal de impedir que os casarais. Mira que te lo advertí, mira que…

—Bueno… Señora, creo que ya es suficiente —interrumpió Fabián a Daniela, harto de escucharla—. Vamos a tranquilizarnos un poco porque con todo este alboroto no llegaremos a ningún sitio y no podremos solucionar nada —terminó diciendo el subinspector con determinación, queriendo marcar con sus palabras quién era la persona que llevaba las riendas en aquella habitación.

Ambos, madre e hijo, guardaron silencio.

—Bien. Ahora que nos hemos serenado, me gustaría empezar por el principio —retomó la palabra Fabián—. Manuel, sé que esto no debe ser fácil, pero es vital para la investigación que respondas a un par de preguntas rutinarias que quiero hacerte... Preguntas, me gustaría aclarar, que estamos haciendo a todos los implicados, incluida a tu prometida.

Manuel se limitó a asentir mientras que su madre posaba las manos sobre sus caderas a la vez que negaba con la cabeza por la situación que estaba viviendo en este momento.

—Manuel, ¿podrías decirme dónde estuviste anoche?

—Aquí, con su padre y su madre —se apresuró a responder Daniela, mientras que su hijo agachaba la cabeza hacia el suelo.

—¿Qué ocurre, tienes cuatro añitos o qué? ¿Tiene que responder tu madre por ti? —le recriminó Fabián, mientras observaba a un Manuel que, con la mirada fija en el suelo, guardaba silencio.

—No, no tengo cuatro añitos, agente —respondió Manuel, midiendo sus palabras—. Y no, tampoco estuve anoche aquí con mis padres. Mamá, calma —se apresuró a tranquilizar a su madre, la cual, al escuchar aquella confesión de su hijo, lo agarró del brazo con preocupación—. Hay que contar la verdad para que no haya malinterpretaciones que lleven a terribles errores.

—Manuel, no tienes por qué hacerlo —se apresuró a aconsejarle Daniela, temerosa por cómo podría acabar todo esto para su hijo.

—Mamá, basta. Disculpe a mi madre, ella sólo quiere defender a su hijo y evitarme problemas. Si le ha mentido ha sido por…

—¡Manuel! No deberías responder a nada —cortó Daniela de nuevo a su hijo.

—Señora —anunció Fabián, cansado de todas las interrupciones de aquella mujer—, haga el favor de abandonar la habitación para que su hijo y yo podamos hablar con tranquilidad. Y, por cierto, si me permite que le dé un consejo, le recomiendo que vaya pidiendo a sus invitados que vayan abandonando su casa. Si no estoy mal informado la boda se supone que empezará dentro de poco e imagino que tendrán que prepararse para la ceremonia. Pero antes, para que pueda celebrarse, debemos de aclarar unos cuantos detalles. ¿Verdad, Manuel? —terminó de decir el subinspector, dirigiéndose en esta ocasión al futuro marido.

Daniela se quedó inmóvil. Estaba en su casa y allí, siempre, era ella la que daba las órdenes. Sin embargo, Manuel la miró suplicante y, tras asentir con la cabeza, accedió a dejarlos asolas en aquella habitación. Con el temor, eso sí, de que su hijo se metiera en un agujero infinito del que jamás pudiera salir.

—Disculpe a mi madre, agente. Me quiere demasiado. Soy hijo único y ya sabe cómo son las madres cuando algo afecta a sus hijos.

—La entiendo perfectamente. Yo también soy hijo único y estoy convencido de que la mía habría actuado de la misma manera si un policía se presentase en su casa y en el día de mi boda para hacerme un par de preguntas. En fin, ¿qué te parece si nos sentamos y hablamos sobre lo que hiciste anoche? —le invitó Fabián, al mismo tiempo que se sentaba en la única silla que había en la habitación mientras Manuel hacía lo propio sobre su cama.

—Verás, voy a serle sincero y así evitaremos perder el tiempo. La cosa es que soy incapaz de recordar nada de lo que hice anoche.

—¿Nada? Por favor, haz un esfuerzo, esto es muy importante. Como no logres recordar nada, no tendré más remedio que considerarlo sospechoso y, por ende, tendrá que acompañarme a la comisaría, haciendo que tengas que perderte tooooodo el resto del día. Creo que me he explicado bien, ¿verdad?

Manuel, tras aquella insinuación, guardó silencio al mismo tiempo que tomaba aire.

—Verás… Mi plan, en un principio, era el de pasar la última noche de soltero junto a mi novia. Sé que puede resultar extraño, pero era lo que me pedía el cuerpo. Sin embargo, ella llegó hablando de las tradiciones de su pueblo y de su familia, diciendo que no podíamos vernos durante las veinticuatro horas previas a la boda y... Bueno, la cosa es que me vi sin plan para mi última tarde-noche de soltero y decidí pasarla aquí, ayudando a mis padres a ultimar los preparativos. Sin embargo, sobre las ocho de la tarde, más o menos, mi amigo Paquito me llamó para decirme que quería invitarme a tomar algo por ahí y celebrar las últimas horas previas a la boda.

Fabián asintió con una sonrisa. Él, al igual que Manuel, era sevillano de nacimiento y sabía que no había mejor plan que el de pasar una noche de bares junto a los colegas por las calles de la ciudad.

—Al principio me negué porque siempre que nos juntamos los tres, el Paquito, el Ernesto y yo, acabamos liándola... Pero al final, Paquito insistió tanto que acabé cayendo. Recuerdo que fuimos a un antro que solemos frecuentar. Es de un viejo compañero de la escuela que nos trata siempre muy bien. Allí estuvimos rememorando viejas historias, viejas conquistas y... —en aquel momento, Manuel detuvo su relato mientras que en su rostro creció una marca de duda—. Bueno, eso es lo último que soy capaz de recordar. Lo siguiente que me viene a la cabeza es verme aquí, en este dormitorio, tirado en la cama con un horroroso dolor de cabeza y con una tremenda pesadez en todo mi cuerpo. Soy incapaz de recordar nada más allá de esto.

—¿Ni tan siquiera recuerdas un lugar, alguna persona quizás, una conversación…?

—Nada de nada. De verdad, mira que lo siento porque creo que facilitaría las cosas, pero te aseguro que he estado un buen rato intentándolo y no hay manera de que recuerde nada de lo que hicimos anoche.

Fabián no dudó en chascar con la lengua mientras negaba con la cabeza, viendo las complicaciones que implicaba todo esto.

—Manuel, ¿sabrías decirme si te ha pasado esto en alguna otra ocasión? —preguntó Fabián, intentando dar con una respuesta que explicase el porqué de aquel olvido—. Quizás… ¿después de tomar alguna sustancia? Sobra decir que esto queda entre nosotros. Tu madre no tiene por qué enterarse.

Manuel guardó silencio ante la hipótesis que el subinspector acababa de plantearle. Jamás había hablado de ello fuera de su círculo de confianza. Temía hacer daño a sus padres si estos se enteraban de alguno de sus vicios pero, dadas las circunstancias, no tenía otra opción, se dijo para sí.

—Verás, hay una droga que te hace experimentar unas sensaciones únicas —comenzó a exponer—. Provoca que todo tu alrededor se desvanezca y sientas que estás solo en el mundo. Tiene un problema, eso sí, y es que al despertarte eres incapaz de recordar nada de lo que hiciste o viste después de tomarla. Sé que puede parecer una gilipollez, de hecho, lo es, pero te aseguro que tiene un momento, nada más tomarla, que te sientes eufórico, como si el mundo entero estuviese bajo tus pies y, aunque su efecto dura muy poco, es la hostia.

—¿La consumiste anoche?

—No sabría decirte, pero es posible, sí. Explicaría por qué soy incapaz de recordar nada. Sólo la he consumido tres veces y la sensación al despertarme esta mañana ha sido parecida a la que sentí en las anteriores ocasiones.

Fabián se rascó su ceja izquierda al escuchar esto. Aquello pintaba bastante mal. Tendrían, se dijo para sí, que dar con los dos amigos del prometido para que les explicasen todo lo ocurrido, y cuanto antes lo hicieran mejor.

—¿Te has puesto en contacto con tus amigos después de despertarte?

—Sí, sí que lo he hecho. Como sólo recordaba que había salido con ellos a tomar algo, he tratado de ponerme en contacto desde que me he levantado. Ninguno me cogía el teléfono pero, al final, antes de que Noelia me llamara para contarme lo de su abuela, Paquito respondió... cogió el teléfono, mejor dicho. Nada más preguntarle por lo que había ocurrido anoche, la llamada se cortó tras un fuerte golpe.

—Está bien. Trabajaremos para dar con ellos, a ver qué nos pueden contar… ¿Sabrías decirme dónde podríamos localizarlos?

—Uff, eso va a ser complicado. La verdad es que no sabría decirte… Si quiere le puedo dar la dirección de sus casas pero, si Paquito me ha cogido la llamada, estoy seguro de que todavía andan por ahí fuera. Lo siento, de verdad que siento no poder ser de más ayuda, lo único que quiero ahora mismo es que toda esta mierda acabe para poder casarme con la mujer que amo.

Fabián asintió y, tras anotar la dirección de las casas de los dos amigos que habían acompañado Manuel en aquella noche olvidada, se dispuso a hacer una nueva pregunta, aprovechando que era la primera vez que hablaba con alguien que, aunque fuera por poco tiempo, estaba fuera de la familia de la víctima y, por lo tanto, podría aportar una visión diferente de las relaciones familiares.

—Antes de marcharme, ya que estoy aquí, me gustaría saber qué opinión te merece tu futura familia política. ¿Cómo era la relación con la señora Reina?

Manuel, al escuchar esta pregunta, no pudo evitar dibujar una pequeña sonrisa.

—Es una familia peculiar. Siempre parece que están enfrentados entre sí. Es como si cada uno de ellos debiera algo al otro, no sé si me explico. Pero, si lo que quiere saber es si creo que algún miembro de la familia podría haber llegado a matar a la vieja… —en aquel momento, guardó un breve silencio—. No sabría muy bien qué responderle. En cuanto a mi relación con Mercedes… lo cierto es que es… era, mejor dicho, una persona muy desagradable. Odiaba a todo el mundo, incluso a la hija que vivía con ella en su casa. Por lo que a mí respecta, creo que tampoco me libré del odio de aquella mujer. Al parecer sólo tragaba a su cuidadora, una chica ucraniana que estaba a su cuidado. Mihaela. Estaban todo el día juntas, no quiero ni imaginar lo que habrá tenido que aguantar la pobre muchacha.

—¿Por qué dices que no te libraste de su odio?

Manuel guardó silencio ante aquella pregunta, valorando bien su respuesta.

—A ver… Ya te digo que era una mujer que siempre hablaba mal de cualquier persona y, en lo que se refiere a mí, supongo que le recordaría un poco a su yerno, a Pablo.

—Entiendo —dijo Fabián mientras recordaba la escena que se había vivido en el pasillo del hotel—. Siento mucho lo que ha pasado, sobre todo por ti y por tu prometida. Imagino que no es lo que soñabas vivir el día de tu boda.

—No, la verdad es que no —respondió Manuel, mostrando una sonrisa herida.

—Entonces, Manuel, ¿no crees que nadie de la familia fuera capaz de matar a la anciana?

—Ya le he dicho que todos la odiaban, entre los que yo mismo me incluyo. Jamás me dirigió palabra alguna y, al parecer, según me comentó una vez Pablo en privado, a la vieja le parecía inapropiado para su nieta… poca cosa. Según me contó, él también tuvo que pasar por lo mismo cuando se casó con su mujer, por eso le digo que seguramente le recordaba a su yerno. Supongo que a la vieja no le gustaba que un pobre cateto sevillano se hiciese con su nieta y, a su vez, con un alto cargo en la bodega.

—¿Trabaja en la bodega familiar?

—Así es.

—Y, si no es indiscreción, ¿cómo hace para convivir con Noelia? Ella vive y trabaja aquí, en Sevilla, ¿no? —preguntó Fabián, interesado por saber cómo se las apañaba aquella joven pareja para mantener su relación.

—Como imaginará, no resulta para nada sencillo ni cómodo. Allí en el pueblo uno está muy solo, sin nadie con el que pasar el rato y teniendo que verme con mi suegro a diario. La relación la hemos logrado mantener tirando de teléfono y de videollamadas. Y de muchos viajes, por supuesto. Ya sabe que, cuando uno es joven, el contacto siempre es necesario.

Fabián sonrió ante aquella última respuesta.

—¿Y una vez estéis casados, vais a continuar en esta situación?

—No. Aunque me costó convencerla, al final logré que Noelia, después de muchos trámites porque son distintas comunidades, aceptase un puesto en un centro de salud en un pueblo cercano al nuestro. Sé que es un paso atrás para ella en su trayectoria profesional y que supone un gran sacrificio, pero es la única forma de que, en algún momento, podamos llegar a formar una familia.

—Entiendo. Es un gesto muy considerado por su parte, debe estar muy enamorada.

Manuel se encontraba asintiendo cuando, de repente, Daniela, que había estado escuchando todo con la oreja pegada a la puerta, entró de sopetón en la habitación.

—Acaban de llegar los fotógrafos y quieren comenzar a prepararlo todo. Manuel, deberías darte una ducha e irte vistiendo si no queremos tener a la novia esperándote. Agente —en aquel momento, al dirigirse a Fabián, Daniela cambió su expresión por completo. Al parecer no le perdonaba que la hubiera echado de su propia casa—, espero que entienda las prisas, pero tendrá que dar todo esto por terminado. Tenemos que hacer un casamiento y está todo manga por hombro.

Fabián asintió sin luchar mucho por llevar la contraria a aquella mujer que parecía dispuesta a arrasar con todo lo que hiciese falta con tal de sacar a su hijo de aquella situación.

El hecho de que Manuel fuese incapaz de recordar nada hacía que estar más tiempo en aquel lugar fuese tanto una pérdida de tiempo como de fuerzas. Había sido una conversación decepcionante. Espero que mis compañeros hayan tenido algo más de suerte, se dijo para sí Fabián mientras dedicaba una sonrisa a aquella madre preocupada.

—Señora, tiene usted toda la razón. Manuel, espero que dentro de lo que cabe podáis tener una bonita ceremonia. Por mi parte, sólo queda decirte que estoy seguro de que daremos con la solución de todo este mal trago y, si sabemos algo o te necesitamos por algún motivo, me pondré en contacto contigo. Lo mismo te pido que hagas si logras recordar algo más —y tras esto le tendió una pequeña tarjeta blanca con su nombre y su número de teléfono—. Señora, le pido que disculpe mi intromisión, pero espero que comprenda que era necesario. Por cierto, está usted espléndida —aduló el subinspector a Daniela, al mismo tiempo le guiñaba un ojo, intentando sellar con este comentario una paz que, para su sorpresa, fue aceptada.

—Venga va, quítate esos trapos anda y metete en la ducha ya. Voy a llamar a tu padre… ¡Alejandro! —retomó Daniela su ritmo de vida habitual, una vez Fabián salió por la puerta de la habitación—. Espero por el bien de tu padre que se esté cambiando. Como esté sentado en la cama o en el sofá, te juro que va a aparecer en todas las fotos con un moratón en la cara del guantazo que le voy a soltar.

Y con estas palabras de fondo, Fabián abandonó aquel hogar con más dudas que con las que había entrado pero con la esperanza de que sus compañeros hubiesen tenido más suerte que él.

De no ser así, pensó para sus adentros, el caso tendría difícil solución.

9

Una involucrada inesperada

El inspector, una vez supo lo que S. Dogood había logrado descubrir sobre Ruth después de consultarle a la joven Lorena, decidió, una vez terminaron las muestras de condolencia hacia Pablo por el fallecimiento de su amante, acercarse hasta el lugar en el que se encontraba la joven para aclarar algunos detalles.

—Ruth, ¿podemos hablar un momento? —llamó la atención de aquella mujer que, ataviada con un elegante vestido largo de color zafiro con la espalda al aire, apenas se había separado de la novia a lo largo de toda la mañana.

Ruth, al escuchar aquel requerimiento, no pudo evitar mostrar su sorpresa. A su modo de ver, ya había mantenido las conversaciones oportunas con aquel hombre y, según su opinión, todo lo ocurrido se había aclarado con el suicidio de la cuidadora. Mihaela tenía que ser la asesina, si no porqué razón habría de suicidarse, concluyó para sus adentros la dama de honor.

—¿Conmigo, inspector? —preguntó Ruth, sin ocultar la sorpresa que aquella petición le había causado.

—Así es, pero nos gustaría hacerlo en una zona más recogida. No se preocupe, le aseguro que nos llevará poco tiempo—añadió Tomás mientras que S. Dogood, por su parte, guardaba silencio, observando a aquella mujer que les había ocultado un detalle que ahora, en virtud de los hechos acontecidos, se antojaba esencial.

—Muy bien pero, si le soy sincera, creía que ya estaba todo aclarado —respondió la joven, con un nerviosismo creciente en su voz, mientras acompañaba a las dos figuras que la requerían hacia una zona cercana al ascensor, alejada del bullicio que se estaba viviendo en el pasillo.

—¿Aclarado? —preguntó en esta ocasión S. Dogood, intrigada por la suposición que había lanzado aquella mujer.

—Sí, bueno… He dado por sentado que fue Mihaela la que mató a la señora Reina. Ya saben, ¿por qué si no se iba a quitar la vida? —afirmó la joven, convencida de que aquella hipótesis era la correcta.

—Oh no, no. Me temo, Ruth, que está usted muy equivocada. Mihaela no se suicidó por haber matado a la señora Reina. De hecho, creo que eso es lo único de lo que, por ahora, estamos plenamente convencidos —respondió S. Dogood, mostrándole su hermosa sonrisa.

—¿En… Entonces? —acertó a decir Ruth—. ¿No pensarán que he tenido algo que ver con la muerte de la señora Reina?

—Ruth, estamos hablando contigo para saber por qué te pusiste ayer en contacto con tu ex y, por supuesto, para que nos cuentes el contenido de la conversación que mantuviste con él. Ernesto era, ¿verdad? —se lanzó a preguntar el inspector, dirigiendo su pregunta a S. Dogood.

—Así es, Ernesto Cortés —se limitó a responder S. Dogood, sin apartar su mirada de la joven sevillana.

—A ver, Ruth. ¿Por qué no me contaste que anoche hablaste con él cuando ha salido su nombre durante nuestra charla? —preguntó Tomás, esta vez mirando con gesto decepcionado a la joven.

Ruth, tras escuchar esta pregunta, sintió que el tiempo se detenía a su alrededor. No había previsto aquella situación. Había supuesto que con la muerte de la cuidadora todo el foco de sospechosa que Cristina había puesto sobre su ex se había apagado por completo.

—Bueno… yo… —empezó a decir, titubeante, recordándose con ello a sus tiempos de pequeña cuando, indecisa, tenía miedo de quedar en evidencia ante el resto de sus compañeros de clase por no saberse la respuesta de la pregunta que su profesora le había realizado.

—Es muy fácil, Ruth. ¿Hablaste anoche con él, sí o no? —insistió el inspector.

Ruth giró su cabeza hacia el lugar dónde se encontraba su amiga.

A pesar de todo lo que había ocurrido aquella mañana, la prometida se encontraba compartiendo, entre risas, comentarios con el cámara que la fotografía mientras Cristina le ayudaba con el hermoso vestido blanco que la hacía resplandecer en aquella mañana.

Al ver aquello, Ruth se dijo que no podía ocultar más aquella realidad, aunque ello supusiera poner la diana sobre su ex.

—Sí, están en lo cierto. Anoche hablé con Ernesto —confesó la joven sevillana, intentando mantenerse, a pesar de todos los nervios que se movían en su interior, serena.

—¿Cuál fue el motivo de vuestra conversación?

—Bueno, Ernesto quería saber los planes que teníamos previstos para la tarde de ayer. Inspector... Mire, estoy segura de que él no ha tenido nada que ver con todo esto. Tuvo un calentón, me llamó para ver si estaba disponible y yo... En fin, como llevo tanto tiempo que no... La cosa es que me apeteció jugar un poco con él. Fue una estupidez.

—Ruth... Vamos, cuéntanos. De qué hablasteis.

—Él empezó a decirme lo mucho que me echaba de menos. Que sentía muchísimo como habíamos acabado, que se arrepentía de todo y que quería verme para pasar un buen rato, creo que esas fueron sus palabras exactas. Yo le comenté que en ese momento no podía, porque nos íbamos a ir a dar un paseo para ver la ciudad y que cenaríamos fuera, pero que después, por la noche, quizás sí que nos podríamos ver un rato. Él, cuando supo que visitaríamos la ciudad, insistió en saber quiénes íbamos. Fue entonces cuando me figuré que tramaba algo pero, como hacía tanto que no hablábamos, no pude evitarlo y acabé resolviéndole la duda. Después, una vez acabamos de visitar a los monumentos y nos encontrábamos esperando a que nos sirvieran en la terraza, recordé que tanto la señora Reina como su cuidadora, Mihaela, se habían quedado en el hotel y fue entonces cuando, temiendo que el muy idiota cometiese alguna tontería, le avisé de que las dos se habían quedado aquí, en el hotel. Si le soy sincera, desde el principio imaginé que, como Ernesto estaba enfadado con Noelia y Manuel por no haber sido invitado a la boda, intentaría pasar a nuestra habitación para romper nuestros vestidos o algo así. Pero esta mañana, cuando me he despertado y he visto todo lo… Bueno, todo lo ocurrido, me puse bastante nerviosa. De verdad que no puedo imaginar que haya sido capaz de hacer algo así, por eso, en gran medida, tuve tanto miedo cuando Cristina sacó su nombre durante nuestra conversación.

—Hay algo que no termina de encajarme en todo esto. ¿Por qué lo hiciste, por qué le cogiste su llamada y le contaste todo esto? ¿No me habías dicho que te había tratado muy mal?

—Verá, inspector —empezó a decir la joven, entrecortada por sus sollozos—. La verdad es que una, en muchas ocasiones, no sabe por qué actúa de una u otra manera. Al ver en la pantalla del móvil que era él quién me llamaba… Cuando le escuché hablarme, con esa dulzura que en otros tiempos me hizo tan feliz… Yo… simplemente caí. Lo siento, pido perdón por ello, fue un gran error pero, de verdad, tienen que creerme. Estoy segura de que él no ha tenido nada que ver con todo lo que ha pasado —en aquel momento se detuvo y, al ver que ninguna de las dos personas que le escuchaban parecía querer intervenir, continuó con su relato para intentar convencerles—. Durante nuestra última llamada pareció muy aliviado y me dio las gracias por avisarle. Quedamos en que nos veríamos por la noche, cuando termináramos de cenar, pero ese después, como ya se imaginarán, nunca llegó. Por más que intenté ponerme en contacto con él para decirle que ya habíamos acabado no respondió a mis llamadas ni a mis mensajes. Supongo que al saber que la anciana y su cuidadora estaban en el hotel y que no podría hacer nada, se marcharía a algún sitio de la ciudad a ahogar las penas durante toda la noche. Esta mañana, nada más terminar nuestra conversación en la habitación de Noe, intenté ponerme en contacto de nuevo con él pero, al igual que anoche, no logré que me respondiera.

—Ruth, sé que te parece improbable pero tengo que preguntártelo: ¿Cómo de peligroso dirías que puede llegar a ser, lo crees capaz de matar a alguien?

—De ningún modo —respondió, escandalizada ante aquella sugerencia—. Como ya le he dicho, inspector, estoy convencida de que él no ha tenido nada que ver. Se lo juro, vamos, doy mi brazo por ello si hace falta. Ernesto será todo lo que ustedes quieran. Un maldito payaso, un cabrón de cuidado y un tipo con muy mal temperamento. Todo eso no lo voy a negar porque lo es pero, de verdad, créanme cuando les digo que él no es un asesino. Él no es el responsable de toda esta maldita locura.

—Verá, Ruth, ¿y si te dijera que sabemos, por el registro del hotel y por el testimonio de la persona encargada de vigilar quién entraba y salía de este lugar ayer por la noche que, a eso de las cuatro de la madrugada, vio a Ernesto, junto a otro hombre que le acompañaba, entrar y salir de este mismo hotel en menos de cinco minutos?

—Él… —Ruth calló. Aquello parecía tan irreal y difícil de creer. No era posible. Ernesto no, él no sería capaz de realizar algo tan aterrador como la escena con la que habían despertado aquella mañana—. Inspector, de verdad, le juro que él no ha sido. Así lo pienso y, con el corazón en la mano, se lo digo —terminó de decir la joven, con la mayor determinación y firmeza que le fue posible.

S. Dogood asintió a la última afirmación de la joven. Cuando Lorena, tras interesarse por Ruth, le contó que durante la noche, a pesar de no conocerse de nada, ésta le había comentado que había estado hablando con su ex y que tenía ganas de pasar un buen rato con él, S. Dogood ató cabos y supuso que aquel tipo se había puesto en contacto con ella para saber los planes que tenía la familia y descubrir si tenía o no vía libre para hacerse con el diamante. Definitivamente, pensó para sus adentros, la participación de Ruth en toda esta historia se debía al profundo, y en ocasiones mortal, hechizo del amor. El mayor de los males que azota a este mundo, reflexionó S. Dogood para sí mientras Tomás se disponía a proseguir con sus preguntas.

—Por su bien y por el de él, espero que esté en lo cierto. Ruth, antes de dejarla marchar de nuevo con su amiga, es importante que me resuelva una última cuestión: ¿Sabría decirme dónde puede encontrarse ahora?

Ruth no pudo evitar mostrar una sonrisa al escuchar aquella última pregunta. Habían sido tantas las mañanas en las que se había despertado preguntándose dónde se habría metido, que al escucharla se vio devuelta a un tiempo pasado no muy lejano.

—Mire, inspector, si algo sé de mi ex, es que se conoce todos y cada uno de los antros de mala muerte de la ciudad. No sé dónde podrá estar ahora mismo pero, si es cierto lo que dicen, si es verdad que anoche lo vieron pasar al hotel, yo ya no sé qué pensar ni qué decir.

—¿Alguna zona en concreto que pueda facilitarnos algo la búsqueda?

Ruth se encontraba negando con la cabeza cuando Noelia, alertada por la ausencia de su amiga, la llamó desde la habitación, preguntándose por qué no estaba a su lado en aquel momento.

—Lo siento, me temo que no puedo serles de mayor utilidad. Ernesto, por lo que a mí respecta, puede estar en cualquier sitio —se disculpó Ruth, mientras saludaba a su amiga desde la lejanía, haciéndole entender que ya iba para allá—. Tal y como les he contado, esta mañana, después de nuestra conversación, intenté ponerme en contacto con él pero no lo conseguí. Si quieren lo vuelvo a intentar ahora, para que vean que no estoy tratando de engañarles.

Tomás iba a decirle que no hacía falta cuando S. Dogood se adelantó a animarla a ello.

—Pruebe a ver —se apresuró a decir, con una sonrisa—. Ojalá haya suerte esta vez.

Tomás guardó silencio mientras S. Dogood observaba, con una impaciencia latente en su mirada, a la joven con manos temblorosas buscando el contacto de Ernesto en su móvil.

Una vez dio con él, y tras marcar el signo de llamada, la joven activó el manos libres y el aparato comenzó a emitir una serie de pitidos que confirmaron que aquel número se encontraba operativo en aquel momento.

Un tono, silencio.

Dos tonos, silencio.

Tres tonos, silencio.

—Lo ven, no respon... —estaba diciendo Ruth cuando de repente la llamada se desbloqueó.

—Chiqui —se precipitó de sopetón, una voz agitada y falta de aire—. Me han pillado... lo siento. Yo... Nosotros...

—¡Detente, Ernesto! —se escuchó una voz en la lejanía, pero con la suficiente claridad y contundencia como para que S. Dogood y Tomás fueran capaces de reconocerla—. ¡Detente o disparo!

A aquella orden a voz viva, a la que no le siguió respuesta alguna, le acompañó un golpe seco que reverberó en el móvil de Ruth y que obedeció, según interpretó S. Dogood al escucharlo, a que a Ernesto se le había caído el móvil de entre las manos. Tras esto, dos sonidos secos y contundentes, inconfundibles para un Tomás que tantas veces los había escuchado durante sus prácticas de tiro, aparecieron en escena, provocando que las pulsaciones de las tres figuras que se disponían alrededor del aparato telefónico se disparasen por completo.

CUARTA PARTE

¡QUÉ VIVAN LOS NOVIOS!

1
Una carta reveladora

Si estás leyendo estas palabras significa que, al fin, he logrado hacer aquello que llevaba proponiéndome desde hacía muchos años. Si lamentas el acto que ha provocado que estés leyendo este escrito me gustaría pedirte que no sufras, pues estoy convencida de que ahora me encuentro en un lugar mejor. Reunida, después de tanto tiempo, con mis añorados padres.

Antes de contarte qué me motivó a quitarme la vida, me gustaría pedirte un favor. Para que mi acción tenga sentido y mi muerte no caiga en el olvido, es indispensable que hagas esta carta tuya, que la difundas por todas partes y que la hagas llegar a las autoridades.

Dicho esto, con un inevitable temblor recorriendo todo mi ser, a pesar de la firmeza de mi decisión, me dispongo a redactar unas palabras que, espero y deseo, sirvan para ajusticiar a aquellas personas que tanto dolor y terror han sembrado durante la vida que me ha tocado vivir. No hago esto, quiero que quede claro, por venganza. Lo hago por mis padres, pues me siento en la obligación, antes de marcharme de este mundo, de darles voz y contar su historia. Nuestra historia.

Para ello, te pido que te remontes doce años atrás, al caluroso verano del año 2009. Yo contaba por aquel entonces con diecisiete años y mi aspecto ya empezaba a llamar la atención de los hombres del pueblo. Uno de ellos fue un viejo del lugar llamado Jacinto, conocido por la mayoría de la gente como el Peseta. Éste ser, de la misma quinta e íntimo amigo del jefe de mi padre, el señor Rogelio Romero, aprovechó la soledad reinante, durante una soleada y calurosa tarde de verano, en la plaza de la iglesia del pueblo para cambiar mi mundo por completo.

De repente, cuando regresaba a mi casa después de haber comprado unas cosas, aquel demonio se dibujó tras de mí y, sin saber muy bien cómo, cuándo quise darme cuenta, me encontré acorralada en un lugar resguardado entre los gruesos muros exteriores de la iglesia. El terror, que aún hoy me resulta imposible de expresar, se extendió por todo mi cuerpo mientras el ser me manoseaba sin que yo pudiera hacer nada, pues me encontraba sobrepasada por la situación.

Una vez acabó todo, cuando sació su apetito, me dejó tirada en ese mismo rincón, como si fuese un animal apaleado.

Sola, temblorosa, semidesnuda, con la ropa hecha trizas, permanecí dolorida y hecha un ovillo sobre el suelo hasta que, no sabría decir cuánto tiempo después, apareció mi padre en la plaza.

El pobre, compungido y alterado al verme en ese estado, logró llevarme hasta mi casa y allí, a pesar de todo el dolor que sentíamos y la ira que se apoderó de nosotros, los tres decidimos guardar silencio y no denunciarlo. Nuestra precaria situación, sin contratos laborales y compartiendo un viejo caserío que era propiedad del jefe de mi padre con otras dos familias, nos impidió animarnos a contar y denunciar lo ocurrido.

Sin embargo, a pesar de que decidimos olvidar, todo cambió una mañana a la semana siguiente del ataque.

Mientras mi padre trabajaba junto con otros tres compañeros, don Rogelio se acercó hasta ellos acompañado por un amigo suyo que, resultó ser, el Peseta. En cuanto ambos estuvieron a la altura de mi padre, don Rogelio, con una sonrisa en su rostro, idéntica a la que su amigo tenía dibujada, señaló a mí padre y, tras comentarle al hombre que lo acompañaba quién era, ambos, tras un comentario del Peseta que mi padre no pudo escuchar, estallaron en una carcajada. Al ver aquello, preso de la rabia y de la locura, mi padre estalló y se lanzó a por aquel ser y, de no ser porque sus dos compañeros intervinieron, estoy convencida de que lo habría matado allí mismo.

A pesar de que la situación no fue a más, como digo gracias a la intervención de los compañeros de mi padre, nuestra suerte quedó marcada por lo ocurrido.

Al día siguiente, don Rogelio, en persona, nos comunicó que teníamos una semana para abandonar el hogar en el que llevábamos viviendo desde hacía más de diez años y, por si esto fuera poco, justo esa misma tarde, casualidades de la vida, recibimos una llamada desde el pueblo ucraniano del que éramos originarios para informarnos de que mi abuelo, a quien yo apenas recuerdo, había fallecido.

Esa misma noche, mi padre cogió su coche y, junto a mi madre, marcharon a despedir a mi abuelo, dejándome con las otras dos familias con las que compartíamos hogar. A la mañana siguiente, a primera hora, la mujer con la que me habían dejado me despertó, con la cara devastada y enrojecida, y, con un nudo en su voz, me contó que mis padres habían muerto en un accidente de coche poco después de salir del pueblo. Aquel día, todavía golpeada por la noticia, don Rogelio me ofreció, pues quería hacerse cargo de mí, que trabajase a modo de empleada del hogar y vivir en su casa, junto a su mujer y la familia de su hija pequeña.

Por consejo de la mujer que me había dado la noticia de la muerte de mis padres, me mostré agradecida por aquel gesto y acepté la oferta. Al fin y al cabo, terminé convenciéndome, se habían comprometido a cuidar de una pobre huérfana a la que, en realidad, ellos no debían nada. Sin embargo, no mucho tiempo después de mi llegada a aquella casa, y cuando seguía teniendo muy presente toda la sucesión de acontecimientos que había sufrido en apenas una semana, la sombra de Pablo se posó sobre mí.

Ya trabajando en aquella casa pude percibir que, al igual que les sucedía a muchos otros hombres en el pueblo, Pablo detenía su mirada para contemplarme de un modo que me resultaba desagradable y molesto, pero que, por temor, jamás me vi capaz de frenar. No podía hacer nada, acabé engañándome a mí misma y, con ello, inicié sin saberlo una pesadilla de la que he sido presa durante todos estos años.

Con el tiempo, las miradas pasaron a los roces y los roces a los encuentros. No paraba de repetirme, cada vez que nos encontrábamos, que yo le pertenecía, que diría a los demás, si algún día se me ocurría irme de la lengua, que yo lo había engatusado para hacerme un hueco en la familia para destruirla desde dentro.

En aquellos primeros años de silencio, cuando yo apenas llegaba a la veintena, me sentía, a cada día que pasaba, más sucia, más dolida y asqueada conmigo misma por ser incapaz de detener toda la locura en la que me había visto inmersa. Sin embargo, todo este dolor y miedo se difuminó cuando una noche, entre las tantas que hubo, Pablo, mientras estaba encima de mí, realizó una confesión que todavía retumba por todo mi ser y que me cambió por completo.

Con su voz quebrada y jadeante, por el esfuerzo de sus movimientos contra mi cuerpo, me contó como don Rogelio, tras la trifulca que mantuvo con mi padre, hizo un ingreso económico a nuestra familia para que éstos llamasen a mis padres y les informasen de la ficticia muerte de mi abuelo, siendo ésta la llamada que, como ya te he contado, motivó el viaje que acabó con la muerte de mis padres.

Así es, como supongo que estarás pensando en este momento, alguien manipuló el coche de mis padres y provocó su accidente. Alguien, aunque Pablo jamás me reveló su identidad, cortó los frenos haciendo que en la primera curva que tuvieron que tomar saliesen disparados frente al quitamiedos a más de cien kilómetros por hora. Sin embargo, lo que si me dijo fue quién era la persona que orquestó todo el plan y esa persona fue, ni más ni menos, que doña Mercedes Reina. Ella, y nadie más, esas fueron sus palabras, fue la persona que, motivada para salvar la respetabilidad de la bodega familiar, pues el Peseta era uno de los socios principales de la empresa, decidió que era necesario deshacerse de mis padres y hacer olvidar con su muerte el ataque que sufrí en mitad de la plaza del pueblo.

Todos, para que no haya duda alguna al respecto, los miembros de la familia para la que he estado trabajando durante toda mi vida sabían la verdad sobre la muerte de mis padres. Todos, sin excepción, tal y como me dijo aquel ser diabólico que me había hecho prisionera, lo sabían y, desde entonces, desde que estuve al tanto de esto, cada vez que les preparaba el café durante una reunión familiar, cada vez que les llevaba una carta o limpiaba cada una de sus malditas habitaciones y atendía servilmente cada una de sus peticiones... Cada vez que ocurría todo esto, sólo sentía la ira acrecentándose en mí.

Desde que abrí los ojos, sólo he vivido por y para este momento. Esperando a que llegase la ocasión propicia para poder hacerles el mayor daño posible. Me he dedicado a cuidarles en cuerpo y alma, a atender todo aquello para lo que me requerían. Desde escuchar con atención cada una de las confesiones que la señora Mercedes Reina me hacía sobre su familia a dejarme follar en silencio, convirtiéndome en la amante de Pablo Lerín. Sí, PABLO LERÍN, en mayúsculas, para que todo el peso de la ley recaiga sobre este ser vil y que así nadie más tenga que sufrir lo que yo he sufrido.

Ahora, sumergida entre las paredes de esta lujosa habitación, y tras haberlo meditado, siento que ha llegado el momento de cobrar mi venganza.

Esta noche, después de dejar a la señora Mercedes Reina en su habitación, me he dado cuenta de que en su rostro no había rastro alguno de felicidad. Desconozco si se debe a la carga de guardar en secreto la realidad de la muerte de mis padres pero, si te soy sincera, percibo tanto odio en ella que la creo incapaz de hasta recordar el rostro de las dos personas que mandó asesinar.

Antes de marcharme de su habitación, por un fugaz momento, al verla allí, tumbada sobre su cama y con la debilidad propia de una mujer de su edad, se me ha pasado por la cabeza la idea de ajusticiarla yo misma, con mis propias manos. Sin embargo, ahora me digo que por suerte he logrado contenerme. Sin duda eso no les habría gustado a mis padres. Ellos no han criado a una vulgar asesina.

Soy consciente de que, con estas palabras, puede parecer que estoy decidida a acabar con mi vida pero la realidad es que, mientras las escribo, siento un inmenso y profundo miedo.

Tras el polvo de anoche con Pablo, indispensable para que el resto de la familia nos pillase en la cama, ambos caímos rendidos y no ha sido hasta hace unos minutos, tras escuchar un grito procedente de la habitación de la señora Mercedes Reina, cuando me he despertado.

Tengo que actuar rápido, me digo ahora, pero el miedo... este maldito miedo que invade todo mi ser parece querer impedirme acometer la acción con la que he estado soñado y planificando durante los últimos meses de mi vida... Pero tengo que ser fuerte y hacerlo. Es necesario para que toda esta maldita familia pague por sus acciones y se desquebraje, para que la anciana vea como la boda de su nieta es destruida por que el gilipollas de su yerno se ha estado follando a su cuidadora. Quiero verlos gritar, enfrentarse los unos contra los otros y hundirse en la miseria en la que se merecen pervivir por siempre.

A ti, que estás leyendo esta carta, sólo te voy a pedir una cosa más. Por favor, no me juzgues. No soy una suicida cualquiera. No soy una psicótica o una tipa rara que se ha inventado todo esto. No. Mi acción se ha de entender como lo que es. Una denuncia por todo el daño que esta maldita familia me ha causado, a mí y a mi desaparecida familia. Sólo espero que lo que estoy a punto de hacer sea suficiente para castigar a los culpables de todo mi dolor y que con ello pueda, al fin, lograr liberarme de estas cadenas que me han tenido en un sinvivir.

Ahora tengo que dejarte, pues temo que el causante de gran parte de mi dolor se despierte antes de tiempo y no puedan pillarnos en la cama.

Como último favor, antes de marcharme, quiero volver a recordarte lo que te he pedido al inicio de esta carta. No sientas lástima por mí, pues estoy convencida de que marcho a un lugar mejor, cualquier cosa lo será. Papá y mamá, vuelo a vuestro encuentro.

2

Esposado

Gema, a pesar de que ya había pasado un tiempo desde la persecución en la que se había visto envuelta, todavía sentía la adrenalina corriendo por su cuerpo a toda velocidad mientras intentaba controlar unas pulsaciones que se habían disparado por completo después de haberse visto obligada a disparar su arma reglamentaria por primera vez en su vida durante un acto de servicio.

Ya en la comisaría, con ambos hombres que respondían a las identidades de Francisco Moral y Ernesto Cortés esperando en salas independientes para ser interrogados, la joven subinspectora, tras dar las explicaciones oportunas sobre todo lo ocurrido a Arturo, comisario de su división, aguardaba en su mesa de trabajo a la llegada de Tomás mientras ordenaba en su cabeza los acontecimientos que acababa de vivir.

A Fabián toda la persecución de su compañera le pilló justo cuando se encontraba saliendo de la casa del prometido por lo que, nada más saber lo ocurrido, decidió saltarse la parada del hotel y dirigirse a toda velocidad a la comisaría.

—Bueno, bueno, bueno… Veo que al fin alguien ha desenfundado su arma —fue lo primero que dijo Fabián nada más llegar a la mesa—. Perdona, Gema, pensé que una broma te aliviaría un poco —se disculpó, al ver la mirada de odio que se había dibujado en el rostro de su compañera tras sus palabras—. Venga, va. ¿Cómo te encuentras?

—Mira, Fabián, vete a la mierda.

—Era una broma… —se disculpó de nuevo, mientras se sentaba sobre el escritorio de su compañera—. Venga, va. Cuéntame, ¿qué ha ocurrido?

—Borra esa sonrisa de tu maldita cara, que no tiene gracia. De verdad, ¿por qué todo el mundo con el que me he cruzado desde que he llegado a la oficina me pregunta con una maldita sonrisa en su cara? ¿A qué narices le veis la gracia de que haya tenido que disparar?

—Bueno, seguro que más de uno ha pensado en lo…

—Cállate, Fabián. Calla o te juro que la siguiente bala que salga de mi pistola no va a ir al aire.

—Anda, perdona. Ya sabes que no lo puedo evitar. Venga, va, ya no te molesto más, lo prometo. Soy todo oídos, cuéntame qué ha ocurrido.

—Desde luego… Eres de lo que no hay —dijo la joven subinspectora, esta vez algo más relajada—. Después de recibir una llamada donde se me informó de que dos hombres, que coincidían con la descripción que les hice llegar previamente, se estaban linchando en la puerta de un club de la ciudad, me dirigí a toda velocidad hacia ellos temiendo que aquello acabase en otra desgracia. Cuando llegué, me encontré con que Ernesto estaba propinándole una paliza a su amigo. Lo tenías que haber visto, el tipo estaba encima del otro, con la camisa desgarrada y los puños ensangrentados, repitiendo, completamente desbocado, los golpes a izquierda y a derecha. Al verme, el muy cabrón se abalanzó sobre mí antes incluso de que pudiera decirle nada. Arrasó conmigo en una especie de placaje y me golpeé la cabeza contra el suelo —añadió Gema, con rabia, mientras se señalaba la zona con la que se había golpeado.

—Vaya, ¿te han echado un vistazo a eso? —preguntó Fabián, preocupado, al ver que parte del cabello de su compañera se encontraba enmarañado por la sangre.

—Da igual. No es nada, chapa y pintura. En fin, el cabrón, tras tirarme al suelo, se levantó y empezó a correr. Yo, algo mareada por el golpe y casi sin aire por el impacto que me había asestado en la zona del estómago, me levanté y como apenas podía mantenerme en pie y veía que se escapaba… En fin, saqué el arma y disparé un par de tiros al aire.

—Gema… —reprobó Fabián, intentando parecer lo menos crítico posible.

—Ya sé que no fue una buena idea, ¿vale? Arturo ya me ha soltado una buena charla sobre los métodos a emplear para este tipo de situaciones y me ha dicho que espera que no vuelva a ocurrir pero que, al ser mi primera falta grave y al haber logrado la detención de los dos hombres sin mayor percance, hará la vista gorda.

Fabián sonrió al escuchar aquello. Arturo, el comisario, era un hombre entrado en años que conocía a todos los miembros de su división al dedillo. Era un tipo serio pero agradable, y sentía un especial cariño por Gema pues, tal y como solía decir cada vez que charlaban, le recordaba mucho a su sobrina pequeña.

Todo lo ocurrido, por suerte, no irá a más, pensó para sí Fabián mientras contemplaba a su compañera.

—¿Oye, y cómo es que el tipo se detuvo y no siguió corriendo?

—No tengo ni la más remota idea. Supongo que pensaría que tarde o temprano lo cogeríamos y que era mejor entregarse en aquel momento. Lo mismo se dio cuenta de que una agresión a una agente del orden agravaría su, ya de por sí, difícil situación... No sé. Lo bueno es que ahora se lo podremos preguntar.

—¿Ha llegado ya Tomás?

—No, he tenido la maravillosa fortuna de que has sido el primero en aparecer —respondió Gema, con ironía.

Fabián asintió mientras, con todas sus fuerzas, procuraba contener su sonrisa.

Uno de sus mayores pasatiempos era picar a su compañera. Sin embargo, se dijo para sí mientras la observaba, estaba claro que toda esta situación le había afectado bastante y, por ello, en lugar de responderle con alguna gracieta, decidió abrazarla con todas sus fuerzas mientras le susurraba que se alegraba de que estuviera bien, siendo un gesto que Gema, a pesar de la vergüenza que sintió en aquel instante, al verse en mitad de la comisaría abrazada a su compañero, terminó agradeciéndole y respondiéndole al mismo con fuerza.

—Vamos parejita... Dejad los abrazos para más tarde y terminemos con esto de una maldita vez —fueron las primeras palabras que el inspector, al sorprenderlos abrazados, dirigió a sus dos pupilos—. ¿Te encuentras bien, Gema?

—Sí, jefe. Perfectamente —respondió la joven, mientras se separaba, solícita, de los brazos de Fabián—. Ambos sospechosos están en cada una de las salas de interrogatorio de la planta. Ernesto en la sala A y... —Gema detuvo su relato al ver que Tomás venía acompañado por un hombre que tenía sus manos esposadas a la espalda—. ¿Qué ha pasado?

—Es una larga historia que ya os contaré más adelante, pero ahora mismo es irrelevante para el ca... ¡Jesús!, ¿y esa brecha? Deberías ir a la enfermería a que te echen un vistazo —recomendó Tomás, mientras fijaba su mirada en la herida que lucía Gema en la parte derecha de su cabeza.

—No te preocupes. En serio, no es nada. Me encuentro bien, lista para el interrogatorio —aseguró la joven subinspectora, sin apartar su mirada de la figura de Pablo, el cual tenía la mirada perdida en algún lejano punto del suelo y presentaba una palidez preocupante en su rostro.

—Bueno, tú te conoces mejor que nadie para saber cómo te encuentras. Pero, si en cualquier momento ves que te mareas o que te empiezas a encontrar mal, no quiero que hagas tonterías. Me lo comunicas y te retiras a descansar, ¿entendido? —la joven agente asintió con la cabeza sin rechistar mientras mantenía su mirada en la figura del marido infiel—. Fabián, ¿cómo te ha ido a ti con el novio?

Fabián, quien tampoco había quitado su mirada de la figura de Pablo, sorprendido al verlo cabizbajo y esposado, tardó unos segundos en responder.

—No me ha contado gran cosa la verdad. Dice que no recuerda nada de lo que hizo anoche salvo que salió con los dos sospechosos a tomar unas cervezas. Me ha hablado de un tipo de droga que han consumido en un par de ocasiones y que produce, entre otros efectos, importantes lapsus de memoria, pero no está del todo seguro que sea por eso. En cuanto a lo de la familia, ninguna novedad. Afirma que nadie aguantaba a la anciana y que ésta le había echado la cruz desde el mismo momento en el que llegó a la familia. Según me ha contado, la anciana aseguraba que se parecía mucho a... —en lugar de terminar la frase, Fabián señaló con la cabeza al detenido que, en ningún momento, hizo señal alguna de darse por aludido—. ¿Qué ha pasado?

—Nada que en este momento importe. ¿Dirías que el novio es trigo limpio?

Fabián hizo un leve movimiento con los hombros antes de responder.

—Ni sí ni no. Parecía bastante asustado y, por lo que me ha dicho, lo único que quiere es casarse en paz. Tendremos que preguntarles a sus amiguitos para descubrir qué pasó anoche.

Tomás asintió satisfecho. Aquello iba tomando forma.

—Bien. En fin, si todo está en orden, vamos al lío. Ya sabéis lo que quiero, una confesión y nada más. ¡Fernando! —se dirigió el inspector al agente que se encontraba más cerca—. Buenos días, Fernando. Mira, no sé si tienes algo entre manos ahora mismo, pero nosotros estamos muy ocupados y nos están esperando en la sala de interrogatorios. Hazme el favor y acompaña al señor Lerín a los calabozos —ordenó el inspector al joven agente, al cual solían encargarle las cosas más irrelevantes y cotidianas que se producían en el día a día en aquella comisaría—. Cuando acabemos bajaré a verle —dijo esta vez al detenido—. Fernando, trátalo bien. ¿Entendido?

—Claro que sí, inspector. Y no se preocupe, estoy seguro de que este hombretón se portará muy bien —comenzó a decir el joven agente, mientras se retiraba con Pablo en dirección al ascensor que los llevaría hasta las celdas—. Vamos campeón, por aquí. Voy a enseñarte tu nueva habitación.

—¡Agente Molinero! Haga el favor de mantener las formas. No olvide que está representando al Cuerpo Nacional de Policía y que tratamos con personas —le reprendió Tomás, al ver aquel comportamiento.

—Ya, ya… ya lo sé. Siempre la misma cantinela, pesados de los… —fue lo único que escucharon decir a Fernando, antes de que se perdiese junto a Pablo tras las puertas del ascensor.

—Menuda figura está hecho el niño. ¿Estás seguro de dejarlo con él, jefe? —preguntó Fabián al inspector, sin ocultar su preocupación.

—No mucho, la verdad. Pero es la única persona que está por aquí sin hacer nada. Además, maldita sea, si no es capaz ni de llevar a un detenido al calabozo, ya me dirás qué cojones hace aquí.

—Es lo que tiene ser conocidos de. Al final lo único que hacen es manchar el uniforme —aseguró Gema, que aborrecía con todas sus fuerzas a aquel personaje.

—Bueno, olvidadlo por ahora. De momento no es nuestro problema. Entraré en detalle más adelante. Sobra con deciros —les expuso el inspector— que la cuidadora de la anciana, Mihaela, dejó una carta de despedida en la que dejaba constancia, entre muchas otras cosas bastante sorprendentes pero que ahora mismo no vienen al caso, que este hombre ha estado abusando de ella durante mucho tiempo. Le tomaremos declaración más adelante y veremos qué hacemos con él pero, como ya os he dicho, olvidaros de esto por ahora. Lo importante es que nos centremos en exprimir a los dos amigos. Fabián, ¿algo más que te haya contado el novio?

—No, la verdad es que no ha dicho mucho más. Su madre estaba muy nerviosa y ha dicho algo así como que sabía que la familia intentaría hacer cualquier cosa para evitar que la boda se produjera. Definitivamente, creo que la anciana era una mujer para echarla de comer aparte.

—No me sorprende, la verdad. A cada paso que damos sale más mierda de la víctima. Al parecer, según cuenta Mihaela en su carta de despedida, ella planificó la muerte de los padres de la criada para ocultar los abusos que un viejo amigo de la familia y partícipe de los negocios familiares hizo cuando la pobre era muy joven... En fin, olvidémonos por ahora de todo lo relacionado con ella. Ya tendremos tiempo después para trabajar cada detalle con cuidado y darle la justicia que la pobre muchacha se merece. Ahora os quiero centrados en los dos amigos del novio. Espero, por su bien, que no nos digan que tampoco son capaces de recordar nada —sentenció el inspector mientras se pasaba la mano por un rostro que, debido a las pocas horas de sueño que le había regalado su hija y a todo lo ocurrido durante las primeras horas de esta mañana, se encontraba demacrado.

—¿Cómo lo hacemos? —preguntó Gema, interesada por saber en qué había pensado su jefe.

—Bueno… Creo que lo mejor es que vosotros os hagáis cargo de Paquito. Según me han comentado los de secretaría a mi llegada, le han zurrado bastante, así que estará un poco aturdido. Yo me quedo con Ernesto. Entiendo que te gustaría encargarte de él, Gema, pero creo que después de vuestro… encuentro, lo mejor es que me encargue yo. ¿Qué os parece? ¿Lo hacemos así? —preguntó a sus dos pupilos, a pesar de que los tres sabían que la decisión ya estaba tomada.

Ambos se limitaron a asentir, mostrando su conformidad con el plan trazado.

—Tomás, exprime a ese hijo de puta —terminó pidiéndole la joven subinspectora, para satisfacción de éste.

—Lo haré, Gema, créeme que lo haré. Bien, bueno, ya sabéis qué es lo que queremos saber. Dónde estuvieron, qué hicieron y por qué huyeron. Lo que siempre os digo: calma, paciencia y certeza. Ya lo sabéis, si veis que le apetece hablar, aunque pueda parecer que no tiene nada que ver con el asunto que nos ocupa, dejad que lo haga. Siempre es mejor que crea que es él quien tiene controlada la situación y si en…

—Jefe, sabemos lo que hay que hacer, tranquilo. Nos has enseñado bien —se apresuró a cortarle Fabián, al ver que volvía a repetirles el discurso que siempre les pronunciaba cada vez que se encontraban ante una situación de estas características.

El inspector asintió y, tras tomar un poco de aire, dio una última voz de ánimo.

—Sacaremos todo esto, ya lo veréis. Vamos a por ello, a ver qué nos tienen que contar estos dos cabrones.

Los tres ya se dirigían hacia sus respectivos objetivos cuando Gema se percató de un último detalle que, hasta este instante, había pasado por alto.

—Oye, Tomás, una cosa: ¿dónde se ha metido Dogood?

—Ha decidido quedarse con la familia. Ya sabes cómo es, siempre va a su aire.

Gema asintió. Había algo en aquella mujer que le gustaba. Tenía una especie de instinto que le hacía saber cuál era el momento y el lugar adecuado en el que estar. Probablemente, pensó mientras se dirigía junto a Fabián hacia la sala en la que se encontraba Francisco, pronto ocurriría algo durante la ceremonia que estaba a punto de comenzar. Tomás, por su parte, mientras marchaba en solitario a su encuentro con Ernesto, tuvo un presentimiento idéntico al de su pupila aunque, por orgullo, jamás lo reconocería.

Por nada del mundo le daría esa medalla a Dogood, pensó para sus adentros.

3
Cambio de ropa

S. Dogood conducía con concentración y suma determinación su pequeño mini a toda velocidad por las calles de la capital hispalense.

Por nada del mundo, se decía para sí al mismo tiempo que sorteaba los vehículos que salían a su paso, quiero perderme nada de lo que suceda durante la ceremonia.

—Dogood, creo que vas demasiado rápida —fue lo único que acertó a decir una Lorena que, agarrada con firmeza en el asiento de copiloto, sentía una mezcla de diversión y excitación al verse inmersa en aquella situación.

—Tranquila, lo tengo todo controlado. Sabes, esto no es algo que sepa todo el mundo pero ya que estamos te lo cuento. Me apasionan los coches y la velocidad. De hecho, muchas veces voy a los circuitos de competición para probar los deportivos de mi familia y soltar un poco de adrenalina. Es algo muy recomendable. No suelo correr tanto por la ciudad, pero quiero pasarme, antes de dirigirme a la finca, a recoger una cosa y no me gustaría llegar... Que llegaras, mejor dicho, tarde a la boda—comentó S. Dogood mientras, concentrada, buscaba un hueco para pasar a un gran camión de suministro estacionado en mitad de la vía—. Maldita sea, soy incapaz de entender por qué les permiten el paso a estos lerdos.

—Oye, Dogood —interrumpió Lorena, intentando disimular el miedo que en aquel momento recorría todo su ser—. Ahora que estamos las dos asolas, me gustaría aprovechar para agradecerte todo el trabajo e interés que estás poniendo para la resolución del caso de mi abuela.

—No se merecen, lo hago con… ¡Será imbécil! —exclamó S. Dogood, llena de ira, al ver que el camionero que le había impedido el paso le dedicaba una peineta justo antes de subirse a la cabina—. Lo agarraba de los huevos al muy imb… Lorena, no hace falta que me des las gracias porque todavía no he resuelto nada y, también, porque, en todo caso, soy yo quien debe dártelas. Me está resultando un caso muy estimulante. Sois una familia peculiar.

—Ya, que me vas a cont… —Lorena interrumpió su respuesta, al ver que S. Dogood, que no había dado su brazo a torcer, iniciaba un adelantamiento en paralelo del camión, provocando que el camionero les dedicara una larga retahíla de insultos mientras frenaba en seco para evitar la colisión—. Dogood, de verdad que te agradezco que te hayas ofrecido a llevarme a la finca pero quiero llegar de una sola pieza.

La conductora sonrió al escuchar este comentario. Le gustaba el humor que la joven empleaba en algunas ocasiones.

—Ya hemos llegado —acertó a decir S. Dogood, una vez alcanzó su destino al mismo tiempo que detenía el vehículo en doble fila—. Aguarda aquí. Si ves que algún imbécil te pita, le dedicas un corte de mangas como el del camionero de antes y listo.

—¿Pero... Dogood, adónde diablos vas ahora? —se animó a preguntar Lorena, sin ocultar su sorpresa por aquella parada.

—Vuelvo en dos minutos —respondió, sin atender a su pregunta, justo antes de desaparecer del ángulo de visión de la joven.

El tiempo que Lorena estuvo en el interior de aquel pequeño y aromatizado habitáculo se le antojó eterno. La joven, acostumbrada a la tranquilidad de su pueblo, se sintió sobrepasada tanto por la cantidad de tráfico que circulaba a su alrededor como por las miradas reprobadoras, en ocasiones acompañadas de comentarios despectivos, que algunos conductores le dirigían por la situación en la que S. Dogood había dejado el coche estacionado.

Sin embargo, justo en el momento en el que Lorena se debatía entre bajarse o no, su extraña conductora apareció de nuevo en escena, ataviada con un fabuloso vestido de gala, color esmeralda, que, con unas hermosas formas, resaltaban por completo la portentosa sensualidad de su físico. Lorena, al contemplarla, fue incapaz de disimular la impresión que le causó.

—Discúlpame, pero necesitaba cambiarme. No podía ir con la ropa de trabajo a la boda. ¿Preparada? —fue lo primero que preguntó S. Dogood, al mismo tiempo que giraba la llave en el contacto.

—¿Cómo has… conseguido eso? —acertó a requerir Lorena, todavía sorprendida por el cambio de S. Dogood.

—La tienda de ahí es una de las tantas que tiene mi familia por todo el país. Mis padres se dedican, entre otras cosas, a la comercialización de prendas textiles y yo, aunque no estoy muy involucrada en los asuntos empresariales, tengo prioridad absoluta en nuestras tiendas. Lo cierto, no te voy a engañar, es que le tenía echado el ojo a este vestido desde que Lorenzo me presentó los primeros esbozos. ¿Qué te parece? Creo que el escote podría haber sido un poco más abierto pero, en opinión del maestro, resultaría demasiado descocada para el tipo de eventos para los que está pensado.

—Es espectacular. Te sienta realmente bien.

—¿Sí? Pues he estado dudando entre este y uno rojo. El otro era algo más largo y tenía cierta caída que suele sentarme mejor pero bueno, con este por lo menos salgo del apuro. Además, no me gustaría quitarle todas las miradas del lugar a la verdadera protagonista del día.

Lorena se rio al escuchar aquel comentario.

A pesar de la distancia existente entre la gran capital andaluza y su humilde pueblo manchego, pensó para sí, las normas y directrices existentes en aquello que engloba a una ceremonia nupcial eran universales.

—En mi pueblo también se dice mucho lo de que en la boda sólo puede brillar la novia, y lo cierto es que mi prima está radiante con su vestido. Ni te imaginas el tiempo que le llevó encontrarlo.

A mi tía casi le cuesta la salud —comentó Lorena, divertida, al recordar una tarde en la que su tía les contó, a ella y a su madre, completamente desesperadas al ser incapaces de dar con un vestido que las satisficiera.

—Bueno, Lorena, la verdad es que tu prima es una novia muy hermosa y elegante. Su vestido es fabuloso, sobre todo por ese precioso encaje que tiene en el escote, pero… —en aquel instante, acompañando a la pausa, S. Dogood desvió su mirada de la carreta y la dirigió hacia el rostro de la joven que la acompañaba—, no me estaba refiriendo a tu prima.

Al escuchar esto, la joven, mientras observaba con atención los ojos escrutadores que se cernían sobre los suyos, trató de mantenerse serena. Sabía lo que aquello significaba. Sabía que le iba a preguntar sobre otra persona, al igual que había hecho en el hotel cuando, después de estudiar el registro de entradas y salidas, S. Dogood le había preguntado por Ruth.

Sin embargo, lo que no tenía muy claro, era sobre quién sería en esta ocasión.

4

Hipótesis

El inspector, tal y como acostumbraba a hacer cada vez que se disponía a interrogar a alguien, tomó un gran sorbo de aire antes de abrir la puerta que lo llevaría al encuentro con Ernesto.

Por su experiencia en este tipo de situaciones, Tomás era de la opinión de que los lugares cerrados no eran los más propicios para llevar a cabo este tipo de tareas. A su modo de ver, la gente tendía a colaborar más si se encontraba en lugares abiertos y que les fueran conocidos. Sin embargo, la sala a la que se disponía a entrar para efectuar aquel interrogatorio, por mucho que había luchado por cambiarlas durante los últimos años, consistía en un pequeño habitáculo cerrado, con poca luminosidad y amueblado con una mesa y dos simples sillas.

Falta de presupuesto, Tomás, ya lo sabes, falta de presupuesto, era la justificación que el comisario Arturo le repetía cada vez que le sugería la reforma de aquellas salas.

—Vamos, Tomás, tranquilo y a por ello. Vamos a resolver esto de una vez —se animó a sí mismo, mientras giraba el pomo de la puerta.

Una vez abierta, el inspector se encontró, al fin, cara a cara con el famoso Ernesto. Éste, con gesto grave y la mitad de su cara ensangrentada por el golpe que su amigo le había asestado con los restos del móvil, se encontraba sentado en una de las dos sillas, con la mirada fija en un punto concreto de la pared que tenía frente a él y con las manos, entrelazadas y esposadas por sus muñecas, apoyadas sobre la mesa.

Aquel hombre, se dijo el inspector para sí tras echarle un rápido vistazo, presentaba un físico portentoso y temible. Sin embargo, en su rostro se atisbaba tal cansancio que hacía que toda la seguridad que le confería su aspecto se desvaneciera por completo. Ante sus ojos se encontraba un hombre joven y fuerte, sí, pero derrotado, sabedor de la complicada situación en la que se encontraba.

—Buenos días, señor Cortés. Me han hablado mucho de usted, sabe —comenzó Tomás, en un tono neutro, mientras se sentaba en la silla que quedaba libre, quedándose cara a cara con el sospecho—. Soy el inspector de Policía Tomás González y, como ya imaginará, me encuentro a cargo de la investigación del asesinato de doña Mercedes Reina. Asesinato que tuvo lugar durante la noche de ayer en el hotel El Real y para el cual, como ya le habrán informado, es usted sospechoso —tras decir esto, Tomás hizo una pausa mientras fijaba su mirada en los ojos de Ernesto—. Señor Cortés, ¿sería tan amable de contarme dónde y cómo pasó la noche de ayer?

Ernesto movió, con pesadez, su cabeza de un lado a otro, como si tratase de despertarse de la pesadilla en la que se encontraba inmerso.

—Verá, inspector —empezó a decir, con arrogancia y marcando cada una de sus palabras—, supongo que sabrá que una ciudad como Sevilla ofrece grandes planes en un viernes noche. Estuve con mis amigos haciendo lo de siempre. Beber, fumar y, en definitiva, disfrutar de la vida sin molestar a nadie.

—¿Qué amigos?

—Mis dos amigos —respondió Ernesto al mismo tiempo que se reclinaba en la silla.

—Insisto, señor Cortés, ¿qué amigos? ¿El tipo al que estabas golpeando esta mañana contra el suelo cuando ha aparecido mi compañera o al que drogaste anoche y que ahora resulta ser incapaz de recordar nada de lo ocurrido en las últimas horas?

Ernesto se limitó a chascar su lengua mientras alzaba sus hombros, dando a entender con aquel movimiento que no iba a entrar en el juego que le estaba planteando.

—Además de pasar la noche con sus amigos, señor Cortés, tal vez pudo estar un rato acompañado por su exnovia. He tenido la oportunidad de conocerla esta mañana. Es una buena mujer, muy simpática e inteligente. Sería una lástima que pudiera terminar metida en un lío por su cul…

—Ni se te ocurra meterla en esto. Ella no tiene nada que ver. ¿Entendido? —le interrumpió Ernesto, con furia.

En aquel momento, tras ver aquella reacción, Tomás no pudo evitar sonreír para sus adentros. Acababa de lograr su propósito. Acababa de hacerle entrar en la conversación. Al final, Ruth sí que parecía importarle, pensó para sí antes de retomar la palabra.

—Dígame, señor Cortés. Exactamente, ¿en qué no tiene nada que ver su expareja? ¿Se está refiriendo al asesinato de la señora Reina?

—Vete a la mierda —respondió Ernesto, con ira.

—Vamos, cuénteme. Sabemos que tenían un plan para la noche de ayer. Usted y su amigo Francisco. Un plan que, por desgracia, decidieron ejecutar. Tenemos una testigo que afirma que tanto usted como su amigo estuvieron anoche en el hotel y, por supuesto, también contamos con el resultado final. El cadáver de la señora Reina, así que, señor Cortés, déjese de tonterías y cuénteme qué fue lo que ocurrió durante vuestra visita al hotel —en aquel momento, Tomás hizo una pausa esperando una respuesta que no llegó, por lo que decidió, tras un par de segundos de espera, retomar su relato—. ¿Quiere que le diga lo que creo que ocurrió? Ocurrió que la anciana os pilló in fraganti y, con los nervios de la situación y al temer que os delatase, le metiste el diamante, ese por el que tanto os habíais arriesgado, hasta la garganta para callarla para siempre.

Ernesto intentó contenerse con todas sus fuerzas, tratando de distanciarse mentalmente de aquel lugar, pero la figura de aquel inspector, haciendo todas estas conjeturas, lo estaba poniendo fuera de sí.

—Estás muy pero que muy equivocado.

—¿De verdad, eso cree? Hábleme, si no le importa, de la amenaza que, según tengo entendido, vertió usted sobre la futura mujer de uno de sus dos mejores amigos y que, casualidades de la vida, se trata de la nieta de la asesinada. ¿Lo recuerda? —preguntó Tomás, viendo que Ernesto negaba con la cabeza—. Tanto la prometida de su amigo como su expareja, Ruth, me han asegurado que usted la amenazó con joderle su boda y, mira tú por dónde, hoy es justo ese día. ¿Qué puede decirme sobre esto, señor Cortés? ¿Quizás se han alineado todos los astros por casualidad?

Ernesto, al escuchar esto último, lleno de ira y fruto de la tensión, clavó sus uñas contra las palmas de sus manos. El cansancio hacía mella en todo su ser pero, aún con todo, pese a encontrarse fatigado después de la larga noche que había vivido, se repitió para sus adentros que no iba a dejarse amedrentar por aquel hombre. No iba a caer en su juego, no le daría ese placer.

—Mira, inspector… No voy a negar que no hiciese esa amenaza, pero a mi favor diré que estaba justificada. Manuel ha sido… es, de hecho, mi mejor amigo. De siempre, de toda la vida. Nos hemos criado juntos, en la misma calle. Y ahora, por una puta que se va inventando cosas por ahí, ¿se supone que me tengo que perder el momento más importante de la persona que considero mi hermano? ¿Estaba furioso con ellos? Por supuesto. ¿Los amenacé? Soy culpable, lo admito. Pero le juro, por lo más grande, que yo no he matado a esa maldita vieja.

—Sabe, hay algo que me hace mucha gracia. Esa puta que, según usted acaba de decirme, se va inventando cosas por ahí resulta ser la misma persona a la que llamó anoche y a la que, hace un momento, me ha pedido que no la involucre en todo esto. ¿Qué ocurre, le da miedo que se descubra que anoche la llamó para conocer los planes de la familia y así saber cuando tendría vía libre para poder entrar en la habitación de la anciana sin problemas?

Ernesto decidió guardar silencio, mientras apretaba con fuerza su mandíbula y acariciaba las frías esposas que lo retenían.

—Vamos hombre, parecía que tenías muchas ganas de hablar hace un instante. Mira, como veo que no lo tienes muy claro, voy a contarle lo que creo que ocurrió en la noche de ayer. Eso sí, señor Cortés, si en algún momento considera oportuno intervenir, le aseguro que estaré encantado de escucharlo.

Ernesto saboreó sus labios resecos. Quería marcharse de aquel maldito lugar. Huir del pequeño habitáculo en el que se encontraba, dejar atrás la estúpida cara del hombre que tenía frente a él y tomarse una cerveza bien fría que le hiciera olvidar las últimas horas vividas.

—Todo comenzó, así lo veo yo, cuando su amigo Francisco y usted se enteraron, seguramente por voz de Manuel, de que la abuela de su futura mujer le iba a entregar como regalo de boda un objeto de gran valor. Un gran diamante que lleva en la familia mucho tiempo, pasando de generación en generación. Al saber de él, al principio, le dais la enhorabuena. Al fin y al cabo, os queréis, llevan, como bien ha dicho, toda la vida juntos y sólo podéis desearos lo mejor del mundo. Sin embargo, todo cambia cuando rompe con su expareja y ésta le pide a su amiga que no le invite a la boda, pues se ve incapaz de volverle a ver. Probablemente, a Manuel esto no le gustó, usted es como un hermano para él, pero la decisión es definitiva y está tomada. Usted se queda fuera de la boda. Es entonces cuando la rabia le inunda por completo, se siente traicionado y decide acabar con todo. Para ello, elabora un plan con el que arruinarles la boda. Un plan que pasa por hacerse con ese preciado objeto del que su amigo le había hablado, un diamante que, de conseguirlo, cambiaría por completo tu vida. Francisco, seguramente, cuando se lo propuso, se negó. Él seguía estando invitado a la boda y no tenía motivo alguno para traicionar a Manuel. Sin embargo, pronto consigue que cambie de idea, le hablas del valor del diamante, de todo lo que podría hacer con ese dinero, de cómo cambiaría su vida… y, es entonces, ante su insistencia, cuando logras convencerlo y el plan comienza a rodar. ¿Voy bien, señor Cortés?

Ernesto esbozó una sonrisa forzada antes de responder.

—Inspector, te crees muy listo pero no sabes ni una mierda. Todo lo que estás diciendo es pura palabrería. No tienes ni puta idea.

—En eso lleva razón, señor Cortés. De momento son suposiciones y, puede que sean verdad o… puede que no. Pero tranquilo, estoy convencido de que pronto sabremos qué fue lo que ocurrió. Mis compañeros están hablando con su amigo ahora mismo y algo me dice que hablará pero, por el momento, mientras esperamos, me gustaría seguir contándole qué es lo que creo que ocurrió anoche. Al fin y al cabo, estamos en esta habitación para hablar, si no lo hace usted lo tendré que hacer yo. ¿Qué le parece? —preguntó Tomás, con calma, demostrándole con ello que él no se jugaba nada en toda esta historia.

—Haz lo que quieras, me da igual.

—Bien, pues, como iba diciendo, una vez supo que no iba a ser invitado a la boda, se prometió a sí mismo que se haría con ese diamante. Por ello, al pensar en cómo podría lograrlo, cayó en la cuenta de que la familia de Noelia, al venir de un pueblo, tendría que alojarse en un hotel de la ciudad, siendo aquí cuando entra en escena su amigo Francisco. Usted conocía el pacto de éste con Catalina, una de las recepcionistas del hotel, quien, a cambio de una parte del botín, le dejaba pasar al hotel sin dejar constancia de su visita en el registro y así poder robar en las habitaciones de los huéspedes. El lugar era perfecto pues, además de la existencia de este pacto, también está el detalle de que no hay ninguna cámara de seguridad y de que se trata de un hotel pequeño e íntimo. Todo un lujo para planear el golpe y, así las cosas, una vez consigue que toda la familia se aloje en una de las tres plantas del hotel, se da cuenta de que debe conocer los planes que tienen para la tarde-noche de ayer, siendo aquí cuando entra en escena su ex, Ruth, a la que la llama para estar al tanto de los planes de la familia. Ella, que en el fondo lo sigue queriendo, le cuenta todo. Sin embargo, cuando están a punto de entrar en la habitación de la anciana, Ruth cae en la cuenta de que se olvidó contarle que tanto la anciana como su cuidadora se habían quedado en el hotel, echando al traste todo su plan. Estoy convencido de que, tras esto, su amigo, quiso echarse atrás y mandarlo todo a la mierda, pero usted no. Usted quería hacerles daño, fastidiarles la fiesta y, por supuesto, hacerse con el diamante. Aunque eso, en el fondo, era lo de menos. ¿Verdad, señor Cortés?

Ernesto guardó silencio, sabía que cualquier paso en falso significaría su fin, por lo que prefirió seguir sumido en su mutismo.

—Bien, dado que veo que prefiere continuar con su silencio, prosigo. Cuando supo que la anciana y su cuidadora se quedaban en el hotel, decidió que lo mejor sería esperar a que se hiciese de noche para, una vez todo el mundo estuviese acostado y, por ende, la anciana estuviera sola en su habitación, intervenir. La joven recepcionista, al verlos aparecer por la puerta, se sorprendió. Ella no esperaba que Francisco acudiera acompañado pero, aún con eso, os dejó pasar. Después, en silencio, subieron por las escaleras hacia la habitación de la anciana y allí, después de dar con el diamante, la anciana se despertó. La mujer, dura de carácter a pesar de su fragilidad, luchó con fiereza por lo que era suyo. Francisco, nervioso, quiso huir, dejar las cosas como estaban. Es alguien débil pero usted no lo es. Sabe que si os vais de allí dejando a la anciana con vida ella será capaz de describirles y, con ello, tanto Noelia como Ruth podrían descubriros. En un momento dado, seguramente mientras sostenía el diamante en su mano, la anciana lo agarró del brazo para que se lo devolviera mientras Francisco le pedía que lo dejara estar. En ese momento, pasaron un montón de cosas por su cabeza para al final llegar a la conclusión de que no había vuelta atrás, de que todo estaba perdido y, con frialdad, agarró con fuerza aquello por lo que tanto había trabajado, aquello por lo que se había embarcado en esta aventura y, enrabietado, lo introdujo en la garganta de la anciana, callándola para siempre. Mientras veía como se ahogaba, quizás con una sonrisa en su cara, se percató de que el diamante en la garganta podría hacer pensar que todo se debía a un robo frustrado, justo lo que no tenía que parecer. Por ello, decidió sacar el cuchillo que siempre lleva encima por si se presenta alguna pelea y se lo clavó sin pensarlo en el vientre con la única intención de hacer ver que todo era fruto de un arrebato emocional.

Llegados a este punto de la conversación, Tomás guarda silencio, como si con ello dejase en el aire el último suspiro de la anciana.

—Una vez muerta, huyen de la escena, dejando atrás el ensangrentado cadáver de la anciana. Dada su mala fortuna, una vez salieron del hotel, decidieron ahogar las penas en el pub en el que mi compañera os encontró, pero Francisco... Francisco no puede ahogar nada en alcohol, le duele todo lo sucedido y se lo recrimina, lo comienza a acusar de haberle incitado a participar en todo esto y lo señala como el único culpable de lo ocurrido y usted, cansado de escucharle, comienza a golpearle hasta el punto de que, de no haber aparecido mi compañera, habría acabado con su vida. Al saberse descubierto, vuelve a intentar huir, agrediendo por el camino a mi compañera pero, al final, después de todo lo vivido se da cuenta de que nada de esto tiene sentido y... Bueno, aquí estamos, en esta sala, los dos solos, después de una larga y angustiosa noche.

El inspector, tras decir estas últimas palabras, se reclinó con satisfacción en su silla, sin apartar su mirada de un Ernesto que, ahora sí, lo miraba fijamente. Está a punto de saltar, lo sabe. Conoce bien su cuerpo y es consciente de cuando se encuentra a punto de descontrolarse. Pero hace un último esfuerzo, sabedor de que se encuentra sobre una delgada línea que, de cruzarla, podría significar su final.

Contrólate, es lo que quiere, no le des el gusto, se susurra para sí antes de responder a la historia que acaba de relatarle.

—Inspector, acaba de contar una historia muy completa y entretenida, lo admito. Tiene emoción, envidias, odio y hasta un asesinato. Seguro que a sus hijos les impresionará pero me temo que es sólo eso, una historia. Dígame, en todo lo que ha contado, ¿dónde queda mi amigo Manuel? Le recuerdo que anoche estuve con él. Por no hablar de las pruebas, tiene sólo la palabra de una recepcionista que, estoy seguro, se pasa la mayor parte de su turno nocturno durmiendo. Es la palabra de ella contra la mía. Yo, por lo que sé, estuve anoche con mis amigos, celebrando las últimas horas de soltero de uno de ellos. Lo que acaba de contarme son meras conjeturas… sus conjeturas. Una historia sin ninguna base.

Tomás, al ver la reacción de aquel hombre, sonrió con satisfacción al ver que al fin todo su esfuerzo había merecido la pena. Acababa de caer en sus redes.

—Sí, es una buena coartada o, mejor dicho, sería una buena coartada de no ser por un detalle. Sabe, es una lástima que su querido amigo sea incapaz de recordar nada de lo ocurrido anoche.

Al parecer tomó cierta droga que, según nos ha comentado, han consumido en alguna que otra ocasión. No nos ha dicho su nombre, pero sí sus efectos. Quizás sea otra de mis teorías, ya ha visto lo que me gusta imaginar cosas pero… ¿Sabe qué? Creo que anoche invitó a su amigo con la excusa de celebrar sus últimas horas como soltero, cuando en realidad su única intención era la de fabricarse una coartada.

—Váyase a la mierda.

—No, no, amigo mío. A la mierda me temo que no me voy a ir. Ahora, lo que voy a hacer es comprobar qué es lo que les ha contado su amiguito a mis compañeros. No sé por qué, pero tengo la corazonada de que él se habrá mostrado más colaborativo que usted. ¿Qué cree?

Ernesto, desatado, se incorporó de la silla en la que se encontraba y acercó su rostro lo máximo que pudo al de Tomás.

—Te voy a decir una cosa, maldito cabrón. Espero que Paquito haya contado toda la verdad sobre lo que pasó anoche. Si lo ha hecho, descubrirás lo equivocado que estabas. Y ahora, por favor, déjame en paz. Quiero a mi puto abogado y, créeme, no volveré a hablar con nadie, y mucho menos contigo, hasta que no lo tenga a mi lado.

—Muy bien, señor Cortés. No se preocupe, tendrá a su abogado. Y créeme, hace bien en solicitarlo, estoy convencido de que lo necesitará.

Ernesto volvió a guardar silencio, al mismo tiempo que se acomodaba de nuevo en su silla y, tras lo cual, decidió cruzar sus brazos con la firme intención, o al menos eso parecía, de permanecer en esta postura hasta que su abogado apareciese por la puerta de aquella habitación.

Tomás, por su parte, decidió dedicarle una última sonrisa antes de abandonar aquella sala, aunque en esta ocasión lo hizo algo forzado. Aquellas últimas palabras que le había expresado le hicieron dudar sobre si la hipótesis que barajaba en aquel momento era la acertada y, con esta incertidumbre extendiéndose por su mente, sólo fue capaz de preguntarse cómo le estarían yendo las cosas a S. Dogood en la boda.

5

La boda

El lugar elegido por la pareja para la celebración del que estaba llamado a ser el momento más feliz de sus vidas fue una inmensa finca rural ubicada en las afueras de la ciudad.

El enclave, donde tiempo atrás se trabajaba el vastísimo viñedo que lo rodea, se había convertido en un lujoso paraje que, después de una amplia y cuidada reforma, se había posicionado como uno de los lugares más solicitados de la zona para la celebración de este tipo de acontecimientos.

S. Dogood, una vez se despidió de Lorena, la cual se dirigió a una zona más adelantada y cercana al altar donde la esperaban sus padres, decidió posicionarse en un segundo plano, alejada del centro de la celebración y donde, supuso ella, encontraría la tranquilidad necesaria para poder escudriñar, sin que nadie la molestase, a los diferentes invitados que iban ocupando las localidades dispuestas para el esperadísimo momento del sí quiero.

En el ambiente del enorme patio rectangular dieciochesco se podía percibir el nerviosismo latente entre las gentes allí congregadas ante la inminente y esperada llegada de la novia. El novio, por su parte, aguardaba con impaciencia al esperado momento, acompañado por algunos de sus familiares, en un altar colmado de unas flores, mitad blancas y mitad azules, componiendo todo ello una postal idílica donde un total de ciento veinte personas aguardaban a que Noelia hiciese su aparición.

En la primera fila del ala izquierda del pasillo central que recorrería la novia en unos instantes aguardaban sentados todos sus familiares que sí habían podido acudir al enlace. La primera de las personas, la que se encontraba más cerca del altar, era Marta, la hermana de la novia y la única persona de todas las que se encontraban en aquella fila con la que S. Dogood no había tenido la oportunidad de hablar.

La joven, pensó para sí S. Dogood, por más que mostraba una amplia sonrisa era incapaz de ocultar el tremendo dolor que había provocado en ella todos los hechos acaecidos aquella mañana.

Al lado de la hermana de Noelia se encontraban sus dos tíos, Verónica y Raimundo. La primera, con una mirada angustiosa, miraba al frente sin intercambiar mayor palabra mientras que el segundo, algo malhumorado, intercambia unas palabras con su hija, la cual acababa de tomar asiento después de haberse despedido de S. Dogood. Al lado de la joven que había acompañado a la investigadora se encontraban otras tres sillas libres, aguardando la llegada de unos ocupantes que nunca llegarían. Mercedes, Mihaela y Pablo no verían los hechos que estaban a punto de producirse en aquel lugar. Había sido una mañana tan agitada, con la sucesión de unos terribles sucesos, que parecía irreal que aquella boda siguiese adelante y estuviese a punto de producirse.

Sin embargo, se dijo S. Dogood para sí mientras trataba de discernir las palabras que intercambian padre e hija, si algo había aprendido aquella mañana sobre esta extraña familia, era que no había nada lo suficientemente grave para frenar sus planes.

S. Dogood se encontraba pensando en ello cuando de repente, el robusto portón que daba entrada al interior de majestuoso patio en el que se encontraban comenzó a abrirse con lentitud mientras que de unos altavoces, bien posicionados y ocultos de la mirada curiosa de los allí reunidos, comenzaron a sonar las primeras notas del Canon in D de Pachelbel.

Ante la atenta mirada de los invitados, tras cruzar el inmenso portón, aparecieron en escena una graciosa pareja de pequeños gemelos, chico y chica, que, vestidos de un suave y delicioso color crema, comenzaron a abrir el paso a la novia lanzando, a ambos lados, unos pétalos de rosas. Tras ellos, apoyada del brazo de una madre que se mostraba orgullosa y serena, apareció la bellísima novia sin rastro de las emociones que había experimentado aquella mañana y, con gracia, comenzó a recorrer el camino que las separaba del altar al compás marcado por la partitura de Pachelbel. Siguiendo los pasos de la madre y la hija, enlazadas del mismo modo la una a la otra, las dos amigas de la afortunada, interpretando su papel de damas de honor y ambas bellísimas a su modo, siguieron los pasos de la que debía ser la verdadera protagonista de aquel momento y que, a excepción del caso de S. Dogood, acaparaba las miradas de todos los presentes.

Los invitados dirigían sus miradas ilusionadas y felices hacia la pareja formada por Carmen y Noelia que, sonrientes, saludaban a uno y a otro lado del decorado pasillo mientras se dirigían hacia el lugar en el que Manuel, acompañado por su madre, aguardaba junto a la joven concejala encargada de dirigir el casamiento.

Ruth, por su parte, se dedicó a mostrarse sonriente y a seguir los pasos de su mejor amiga mientras que la persona a la que estaba agarrada del brazo, sobrepasada por la situación, se limitaba a concentrar su mirada en el pavimento sobre el que estaba desfilando.

Una vez en el altar, ya con ambas damas de honor apartadas en un segundo plano, las dos personas, causantes de esta celebración, se miraron y respiraron al unísono con fuerza, soltando con ello todos los nervios acumulados al verse al fin, después de todo lo ocurrido, la una frente al otro.

S. Dogood, por su parte, al contemplar aquella escena, no pudo evitar pensar, conforme la música se apagaba para dar comienzo a la ceremonia, en lo irreal e incómodo de toda esta celebración. Detrás de aquella capa de ilusión y de amor que lucía la novia se encontraba el dolor ante la pérdida reciente de una abuela y de un padre. La primera, encontrada sin vida aquella misma mañana tras haber sufrido un brutal asesinato que todavía seguía sin culpable. El segundo, encarcelado en una comisaría de la ciudad a la espera de pasar a disposición judicial después de haberse descubierto los abusos que infringió durante un tiempo prolongado sobre una pobre mujer indefensa que, por si fuese poco, había decidido acabar con su vida aquella misma mañana.

La novia, ilusionada, observó cómo su futuro esposo les dedicó un cálido gesto de agradecimiento a las dos mujeres, sus dos mejores amigas, que la habían acompañado hasta el altar justo antes de regalarle la mirada más tierna que jamás le había visto. A pesar de todo lo ocurrido, se dijo para sí la prometida, aquí estamos, listos para unirnos en matrimonio.

Y así, tras aquella pequeña muestra de afecto de Manuel, la ceremonia comenzó a oficiarse mientras S. Dogood, refugiada en un segundo plano, no podía dejar de pensar en las últimas palabras que había mantenido con Lorena en lo referido a una de las personas que acompañaba en este momento a la futura pareja en el altar.

Era algo difícil de creer pero, después de la reacción que mostró tras el gesto que el novio había tenido con ella, S. Dogood supo que estaba en lo cierto. Tomás y el resto del equipo, se dijo para sí mientras observaba que la pareja se cogía las manos al tiempo que escuchaban con atención las palabras que les dirigía la concejala que oficiaba el acto, están interrogando a las personas equivocadas. La asesina de la señora Reina está entre nosotros, mucho más cerca de lo que habría podio llegar a imaginar.

6

Un ruido en mitad de la oscuridad

La inquietud se extendía por todo su ser mientras esperaba que alguna persona apareciese por la única puerta que había en la habitación donde se encontraba retenido.

Francisco, todavía con un ligero zumbido en su oído y parte de su rostro adormecido a consecuencia de los golpes que Ernesto le había asestado, deseaba fervientemente que alguien apareciese en la sala y rompiese con ello el silencio que gobernaba aquel frío lugar, a pesar de ser consciente de que quién lo hiciese sería para incriminarlo por la muerte de la anciana.

—El muy gilipollas me habría matado si no llega a aparecer la policía —se dijo una vez más, al recordarse tirado en el suelo, recibiendo cada uno los golpes que Ernesto, desbocado, lanzó contra él.

De repente, su mirada cansada, que había estado la mayor parte del tiempo concentrada en la fricción de sus muñecas con las esposas metálicas, se desvió hacia la puerta que había frente a él y, al ver que el pomo empezaba a girar sobre sí, sintió que todo su cuerpo, en un acto reflejo, se tensaba por completo.

—Señor Moral, supongo que es consciente de que se encuentra metido en un buen lío —fueron las primeras palabras que pronunció Fabián mientras se introducía en la habitación, al mismo tiempo que su compañera, que pasó tras él, se encargaba de cerrar la puerta.

Francisco, apretó con fuerza su mandíbula mientras observaba, en silencio, que el hombre que le acababa de hablar se dirigía, con los brazos cruzados, a una de las esquinas de la habitación mientras la mujer, la misma que lo había salvado de las garras de su amigo, se dirigía hacia la silla que quedaba libre frente a él, al otro lado de la mesa.

—Imagino que me recordará, señor Moral —comenzó Gema, mientras posaba sus manos con suavidad sobre la mesa.

Francisco asintió con la cabeza mientras, con la mirada, buscaba un lugar alejado de aquellos ojos marrones que lo escrutaban con seriedad y firmeza.

—Señor Moral, le voy a pedir que me mire a los ojos cuando le esté hablando. Ello me sirve para asegurarme de que la persona a la que me estoy dirigiendo me presta la atención que merezco. Además, siempre he sido una firme defensora de que se pueden conocer muchas cosas de una mirada y, mucho me temo que si la esquiva, va a hacer que realice una serie de suposiciones que, ya le aseguro, no lo van a dejar en un buen lugar.

Francisco volvió a asentir y, con suma lentitud, dirigió su mirada hacia aquel rostro, algo redondeado y dulce, que lo estaba observando.

A juzgar por su aspecto, pensó Francisco, aquella mujer debía tener una edad cercana a la suya. Qué tan distintos caminos hemos recorrido a pesar de ser de la misma quinta.

—Bien, señor Moral, ahora que al fin tengo su atención, me voy a presentar. Soy la subinspectora Gema Ruíz y éste de aquí es mi compañero, el subinspector Fabián Gómez —en aquel momento, Fabián saludó alzando levemente su cabeza—. Tal y como ya se imaginará, estamos al cargo de la investigación del terrible suceso que ha tenido lugar en el hotel El Real. Lugar en el cuál, si no estoy mal informada, trabaja usted como personal de mantenimiento. Señor Moral, ¿podría confirmarme si esta información es correcta?

—Sí, lo es, sí. Es uno de los hoteles en los que trabajo como personal de mantenimiento, sí —respondió Francisco, con voz seca y agarrada, a la pregunta que acaba de escuchar.

—¿Está al tanto de los hechos que han tenido lugar en este hotel en las últimas horas? —preguntó, esta vez Fabián, en un tono más duro y directo que el que había empleado su compañera.

Francisco tragó saliva.

Claro que lo sabía, joder. Probablemente, junto con Ernesto, he sido la primera persona en descubrir a la anciana con el cuchillo clavado en su vientre. Están jugando conmigo, murmuró para sus adentros, está claro que los dos saben que anoche estuve en el hotel y lo único que quieren es tenderme una trampa y colgarme la muerta.

—¿Y bien? —insistió en esta ocasión Gema, invitándole, con un leve gesto de manos, a exponer la información.

—Sí, sí. Disculpen. Sí, estoy al tanto de lo que ha ocurrido. Sé que alguien ha matado a una de las huéspedes del hotel. A una mujer anciana… en su habitación.

Ambos inspectores sonrieron al escuchar aquello. Ya está, acababan de conseguir abrir la caja de pandora y ahora sólo quedaba asomarse a su interior y descubrir sus secretos.

—¿Ya está, Paquito? Sólo sabes que alguien, durante la noche de ayer, mató a una de las huéspedes del hotel. ¿Nada más? —preguntó Fabián, manteniendo su firme tono de voz.

—Sí, así es —respondió Francisco, mientras asentía con cierto miedo—. Y para usted, subinspector… soy Francisco. Sólo mis amigos pueden llamarme Paquito. No tiene el derecho ni la confianza para llamarme de ese modo.

Fabián sonrío al escuchar aquello.

—Verá… Francisco. Le voy a ser muy claro, para que deje de intentar aparentar algo que no es y dejemos de perder su tiempo y, lo que es más importante, mí tiempo. Tanto usted como yo sabemos que el duro de los dos es Ernesto. Siento decirle que esta pose y actitud no le pega. Pero esto ahora mismo no me importa —Fabián hizo una leve pausa, midiendo bien las palabras que iba a pronunciar a continuación—. Señor Moral, quizás le interese saber que he estado hablando hace una hora con su otro amigo… con Manuel. Durante nuestra charla, bueno, digamos que he podido elaborar una historia en mi cabeza en función de lo que me ha contado pero ¿sabe qué? Usted me cae bien, a los dos, a mí y a mi compañera, y por eso le vamos a dar la oportunidad para que nos cuente, con sus propias palabras, qué fue lo que ocurrió anoche. Mire como le ha dejado la cara su amigo, no creo que merezca la pena que se juegue el pellejo por él. Señor Moral, cuéntenos qué fue lo que ocurrió y le prometo que, en cuanto lo haga, además de tener un trato favorable, llamaré a un médico para que le mire bien todas sus heridas.

Francisco asintió con lentitud.

Aquel tipo tenía la razón, no tenía sentido estar perdiendo el tiempo en comentarios vagos. Además, se dijo para sí tranquilizándose, no había tenido nada que ver con lo ocurrido. Todo era fruto de la mala suerte, de estar en el lugar adecuado en el momento más inoportuno.

—¿Francisco? —inquirió Gema, buscando con ello que se decidiese a hablar.

—Voy a ser muy claro. ¿De acuerdo? Ni yo ni Ernesto lo hicimos. La vieja ya estaba muerta cuando llegamos a su habitación —soltó de golpe y sin pensárselo, sintiendo que, tras revelarlo, todo su cuerpo se relajaba—. Nosotros —prosiguió al ver que ambos subinspectores guardaron silencio a su revelación—, Ernesto y yo, ideamos un plan para hacernos con una joya muy valiosa que sabíamos, por lo que nos había contado Manuel, que llevaba mucho tiempo en la familia de su novia y que la anciana se lo iba a regalar por la boda. Yo… —por un momento se detuvo, valorando si debía o no exponer el pacto que mantenía con Catalina pero, finalmente, se dio cuenta de que ya era demasiado tarde para dar marcha atrás—. Bueno, tengo una especie de trato con una de las recepcionistas del hotel, con Catalina. Un pacto por el cual ella me pasa la información sobre qué habitaciones están libres para colarme en ellas a robar. Así nos sacamos un sobresueldo. Antes de continuar, quiero dejar muy claro que ella no tenía ni idea de lo que había en juego esta noche. Catalina pensaba que se trataba de un robo más —Gema asintió, dándole a entender que estaba al tanto de aquello—. Bien… La cosa es que una vez tomamos la decisión de hacernos con el diamante, convencí a Noelia, gracias a un descuento que logré de mi jefe, de que alojase a toda su familia en el hotel. Hecho esto, sólo teníamos que esperar a que todos saliesen de sus habitaciones, pero todo se fue a la mierda cuando supimos que la anciana y su cuidadora no iban a salir de la habitación. Dejándonos con ello sin tiempo ni espacio con el que poder actuar.

—¿Esa información le llegó a través de Ruth, verdad? —se interesó en saber Gema.

—Sí, así es. Ella, al igual que Catalina, tampoco sabía lo que tramábamos. Vuelvo a recalcar que todo esto fue cosa de Ernesto y mía. En cuanto a lo de Ruth, si le soy sincero, sigo sin entender muy bien por qué nos lo contó. Ernesto la había tratado muy mal, sobre todo al final de su relación, pero… No sé, supongo que todavía la pobre sigue sintiendo algo por él. Ernesto la llamó para engatusarla y acabó sonsacándole lo de que la cuidadora y la vieja no saldrían del hotel durante todo el fin de semana. Como le digo, ella no estaba al tanto de nuestras intenciones. De haberlo estado, estoy convencido de que jamás nos habría facilitado la información.

—Bien, le he preguntado por ella sólo para asegurarnos de que teníamos la información correcta sobre ese punto. Le aseguro que ambas, Catalina y Ruth, por lo que a mí respecta, quedan fuera de toda sospecha así que, Francisco, no se preocupe por ellas y ahora, por favor, continúe. ¿Qué fue lo que ocurrió después, una vez supisteis que la cuidadora y la anciana se quedaban en el hotel?

—Bueno, al descubrir esto yo me eché atrás. Entrar a robar en una habitación con la gente dentro no es una idea muy brillante, la verdad. Pero Ernesto insistió y, al final, acabó convenciéndome para pasar una vez entrada la noche, cuando supusimos que ya estaría todo el mundo durmiendo. Sé que estarán pensando que fuimos unos idiotas al hacer esto pero… En fin, ¿qué puedo decir? Si lográbamos hacernos con ese diamante nos habríamos olvidado de tener problemas económicos durante el resto de nuestras vidas —esto último lo dijo con dolor, saboreando la oportunidad perdida—. Os juro, por lo más grande, que cuando llegamos a la habitación la anciana ya estaba muerta. Tendrían que haber estado allí para verlo, fue algo terrorífico… La habitación sumida en la oscuridad, con la única luz de una pequeña linterna iluminando su cuerpo, el cuchillo sobresaliendo de su vientre y… toda la sangre, brillante y espesa, bañándolo todo… el cuerpo, las sábanas… Fue lo más horrible que he visto nunca.

Ambos subinspectores guardaron silencio al escuchar aquel relato. Gema no pudo evitar entrecerrar sus ojos mientras que

Fabián, por su parte, apretó con fuerza y rabia sus puños. Definitivamente, habían errado por completo el tiro.

—Miren, soy consciente de que puedo parecerles un tipo repugnante y estúpido. Sí, admito que he cometido muchos errores y delitos a lo largo de mi vida, pero todo siempre hurtos menores. Jamás he empleado la violencia, lo juro. Yo sólo... me he buscado la vida... He luchado por sobrevivir. De verdad, les prometo que jamás he matado a nadie. Ni yo, ni el gilipollas que me estaba golpeando en el suelo cuando has aparecido —terminó diciendo, mirando a los ojos de Gema mientras las lágrimas comenzaban a discurrir por su rostro—. Ninguno de nosotros hemos matado a esa mujer, somos inocentes.

Gema disimuló lo mejor que pudo la sorpresa y la desazón que sintió al escuchar aquella confesión. Pero tenía que seguir adelante con el interrogatorio, intentar extraer más información de aquel hombre, se dijo para sí intentando recuperar fuerzas antes de volver a preguntarle.

—Bien, Francisco. A ver si lo he entendido. Me está diciendo que ni usted ni Ernesto la matasteis. Que cuando llegasteis a su habitación, con la intención de haceros con el diamante, ya estaba muerta en su cama. Entonces, si esto es así, ¿por qué al descubrirlo no distéis la voz de alarma?

Francisco resopló antes de responder mientras negaba con la cabeza.

—No sabría decirle. Al ver aquello, salimos corriendo. Fue un acto reflejo —terminó respondiendo al mismo tiempo que encogía de hombros—. Miren... Uno, cuando está cometiendo un delito se encuentra sometido, a pesar de que muchos fantoches digan que no, a una gran presión. Siempre estás pensando que te van a pillar, que vas a acabar en la trena. Cuando nos encontramos con todo eso, lo único que quisimos fue irnos echando hostias del hotel.

—¿Adónde fuisteis?

—Bueno, lo primero que hicimos fue discutir sobre lo que debíamos hacer y tomamos la decisión de dejar a Manuel en su casa. Él era parte del plan, usarlo a modo de coartada. Ya sabe, cuando alguien nos preguntase por dónde estuvimos durante las horas que se produjo el robo diríamos que estábamos de fiesta con el novio, de tal modo que era imposible que hubiéramos robado la joya. Visto ahora, suena estúpido… una tontería más… En fin, cuando lo dejamos en su casa, quise irme pero Ernesto insistió en que quería ahogar las penas y yo, temiendo que cometiera alguna gilipollez que empeorase aún más la situación, acabé acompañándolo por diferentes bares hasta que acabamos en el club donde nos vio pegándonos a la salida. Allí, en su interior, mientras Ernesto asistía a un show de una bailarina, empecé a sentirme mal. No dejaba de darle vueltas a todo lo que había ocurrido y sólo podía pensar en que, tarde o temprano, acabaríais dando con nosotros. Quería solucionarlo con él, que entrase en razón y accediese a ir a una comisaría a confesar lo que habíamos visto, pero… bueno, al final todo se acabó desmadrando y acabamos a golpes —terminó diciendo, mientras se señalaba a la zona de su rostro más castigada.

—¿Drogasteis a Manuel para fabricaros una coartada? —preguntó Fabián.

Francisco asintió antes de responder.

—Sí, queríamos tener una coartada por si algo salía mal o por si se acababa estrechando el cerco sobre nosotros. Pensamos que no había mejor coartada que la de estar pegándonos la fiesta del siglo con el futuro marido. Así que, sí, decidimos drogarle para tenerle toda la noche durmiendo en la parte trasera de mi coche y así tener vía libre para poder hacernos con el diamante.

—Malditos cabrones. Eso explica por qué el pobre hombre no recuerda nada de lo ocurrido —acertó a decir Fabián, sin ocultar la mala hostia que había despertado en él aquella traición.

—De pobre no tiene nada, subinspector. Estuvo mal lo que hicimos, eso no lo voy a negar, pero él también ha hecho ciertas cosas que, de saberse, cambiaría mucho la historia y la imagen que todo el mundo tiene de él. Incluso, quizás, si se descubriese lo que es en realidad, él tampoco vería ese diamante. Ninguno somos santos, inspector. Estoy seguro de que ni tan siquiera usted lo es.

A Fabián aquella insinuación le pilló por sorpresa y la furia se disparó en su interior. Enfadado, comenzó a acercarse a la mesa donde se encontraba su compañera y Francisco pero, antes de poder decir nada más, la primera intervino.

—Verá, Francisco, lo que le voy a pedir ahora es importante y quiero que haga un esfuerzo. Puede que, si nos presta su colaboración y nos es de utilidad, se pueda librar de ciertos cargos. ¿Recuerda algún detalle antes de entrar en la habitación de la anciana que le llamase la atención? ¿Quizás alguna persona con la que os cruzasteis, algún ruido extraño…? ¿Algo fuera de lo común?

El interpelado se quedó contemplando a Gema en silencio.

Es bonita, pensó por un momento. Quizás en otra situación…

—Francisco… —le apremió Fabián, que todavía seguía molesto por la insinuación que había hecho sobre él.

—No sabría decirle. No recuerdo nada extraño, la verdad. Todo estaba en completo… —De repente, como si hubiera sido alcanzado por un portentoso rayo de luz, Francisco detuvo sus palabras y abrió por completo sus ojos—. Ahora que lo dice, sí que recuerdo algo que nunca me había pasado durante… mis visitas. Cuando subíamos por las escaleras, en dirección a la habitación de la anciana, lo hicimos en completo silencio, intentando hacer el menor ruido posible. De repente, a mitad de camino, recuerdo que escuchamos una puerta cerrarse. Lo recuerdo muy bien porque tanto Ernesto como yo nos asustamos al escucharlo. Imagino que puede hacer una idea lo que pudo suponernos, en mitad del silencio del hotel, un ruido como ese.

—¿Sabría decirnos, con exactitud, la puerta de la habitación que escuchó de cerrarse?

—Pfff… Complicado. Pero si tengo que decantarme por alguna, diría que fue en el lado izquierdo del pasillo. El más cercano a las escaleras.

Gema asintió, aquello resultaba muy interesante. Podía no ser nada pero, se recordó mentalmente, en el ala izquierda del pasillo se encontraba la habitación individual de Lorena, la habitación de matrimonio de Carmen y Pablo y, al fondo, la habitación de Noelia y sus dos amigas.

—Una última pregunta, Francisco, y le prometo que lo dejaremos tranquilo hasta que venga el médico para atenderle. ¿Cómo hicieron para entrar a la habitación de la anciana? ¿Tuvo que forzarla o tiene algún tipo de llave maestra con la que puede abrir cualquier puerta del hotel?

—No, no tuve que forzar nada. La puerta estaba entreabierta. Es algo que sucede bastante a menudo en el hotel. Se trata de puertas viejas y muy pesadas, tienes que tirar con fuerza hacia ti para cerrarlas bien. Imaginé, cuando la encontré así, que la cuidadora no acertó a cerrar bien al salir. Pero ahora que he recordado lo del ruido mientras subíamos por las escaleras… Quién sabe, quizás estuvimos a punto de cruzarnos con el culpable de lo ocurrido. Es una lástima, nos habríamos ahorrado todo este malentendido.

Tras escuchar esto, ambos subinspectores guardaron silencio. Aquellos tipos, tanto Francisco como Ernesto, eran unos cabrones que habían traicionado a su mejor amigo por una maldita piedra. Pero lo peor de todo no era la traición, no. Lo peor era que ninguno de los dos había tenido algo que ver con lo que de verdad les interesaba y, mientras estaban perdiendo el tiempo interrogándoles, en la otra punta de la ciudad, se estaba celebrando una boda en la que se encontraba él o la culpable de todo lo ocurrido.

Tenemos que ponernos en marcha si no queremos que lo vivido hasta ahora se quede en una pequeña anécdota comparada con el daño que él o la culpable de toda aquella locura podría estar planeando perpetrar en este mismo instante, pensaron al unísono ambos subinspectores mientras contemplaban a un Francisco que les devolvía una sonrisa relajada, satisfecho al saberse fuera del ojo del huracán de la investigación tras haber contado todo lo que había vivido en las últimas horas.

7

Un descuido imperdonable

La ceremonia se desarrolló con la normalidad propia de este tipo de celebraciones.

Las risas, los llantos, la emoción y la ilusión se fueron sucediendo con cada momento y por cada uno de los corazones de las personas que se encontraban en la celebración, festejando la consumación del amor entre las dos personas que los habían llevado a reunirse aquella mañana.

Sin embargo, no todas las personas congregadas en el monumental patio dieciochesco se encontraban embriagadas por la felicidad reinante en aquel momento. Había dos corazones que latían a ritmos diferentes, preocupados por la incertidumbre y por el temor de lo que podría estar por venir.

El primero de estos corazones era el de S. Dogood, la cual intuía, por la información que le había transmitido Lorena antes de llegar a la finca, quién podría ser la persona culpable de todo lo ocurrido. Con ella encajaban ciertos elementos, varias miradas y gestos que había observado durante las últimas horas pero, aún con todo, a pesar de estar bastante convencida de que al fin había dado con la culpable, prefería esperar, aguardar al momento oportuno y dejar que la boda siguiese desarrollándose para, después, una vez se acabase el festín, encontrarse con la sospechosa para exponerle, en la intimidad, la hipótesis que se había fraguado en su mente.

El segundo de los corazones de los allí reunidos que era incapaz de latir al mismo ritmo correspondía al de la persona que había acabado hacía unas horas con la vida de la señora Reina, la culpable de gran parte de la locura que había golpeado aquella mañana a toda la familia y que ahora veía cómo, a pesar de todos sus esfuerzos, la celebración estaba siguiendo la ruta establecida.

Aquello no tenía sentido, simplemente no podía ser real, se dijo para sí, mientras observaba el momento en el que los novios se daban el sí quiero. No, esto no puede estar ocurriendo. Después de todo lo que he tenido que hacer, después de la terrible escena que me han obligado a provocar… No, no es posible. Me niego a creerlo. Mira que llevo toda la vida creciendo junto a ellos… Jamás aprenderé, terminó convenciéndose al mismo tiempo que el recién matrimonio sellaba su amor con un cálido y celebrado beso ante todos sus invitados.

—¿Cómo vas? —preguntó Lorena a S. Dogood, mientras su prima y su recién nombrado esposo recibían las felicitaciones de los diferentes invitados que se acercaron hasta el altar.

—Digamos que estaré bien cuando ponga el punto final a la historia. De momento, procuro que no se me escape ningún detalle —respondió la misteriosa mujer mientras mantenía su mirada sobre la persona que creía culpable de todo lo ocurrido y que, en este instante, se encontraba abrazando a uno de los protagonistas de la mañana—. Cada vez estoy más convencida de que estamos en la senda correcta. Tomás me ha estado llamando y, aunque no le he respondido, estoy segura de que habrán terminado de interrogar a los amigos del novio y estos les habrán contado que estuvieron en el hotel, sí, pero que cuando llegaron a la habitación la anciana ya estaba muerta. Eso explicaría por qué salieron tan rápido del hotel, tal y como nos ha contado la recepcionista. Supongo que pronto se pondrán de camino. Hasta entonces, y teniendo en cuenta los actos que ha cometido nuestra principal sospechosa —dijo en esta ocasión mirando a su joven ayudante—, lo mejor será que aguardemos a que lleguen sin quitarle el ojo de encima. Temo que todavía nos tenga reservada alguna que otra sorpresa.

En aquel momento, al escuchar estas últimas palabras, Lorena no pudo evitar dibujar una expresión de terror en su rostro.

—¿Crees que, a pesar de toda la gente que hay aquí, sería capaz de intentar hacer algo?

—Es probable... Pero tranquila, todo saldrá bien. Ya lo verás. Limítate a actuar con normalidad y trata de disfrutar del momento.

—Disfrutar del momento... ¿Y cómo narices se supone que puedo hacer eso, Dogood? Si estás en lo cierto, la persona que ha matado a mi abuela está a menos de... —Lorena frenó en seco sus palabras al ver que una joven pareja sevillana, invitados del novio, les estaban saludando.

—Haciendo exactamente lo opuesto a lo que has hecho hasta este momento. Dirígete hacia donde se encuentran tu prima y su recién nombrado marido y dales la enhorabuena —terminó de aconsejarle S. Dogood mientras devolvía el saludo a aquella simpática pareja con una sonrisa fingida.

—Pero… Dogood, tengo miedo —terminó diciendo Lorena, que seguía sin apartar su mirada de la persona que se había convertido en su confidente.

—No hay nada que temer, ambas sabemos… —de repente, S. Dogood se quedó sin palabras al descubrir que la persona que consideraba sospechosa ya no se encontraba en el lugar donde la había visto por última vez, justo antes de saludar a la joven pareja. Era como si las dos personas que un instante antes se estaban abrazando se hubiesen evaporado—. ¡Joder, joder! —comenzó a exclamar al mismo tiempo que, a toda velocidad, se dirigía a la zona del altar donde la novia se encontraba saludando a varios de sus invitados que la colmaban de abrazos, besos, halagos y felicitaciones.

—¿Qué diablos ocurre ahora? —preguntó la novia, con miedo, al ver la urgencia reflejada en los rostros de su prima y de S. Dogood.

—¿Dónde se han ido? —respondió con otra pregunta S. Dogood, con el tono de voz más nervioso y urgente que jamás había escuchado salir de su ser.

—¿Quiénes?

—Cristina y tu marido. ¡Maldita sea! Me he despistado un momento y los he perdido. Estaban abrazados justo aquí. ¿Ninguno de vosotros los ha visto marcharse? —terminó preguntando al resto de invitados que, desconcertados, se limitaron a negar mientras giraban sus cabezas buscando al recién casado—. ¡Joder!

Y así, con los nervios a flor de piel, S. Dogood y Lorena, sin dar mayor explicación, se lanzaron a la búsqueda de las dos personas que se habían desvanecido de un momento a otro y que, de confirmarse la hipótesis que la primera había estado fraguando en su mente, podrían acabar protagonizando una escena mucho más terrorífica que cualquiera de las que se habían producido en aquella triste y larga mañana.

8
Megafonía

El inspector, tras comprobar que su cuarta llamada a S. Dogood terminaba de la misma manera que las anteriores, estuvo a punto de lanzar su móvil, preso de la rabia, contra el suelo mientras seguía procesando toda la información que sus dos compañeros habían logrado extraer de Paquito.

Se nos está escapando el caso de las manos. Tiene que haber algo que hayamos pasado de largo, se repetía para sí Tomás mientras pasaba su mirada por cada una de las palabras que conformaban toda la información que habían recopilado hasta este momento. Gema, por su parte, en la mesa colindante, lo imitaba, cotejando cada una de las líneas y datos que habían anotado en sus iPads durante sus respectivos interrogatorios. Fabián, hecho un manojo de nervios, se limitaba a pasear de un lado a otro por la planta en la que se encontraban, enfurecido y desesperado por entrar en acción.

—Jefe, lo mejor sería que nos acercásemos hasta la finca donde se está celebrando la boda. Dogood no te lo va a coger. Sabes tan bien como yo que es demasiado orgullosa para compartir información y sabrá, por tus llamadas, que hemos errado el tiro y que tiene todas las de ganar. Estoy seguro de que la muy cabrona ya se olía algo, por eso prefirió quedarse con la familia en lugar de venir con nosotros.

Sus dos compañeros ignoraron por completo aquellas palabras, pues se encontraban tan enfrascados en la relectura de las entrevistas que apenas alcanzaron a escucharlo.

—Jefe —repitió de nuevo, tras ver que ni Tomás ni Gema le habían prestado atención—, Dogood y el resto de los invitados podrían estar ahora mismo en peligro. Piénsalo, todo el mundo que podría tener alguna relación con la fallecida se encuentra en esa finca. Fuera de ella sólo quedan la parejita de amigos, la cuidadora que se ha quitado la vida y Pablo. A los dos primeros los acabamos de descartar, una está muerta y al otro lo tenemos encerrado en el calabozo. ¡Me estás escuchando! —exclamó al fin, buscando captar con ello la atención del inspector.

El inspector, por culpa de aquel último grito, perdió el hilo de la entrevista que estaba repasando en aquel momento, justo la que él mismo había realizado a Noelia y a las otras tres mujeres que la acompañaban en la habitación después de descubrirse el cadáver de la anciana.

—Fabián, mira, sé que tienes ganas de demostrar que puedes llegar a ser un buen inspector, pero has de saber que la acción no lo es todo. La hemos jodido al creer que estos dos idiotas eran los culpables y ahora tenemos que revisar de nuevo todas y cada una de las malditas anotaciones para ver si hemos pasado algo por alto. Créeme, también estoy preocupado por la gente que está en la boda y, como bien dices, soy consciente de que la probabilidad de que el asesino se encuentre allí es muy alta, por no decir casi segura. De todos modos, también te digo que no creo que se atreva al haber tanta gente a hacer algo que pon… —en aquel momento, antes de acabar la frase, Tomás palideció y se quedó sin habla. Acababa de dar con un detalle, muy sencillo, que él mismo había anotado en su iPad durante su entrevista y que ahora, en vista de lo ocurrido, se le antojó revelador y recordaba a la perfección.

—¿Qué, qué has visto? —preguntó Gema, inquieta, al percatarse de que su jefe había encontrado algo entre toda aquella amalgama de información.

—No, no es posible que… —comenzó a decir Tomás, en un susurro, mientras releía la información que había atrapado toda su atención—. Fue ella la que nos puso tras la pista de los amigos del novio. Ella me distra…

De repente, antes de que pudiera acabar su frase o responder a la pregunta de su pupila, una voz alarmada, a través de la megafonía, irrumpió entre los muros de la comisaría recitando, repetidamente, un código que provocó que los tres agentes intercambiasen unas miradas bañadas en terror antes de salir disparados hacia una dirección muy concreta del edificio.

9

El baño

Cristina sentía las palpitaciones dispararse en su cabeza, provocándole que un fino manto le nublara por momentos la vista.

Definitivamente, la situación se me ha escapado de las manos, se dijo para sus adentros al mismo tiempo que se dirigía hacia Manuel, completamente temblorosa, para darle su enhorabuena.

El recién casado, nada más verla, dibujó una sonrisa en su rostro. La misma que tanto había traído de cabeza en los últimos meses a Cristina, y, una vez la joven amiga de su recién nombrada esposa estuvo a su alcance, la atrajo para sí, con fuerza, fundiéndose con ella en un abrazo.

—Temía que no vinieras, Cristina. Últimamente me has estado evitando —le susurró al oído mientras la abrazaba. Cristina, por su parte, guardó silencio, tratando de contener, con todas sus fuerzas, el terror que discurría, como si de un torrente desbordado se tratase, por su interior—. Veo que sigues enfadada por mi… proposición. En fin, es una verdadera lástima, habría estado muy pero que muy bien. No te haces una idea de lo que te has perdido.

Cristina sintió como, al escuchar estas palabras, el terror que recorría su cuerpo se transformó de repente en rabia. Sin lugar a duda, aquel hombre, el mismo que acababa de unirse con la única persona a la que ella había amado en toda su vida, era el monstruo más horrible que jamás había conocido.

No puedo dejar que Noelia malgaste su vida al lado de este ser inmundo, pensó la joven. No tengo otra opción, he de actuar.

Y de este modo, con la determinación de terminar con aquello que había estado tratando de evitar que sucediese a lo largo de las últimas horas, acercó sus labios al oído derecho de Manuel, tras haberle dedicado una sonrisa seductora, para susurrarle lo que aquel maldito cabrón llevaba queriendo escuchar casi desde el mismo momento en el que se habían conocido.

—¿Qué te parece si me lo enseñas ahora?

Manuel, al escuchar estas palabras, no pudo evitar mostrarse sorprendido y de manera inconsciente se alejó de Cristina. Desde el momento en el que llegó al pueblo para ayudar en las tareas de la bodega familiar, se había fijado en la mujer que tenía frente a él. La distancia que lo separaba de Noelia, sumado a la soledad total en la que se había visto envuelto en las calles de aquel ruinoso pueblo, provocaron en él la aparición de un deseo irrefrenable por una mujer que, más que por su aspecto, lo atraía por el simple morbo de acostarse con la mejor amiga de toda la vida de su pareja. Sin embargo, a pesar de todas sus insinuaciones e intentos por culminar su infidelidad, Cristina se había mostrado siempre firme y determinada a no traicionar a la que siempre fue, y será, tal y como le recalcó cada vez que se le insinuó, su mejor amiga.

—¿Ahora? —acertó a decir Manuel, sin ser capaz de ocultar la sorpresa que le había supuesto aquella sugerencia.

Cristina sonrió, con la mayor dulzura que le fue posible, al mismo tiempo que acercó su cuerpo al de él, aumentando con aquel sutil movimiento el contacto.

—¿Y si vamos al baño y me muestras eso que has dicho que sería una lástima que me perdiese? —preguntó, de nuevo con suavidad, al recién casado.

Manuel, consciente de que estaba moviéndose sobre un filo muy delgado, desvió su mirada hacia la mujer a la que acababa de jurarle amor y fidelidad eterna. Ésta estaba radiante, atendiendo con una sonrisa a varios de los invitados que le daban la enhorabuena.

Sin duda, Noelia era la protagonista indiscutible de todo este espectáculo, todos los ojos se posaban en su figura. Por un ratito que desaparezca, pensó Manuel mientras retornaba su mirada hacia los ojos de aquella manzana que acababa de caer entre sus manos, no pasaría nada.

Y así, ambos, en silencio, sin intercambiar palabra con nadie más, marcharon hacia los baños en el mismo momento en el que S. Dogood y Lorena, en la distancia, devolvían el saludo a una joven pareja sevillana.

Cristina guiaba a Manuel hacia los baños, aferrándole con su mano sudorosa, mientras en su interior percibía el crecimiento de un terror que era muy similar al que experimentó cuando, durante la noche de ayer, una vez comprobó que sus dos compañeras de habitación se habían quedado completamente dormidas, se adentró en la habitación de la anciana dispuesta a acabar con su vida.

—Cristina, ¿estás segura de que quieres hacerlo? —preguntó Manuel al mismo tiempo que bajaba su mano, con cierto ansia, por la cintura de la joven.

Cristina guardó silencio mientras se sentía dolida y asqueada al percibir la mano de aquel monstruo sobre su cuerpo. Sin embargo, se dijo para sí, tenía que aguantar con firmeza y seguir adelante. Debía impedir, a cualquier precio, que aquel hijo de puta jodiese la vida de la única persona a la que había llegado a amar.

El baño, tal y como supuso Cristina, se encontraba desierto en aquel momento. La mayoría de los invitados se encontraban felicitando a la novia mientras que algunos, a modo de avanzadilla, comenzaban a tomarse las primeras copas en una zona ajardinada donde la música, consistente en una recopilación de las mejores canciones de los ochenta, amenizaba y marcaba el ritmo de las conversaciones mientras que, entre todo aquel enjambre de felicidad, S. Dogood y Lorena iniciaban una búsqueda contrarreloj.

—Cristina, no te haces una idea de las ganas que tenía de estar contigo —fueron las primeras palabras que Manuel dijo, en voz alta sin temor a que alguien le escuchara, después de adentrarse en el baño—. Te juro que he soñado noches enteras con este momento.

Cristina seguía guardando silencio mientras Manuel continuaba manoseándola. En su mente, la joven se concentraba en atisbar las opciones que tenía a su alcance para salir de aquella situación, siendo, tras pensarlo, capaz de atisbar únicamente dos.

La primera era que los descubriesen en pleno acto. Noelia, seguramente, acabaría alejándose de Manuel pero también haría lo propio con ella, siendo algo que no se veía capaz de soportar. La segunda, más complicada de hacer efectiva dada la diferencia física que había entre ella y su rival, consistía en acabar con su vida. Manuel, pensó Cristina, no era una anciana de movilidad reducida adormilada y, en aquel momento, no tenía nada a su alcance con lo que matarlo.

—Vamos, Cristina… ¿Con lo juguetona que estabas hace un momento y ahora no vas a decir nada? —insistió Manuel, mientras deslizaba sus labios por el cuello de la joven a la vez que, con sus manos, la alzaba sobre el lavabo.

En aquel instante, Cristina, al sentir la frialdad de la porcelana bajos sus muslos y mientras observaba como Manuel se concentraba en su pecho derecho, que había quedado al aire tras un violento movimiento con el que se había desprendido uno de los tirantes de su hermoso vestido, lo vio con suma claridad. Había llegado el momento de traspasar la única salida que, a pesar de traer consigo unas consecuencias terribles, se le antojó como posible.

Era cuestión de tiempo que descubrieran que había sido ella quién había acabado con la vida de la anciana, se dijo para sí mientras soportaba el calor de la boca de Manuel sobre su pecho. Todavía se sentía sucia por lo que había hecho con sus propias manos y, cada vez que cerraba sus ojos desde aquel fatídico momento, sólo era capaz de vislumbrar a la anciana intentando, en vano y con la boca entreabierta después de haberle introducido el diamante en su garganta, abrirse con sus uñas una vía respiratoria al mismo tiempo que se agitaba, de manera angustiosa, sobre la cama y que le llevó a asestarle una puñalada que la joven homicida recordaba, muy a pesar, con perfecta claridad. Desde el sonido del filo desgarrando la carne con cierta dificultad al grito, ahogado por el diamante que le impedía respirar, de una mujer que vio, en aquel momento, su vida desvanecerse sin remedio.

Todo ello completaba una escena terrorífica y abominable, sí, pero que Cristina, en lo más profundo de su ser, a pesar del horror que despertaba en ella, seguía sintiendo justificada. Su única intención fue la de evitar que el enlace de Manuel y Noelia tuviera lugar, y, tras muchas conversaciones y reflexiones, acabó llegando a la conclusión de que el único modo de lograrlo era con la consumación de su venganza hacia la misma mujer que, tiempo atrás, la había apartado de la única persona a la que había amado en su vida. Con suerte, además de lograr detener la boda, Manuel podría acabar resultando investigado y, con ello, Noelia acabaría apartándose de él para siempre. De hecho, fue esta hipótesis la que la motivó a emplear el famoso diamante familiar como arma homicida. Sin embargo, todo el plan se resquebrajó por completo cuando su amiga, la única persona a la que había llegado a amar en toda su vida, se empeñó en seguir adelante, a pesar de todo lo ocurrido, con la ceremonia. Cristina jamás llegó a pensar que el interés de su amiga por casarse con Manuel fuese tan intenso como para obviar tanta locura y ahora, llena de rabia y dolor, subida al lavabo mientras Manuel intentaba hacerla suya, fue consciente de que aquí terminaba su historia.

—Joder, ¿alguna vez te han dicho lo buena que estás? —preguntó Manuel, divertido, mientras empezaba a deslizar su mano derecha por el muslo de Cristina.

Ésta, que desde que habían llegado al baño había guardado silencio, cerró sus ojos tras aquellas palabras, por un breve momento, recorriendo durante aquel instante cada uno de los planos que había vivido durante el asesinato de Mercedes. Una vez volvió a contemplar a la anciana desvanecerse ante ella, los abrió de nuevo y, mientras dedicaba una enorme sonrisa a su acompañante, en su mente calculó cada uno de los movimientos que efectuaría a continuación.

—No sabes nada de mí, maldito gilipollas.

Conforme dijo estas últimas palabras, sin dar tiempo a que Manuel procesase su respuesta, Cristina lo agarró de su repeinado cabello y, con todas sus fuerzas, estrelló su rostro contra la parte del lavabo que sobresalía de entre sus piernas.

La frente de Manuel golpeó con suma dureza la fría y blanquecina superficie de porcelana, produciendo un sonido seco que, al fundirse con el grito de dolor que profirió el recién casado, creó una melodía que disparó todos los instintos homicidas de Cristina.

—Maldito hijo de puta. ¿De verdad te pensabas que iba a dejar que me follaras? ¿Qué iba a traicionar a la persona que más amo en este mundo? —comenzó a gritarle la joven, completamente fuera de sí, al mismo tiempo que se bajaba del lavabo y se dirigía al suelo donde Manuel, con el rostro ensangrentado, intentaba levantarse con torpeza dado que, a consecuencia de la contundencia del golpe, había perdido gran parte de la coordinación.

—¡Estás… estás loca, joder! —fue lo único que acertó a decir aquel hombre, mientras veía que Cristina lo agarraba por la parte trasera del cuello y lo arrastraba de nuevo en dirección al lavabo.

—No, yo no estoy loca. Escúchame bien, hijo de puta. Es este maldito mundo el que lo está. Locas son las personas que impiden amarse a dos mujeres. Locas son las personas como tú, que sólo piensan con la polla sin importarles los sentimientos de los demás. Locas son las personas que viven en un odio constante con todo cuanto las rodea, sin tan siquiera pararse a pensar en lo que tienen. Y sí, también somos locas las personas que estamos dispuestas a darlo todo por amor, incluso aunque ello suponga entregar nuestra propia vida. Y por eso, querido, como creo que ambos estamos locos, cada uno por diferentes motivos, lo más correcto es que le pongamos punto final a toda esta maldita locura.

Y tras estas palabras, antes de que Manuel pudiera replicar, Cristina comenzó a golpear con todas sus fuerzas, repetidamente, la cabeza de este contra el lavabo. Los gritos junto con el estrépito que provocaba la cabeza estrellándose contra la porcelana, al principio, fueron ensordecedores. Sin embargo, la sangre que comenzó a manar de su interior como si de un torrente de agua se tratase provocó que Manuel fuese incapaz de pronunciar sonido alguno, ahogado en sus propios flujos sanguíneos. Con el séptimo golpe, cuando ya no podía ver nada más allá de una espesa cortina rojiza que bañaba sus ojos, el lavabo se fragmentó. Pero esto, lejos de detener a Cristina en su acción, la enfureció todavía más y, manteniendo el mismo ritmo, continuó golpeándolo con sus manos temblorosas pero decididas.

Tras estrellar, por vigésima vez, el rostro de Manuel contra el amasijo cerámico en el que había quedado reducido el lavabo, Cristina, ya sin fuerzas para sostenerse sobre sus piernas, se dejó caer a un suelo que estaba plagado de pequeños y grandes trozos de porcelana que a su vez se encontraban cubiertos por un inmenso charco de sangre. Manuel, inconsciente, cayó con contundencia a su lado de tal modo que Cristina, desde el lugar en el que se encontraba, podía observar, con la respiración entrecortada por todo el esfuerzo que acababa de efectuar, el rostro emborronado y apenas reconocible de aquel monstruo que la había perseguido durante su último año de vida.

Lo había conseguido, había destruido a aquel ser y, con ello, liberado a Noelia de su yugo, pensó para sí. Todo sería más fácil a partir de ahora. Un lugar con más luz sin aquel hijo de puta de por medio.

No obstante, pese a que acababa de escribir el final de Manuel, Cristina era consciente de que, a su vez, acababa de sentenciar el suyo. Jamás sería capaz de soportar una mirada reprobatoria de Noelia hacia ella. No podría aguantar el sufrimiento que la escena que acababa de perpetrar despertaría en su amada.

Sin embargo, este pensamiento se borró de su mente al escuchar varios pasos apresurados acercarse hasta donde se encontraba y, tras levantarse como pudo, Cristina se quedó contemplando el rostro que le devolvía el espejo que se elevaba sobre el lavabo que había empleado de arma homicida. En él sólo encontró una mirada marcada por el dolor. El dolor del desamor, el dolor ante un adiós obligado y el dolor por todos los actos que se había visto obligada a perpetrar durante las últimas horas.

Allí estaba ella, enfrentada consigo misma. Dispuesta a acabar con el océano de tortura y terror en el que se había visto ahogada.

Al fin, se convenció, es cuando al fin encontraré mi tan ansiada paz.

10

Un sitio de paso

La palidez que se atisbaba en la cara de Fernando, a quien le había sido encomendada la tarea de trasladar a Pablo a los calabozos, fue un indicio para los tres agentes de la desagradable escena que se disponían a descubrir.

El joven, incapaz de dirigirles palabra alguna cuando llegaron al lugar, se limitó a agachar la cabeza, ocultando con ello la vergüenza que sentía ante una situación que, a buen seguro, quedaría marcada por siempre en su retina. Junto a él se encontraba otro policía, mucho más entrado en años. Éste, bañado en sudor, se vio incapaz de disimular el nerviosismo que había despertado en él una escena que, en sus más de cuarenta años de servicio, jamás había tenido que presenciar.

—Yo, yo… —trató de decir el vetusto policía sin éxito a los tres agentes que acababan de llegar al lugar.

Ningún miembro del equipo se animó a invitar a aquel pobre hombre a que tratara de contarles qué era lo que había sucedido, pues con echar un simple vistazo a su rostro pudieron hacerse una idea de la magnitud de lo ocurrido.

Con Tomás al frente, seguido de Fabián y Gema, los tres agentes cruzaron una puerta doble, negra y sin ventanas, que daba a un viejo pasillo por el que tantos y tantos delincuentes, a lo largo de los años, habían transitado hacia alguna de las seis celdas que se disponían en el interior de aquel espacio.

Por lo general, aquel lugar era un sitio de paso, nadie permanecía allí más de cuarenta y ocho horas. Lo usual, se recordó el inspector mientras observaba que las dos primeras celdas estaban vacías, era encontrarse allí a jóvenes que se habían excedido durante la noche y a los cuales, con la única intención de hacerles escarmentar, se les retenía durante un par de horas.

Gema, que iba en último lugar, se detuvo en seco tras observar que Tomás, quien ya se encontraba a la altura de la celda donde había ocurrido todo, comenzó a temblar mientras se llevaba, con gran pesar, una mano a la frente. Fabián, indiferente a aquella reacción, continuó con su paso y, una vez descubrió el porqué de todo aquello, comenzó a golpear con todas sus fuerzas, mientras maldecía, varios de los barrotes que componían la celda que recogía tanto interés. Gema, tras coger aire y mientras los golpes de Fabián retumbaban en el interior de la sala, se dirigió, con paso sereno, a descubrir qué era lo que había ocurrido.

Ante ella se dibujó el cuerpo sin vida de Pablo. Éste, todavía con un cierto balanceo, colgaba del cuello por una sábana que él mismo había liado en torno a una de las pequeñas barras que protegían la pequeña ventana superior que iluminaba la celda. En su rostro, enrojecido por la sangre acumulada y con los ojos abiertos y perdidos en un punto infinito, se podía percibir la agonía que había experimentado durante los últimos instantes de su vida. Los tres sabían, por las palabras que había dejado por escrito

Mihaela, todo el dolor que había causado en vida y, por ello, Gema, más que pena sintió rabia. No por su muerte, no. Sintió rabia al ver que aquel cobarde no había tenido las agallas suficientes para enfrentarse a las consecuencias de sus actos y que, con esto, Mihaela jamás tendría la justicia que se merecía.

—No merece que lo sintamos —terminó diciendo, con frialdad y en voz alta, con la intención de que sus compañeros la escuchasen con claridad.

Tras estas palabras, Fabián cesó sus golpes mientras que Tomás siguió guardando silencio. Por un instante, la nada abarrotó por completo aquel lugar hasta que, de repente, una melodía procedente del móvil del inspector jefe rompió toda aquella quietud.

—¡Es Dogood! —exclamó Tomás, apremiante, al ver quién era la persona que le estaba llamando en aquel momento.

Tras sentir que, mientras deslizaba su dedo por la pantalla para desbloquear la llamada, la rigidez embriagaba su cuerpo, Tomás acercó, con mano trémula, el móvil a su oreja, pudiendo escuchar entonces, de manera clara y contundente, la voz de S. Dogood y el mensaje que ésta quería trasmitirle.

El inspector, una vez terminó de escuchar con profunda atención, colgó sin responder palabra alguna.

Toda esta maldita historia se nos ha ido de las manos, murmuró para sí al mismo tiempo que con la mano que tenía libre se apoyaba, con pesadez, en una de las frías barras de hierro que componían la celda en la que Pablo había puesto fin a su vida. Todo parecía haber dejado de tener sentido esta maldita mañana.

11

¿Qué sabrás tú del dolor?

S. Dogood corría con todas sus fuerzas mientras buscaba con su mirada a las dos personas que se habían evaporado durante su breve descuido por cada uno de los rincones de la finca.

En su cabeza, sin embargo, todavía retumbaba la conversación que había mantenido con Lorena en el coche antes de llegar a la finca y que la había hecho poner sus ojos sobre la figura de Cristina, la misma por la que S. Dogood se había interesado al percatarse de que era la persona, de todas las que formaban parte de aquella interminable partida, de la que menos información disponía.

Fue Lorena, la misma que ahora seguía sus pasos, quien le contó que, hace algo menos de un mes, Cristina, en completa intimidad, le contó que Manuel llevaba intentando tener algo con ella desde el mismo momento en el que éste llegó al pueblo, hacía más de año. Cristina, al parecer, decidió contárselo porque Lorena era la única persona de la familia, además de Noelia, con la que seguía manteniendo una relación cordial. S. Dogood, al tener noticia de esto, decidió seguir interesándose por aquella mujer callada, preguntándose por qué Cristina no trataba con nadie más de su familia. Lorena, al escuchar aquel interrogante, se mostró en un primer momento reacia a responder y decidió guardar silencio pero, tras la insistencia de S. Dogood, acabó desvelando uno de los mayores secretos por el que su abuela había luchado por ocultar.

Su prima, Noelia, y su amiga de toda la vida, Cristina, habían mantenido una relación sentimental cuando eran adolescentes. Una relación que se quebró cuando Mercedes, horrorizada al descubrirlo y con el único propósito de ocultarlo a toda costa para evitar un escándalo, decidió separarlas enviando a su nieta a estudiar a Sevilla.

De repente, con aquella revelación, S. Dogood sintió que, de algún modo, todo cobraba sentido. El asesinato de la anciana no se había producido por el interés de un hipotético ladrón en hacerse con la preciada joya familiar, ni por los problemas o enfados derivados de la herencia entre los herederos de la víctima. No, el asesinato de la anciana se fundamentaba en dos pilares: El primero, que su muerte, en las horas previas al enlace, debería ser motivo suficiente para impedir una boda que, de producirse, terminaría uniendo en matrimonio a la única persona que Cristina había amado en su vida con el hombre que, durante el último año, la había estado incitando a cometer una traición. El segundo era que con aquella acción Cristina culminaba su venganza hacia la mujer que había impedido su relación con el único amor de su vida.

Todo, se convenció S. Dogood, cobraba sentido con aquella joven que había permanecido en silencio, entre las sombras, como una mera secundaria envuelta sin quererlo en todo estos trágicos sucesos cuando en realidad se trataba de la única culpable y verdadera protagonista de lo ocurrido.

El por qué no dio orden de captura tras llegar a aquella conclusión era algo a lo que ahora S. Dogood, sumida en una carrera contrarreloj, no pudo dejar de reprocharse. Se había dejado llevar por la petición que le realizó Lorena, la joven que tanto le había ayudado a lo largo del caso, de que al menos dejase a su prima casarse antes de desenmascarar a la homicida.

Jamás, se repitió S. Dogood para sí mientras continuaba inmersa en una búsqueda contrarreloj, volveré a cometer un error de esta magnitud.

De repente, después de gritar una vez más con todas sus fuerzas el nombre de Cristina, un golpe seco, seguido por el estrépito de varios cristales estrellándose contra el suelo, captó la atención de S. Dogood.

—¿Has oído eso? —preguntó Lorena después de que, con los tacones en la mano, lograse alcanzar a una S. Dogood que había detenido su carrera para discernir el lugar del cual procedía aquel sonido.

—¡Los baños, creo que viene de allí! —aseguró S. Dogood, con urgencia, al mismo tiempo que emprendía de nuevo la carrera.

Ambas mujeres, sin intercambiar mayor palabra, se lanzaron hacia la zona de donde provenía aquel sonido y, tras cruzar la puerta que indicaba que aquel lugar era el baño de mujeres, con la adrenalina disparadas en sus cuerpos, tuvieron que frenarse en seco al descubrirse ante una escena dantesca.

Ante ellas se dibujó la castigada figura de Cristina, con la cara repleta de cortes sangrientos y la mirada completamente ida. En su mano izquierda, sumida en un profundo temblor, sostenía, con fuerza, uno de los fragmentos del espejo que había caído al suelo después de haberse golpeado el rostro contra él. A sus pies, bañado en un charco de sangre, S. Dogood y Lorena descubrieron el cuerpo sin vida de un Manuel que tenía la cabeza vuelta en un giro de cuello imposible. Cristina, con los ojos bien abiertos, dirigió su mirada hacia una Lorena que parecía estar al borde del colapso mientras que S. Dogood, por su parte, trataba de analizar la situación que acababa de descubrir al mismo tiempo que, con su brazo derecho, trataba de proteger a su joven acompañante de aquella imagen.

—Lorena, yo… Ya está hecho. Él, ya sabías que… que no era el adecuado. Dile a tu prima que la amo y que, a pesar de todo el tiempo que hemos estado separadas, sigo amándola del mismo modo… —en aquel instante, Cristina cerró sus ojos, volviendo con ello al único periodo de su vida en el que había sido feliz, llegando a sentir, por un momento, que se encontraba acurrucada junto a su vieja amiga. Sin embargo, aquel idílico instante se desvaneció cuando, al abrir de nuevo sus ojos, descubrió que S. Dogood se había acercado a ella—. ¡Noooo, aléjate de mí! ¡Atrás!

—Cristina, ya está, todo ha terminado. Lorena me lo ha contado todo. Sé por todo lo que has pasado. Sé qué es lo que te ha llevado a hacer todo esto. Te pido, por favor, que no añadas más dolor a…

—¿Qué sabrás tú del dolor, eh? No sabes una mierda. No tienes ni idea de lo que es amar tanto a una persona que hasta te llega a doler porque sabes que nunca podrá ser real. Jamás —mientras decía aquellas palabras, el dolor y las lágrimas se entremezclaron sobre su rostro ensangrentado y desencajado—, jamás sabrás lo que es ser tratada como una mierda por amar a alguien. No sabéis la angustia que he tenido que soportar al hacer las atrocidades que me han obligado a hacer… ¿Y todo para qué, para qué esa persona por la que he hecho todo esto siga cegada y se haya casado con este maldito hijo de puta? No, el mundo es una mierda y yo… ya me he cansado de vivir en ella.

Y tras decir estas palabras, antes de que S. Dogood pudiese alcanzarla, Cristina alzó el cristal que sostenía en su mano y, con un rápido y certero movimiento, pasó el afilado fragmento por su garganta.

Al momento, tras un fino murmullo de sorpresa, comenzó a brotar un incesante torrente rojizo que provocó que Cristina, aliviada, sintiese la calidez de su propia sangre bañando su pecho antes de caer, segundos después y sumida en un estado de semiinconsciencia, contra el suelo.

Lorena, a quien le había salpicado parte de la sangre que brotó del cuello de Cristina, comenzó a gritar despavorida mientras que S. Dogood, todavía sin ser consciente de qué era lo que acababa de ocurrir, se lanzó a tapar, una vez Cristina cayó al suelo, la herida por la que se estaba marchando su vida.

Mientras sentía la calidez de la sangre de aquella mujer desparramándose entre sus manos, S. Dogood pudo contemplar que el rostro, completamente demacrado de Manuel, miraba hacia el lugar en el que ambas se encontraban y, con la mayor suavidad que le fue posible, lo giró hacia la dirección opuesta. Él tenía parte de culpa en aquel brote de locura en el que Cristina se había visto envuelta y que la había llevado a acometer todas estas atrocidades. No era justo, se dijo S. Dogood para sí mientras aflojaba la presión de sus manos sobre la herida de la joven, que lo último que aquella pobre muchacha vislumbrase en su vida, por mucho dolor y terror que hubiese perpetrado, fuese la mirada del hombre que la había atemorizado durante los últimos meses de su vida. No le daría ese placer, terminó diciéndose mientras observaba que algunos de los invitados a la ceremonia, alertados por los gritos histéricos de Lorena, comenzaban a llegar hasta el lugar donde, de un modo terrible, se había puesto punto final a toda esta tragedia.

12

Un peón más de la partida

La escena con la que se encontraron los tres agentes al llegar a la finca bien podría haber formado parte de la colección pictórica de uno de los mayores genios de la pintura de la Historia del Arte, el Bosco.

Algunos invitados aguardaban, cariacontecidos, en las afueras del lugar a la espera de que los aparcacoches trajesen sus vehículos mientras que otros, devastados ante los acontecimientos que se habían producido, se dispersaron por diferentes puntos de la finca, huyendo del bullicio y de la locura que reinaba en aquel lugar al mismo tiempo que la decena de empleados, que en un principio tendrían que haberse limitado a servir y a atender las demandas de los invitados, asistían, como buenamente podían, a las personas que se habían visto más afectadas por lo ocurrido.

—Joder… —acertó a decir Tomás, en un fino susurro mientras, junto a sus dos pupilos, recorrían en silencio el camino que los llevaba hacia el interior de la finca.

El dolor que se podía respirar en el ambiente resultaba angustioso. Mientras dos hombres se abrazaban el uno con el otro, en un llanto inacabable, una mujer abrazaba, con fuerza, a dos pequeños gemelos que iban vestidos a juego y que, mitad sorprendidos y mitad asustados, parecían preguntarse el porqué de todo aquello.

Y ese era el problema, reflexionó el inspector tras escuchar formular, a uno de los dos pequeños, aquella dichosa pregunta. Que todo el mundo sabía perfectamente qué era lo que había ocurrido, por muy difícil que resultase aceptar aquella triste realidad.

—Mirad, gracias a Dios. Ahí está Dogood —acertó a decir Gema, con cierto alivio en su voz, al ver, en la distancia, la figura de la asesora.

Tomás, siguiendo con la mirada la dirección hacia la que apuntaba su compañera, logró toparse con la figura de S. Dogood. Ésta se encontraba de pie, con su fantástico vestido de gala, color esmeralda, empapado de sangre.

El inspector, al verla en aquel estado, sin saber muy bien por qué, echó a correr hacia ella y, cuando al fin se encontraba a su alcance, antes de intercambiar palabra alguna, la abrazó con todas sus fuerzas, olvidando por completo todos los dolores de cabeza que le había ocasionado en anteriores ocasiones. Al fin y al cabo, a pesar de que se había convertido en un insufrible grano en el culo, S. Dogood no dejaba de ser una integrante más de su equipo y, de algún modo, se sentía responsable de su bienestar.

—Estoy bien, Tomás. Estoy bien —afirmó tranquilizadora S. Dogood, sin poder ocultar una sonrisa en su rostro—. Será mejor que me sueltes, me temo que podría acabar manchándote el traje.

El inspector, tras escuchar esto último, con rapidez, se separó de ella intentando recuperar la compostura.

—Me alegro de que estés bien, Dogood —acertó a decirle Tomás, aliviado al ver que, a pesar de todo lo ocurrido, ella seguía portándose como siempre—. ¿Cómo está? —preguntó, mientras con un leve movimiento de cabeza señalaba hacia el lugar donde Lorena, a poca distancia y sentada un pequeño poyete, se encontraba con la frente apoyada sobre sus rodillas y las manos cubriendo su cabeza.

—Imagínate —respondió S. Dogood, al mismo tiempo que miraba a la joven con tristeza—. Está destrozada, pero no es la que peor se lo ha tomado. Raimundo se ha tenido que llevar a su mujer a un rincón de la finca para intentar calmarla mientras yo me quedaba aquí con su hija. Tanto Noelia como su madre, su hermana Marta y Ruth están en el interior del salón, junto con otros familiares que no conozco de Manuel, siendo atendidas por el equipo de psicólogos que ha llegado hace un par de minutos —tras decir esto, S. Dogood guardó silencio mientras volvía su mirada al inspector—. Tomás... yo... siento mucho no haberla detenido. Jamás llegué a imaginar que sería capaz de hacer algo así.

El inspector asintió al mismo tiempo que Gema y Fabián llegaban hasta el lugar donde se encontraban.

—No te castigues con eso, Dogood —la disculpó Tomás, solícito—. Era inimaginable que todo acabara de esta manera tan... nefasta. Todavía no me lo creo ni yo, es... fue, mejor dicho, imposible haberlo visto venir. Nadie pudo haber previsto algo así.

—Pero yo… logré descubrirla. Supe que había sido ella, ¿lo entiendes? Sabía que ella era la asesina y, aun así, no quise hacer nada. Decidí esperar a que acabase la maldita ceremonia para hablar con ella. Me pudo mi…

—Dogood, todos nos hemos equivocado hoy. Ninguno hemos actuado de manera acertada. Somos humanos y, como tales, algunas veces fallamos. Es algo que debemos tenerlo siempre presente. Además, sabes mejor que nadie que las personas somos impredecibles, no siempre podemos acertar —intentó consolarla Gema, mientras posaba su mano sobre la espalda de su compañera.

—Pero tú, no eres yo. Yo lo supe y no hice nada. Deja que cargue con este peso. El modo en el que lo haga no es asunto tuyo, ni de nadie más —sentenció, con frialdad, S. Dogood.

Tras esto, los cuatro miembros que componían aquel extraño equipo guardaron silencio. Gema decidió no dar mayor importancia a aquellas palabras pues, al igual que S. Dogood, era una mujer que jamás se permitía fallar, por lo que entendía aquel comportamiento.

—Bueno —comenzó a decir Tomás, tratando de cambiar el foco de la conversación—, tengo que pasar al interior de la finca para informar a Carmen y a sus dos hijas de que, además de todo lo ocurrido aquí, también han perdido a su marido y a su padre.

—¿Cómo? —preguntó S. Dogood, sorprendida.

—Sí, Pablo se ha ahorcado en los calabozos con una sábana mientras nosotros… —en aquel momento, el inspector hizo un alto, resignado, para después seguir mientras negaba con la cabeza—. Mientras nosotros perdíamos el tiempo con los dos amigos del novio. No hemos tenido nuestro día. Hemos fallado todos… les hemos fallado.

En aquel momento, tras aquella rápida y contundente valoración que acababa de hacer Tomás, los cuatro miembros de aquel extraño equipo de investigación guardaron un silencio con el que parecían pedir disculpas a todas aquellas personas que, por el devenir de los acontecimientos, se habían visto afectadas de un modo u otro.

—Mirad, era imposible imaginar que todo esto iba a desarrollarse de este modo —comenzó Fabián, rompiendo con ello el triste silencio que se había formado—. Es decir, nadie podía prever que la culpable de toda esta locura iba a terminar siendo la amiguita del pueblo, tan calladita y modosita. Era imposible saber lo que ocultaba detrás de su…

—Ella no ha tenido la culpa —cortó Lorena, con contundencia, tras haber escuchado en silencio toda la conversación—. Cristina es una víctima más de todo lo ocurrido. Probablemente sea la persona más afectada por toda esta mierda. ¿De verdad, resulta tan difícil de verlo? Sí, de acuerdo, ella, al parecer, mató a mi abuela, y sí, también ha matado al marido de mi prima durante su boda pero… Eso es sólo el resultado, no el origen del problema. Es en el origen dónde está la verdadera razón de las cosas, no en el resultado. Cristina no es la culpable de toda la locura que se ha vivido hoy aquí, jamás permitiré que quede como tal.

—Lorena… Si algo he aprendido durante mis años en este trabajo, es que lo único que acaba importando son los hechos —se animó a contestarle Tomás, al ver que el resto guardaba silencio—. No importa ni el quién ni el por qué, sólo el qué ha ocurrido y el cómo se ha producido. Todo el dolor que ella pudo llegar a sufrir, todo, por terrible que fuese, es insuficiente para justificar el daño que ha acabado provocando. Con esto no quiero que pienses que creo que Manuel o tu abuela se portasen bien con ella, ni que no fueran inocentes de unos actos repugnantes y terribles, sólo estoy…

—Ella era mejor persona que todos los que estamos aquí juntos —interrumpió la joven, con voz viva—. Ella era una mujer tierna, dulce y sencilla. Una persona amable que vio todo su mundo arrasado por completo. Primero por la negativa de mi abuela y del resto de mi familia a que ella y mi prima mantuvieran una relación formal y que después tuvo que sufrir que el hijo de puta de Manuel, al igual que el cabrón de mi tío hizo con la pobre Mihaela, decidiera acosarla día sí y día también para liarse con ella. Cristina era la víctima, al igual que todas las personas que nos hemos visto envueltas, de una u otra manera, en toda esta maldita historia. Ella habrá acabado con sus vidas, sí, pero no debéis olvidar por qué lo hizo. Las personas a las que habéis catalogado como víctimas son las verdaderas culpables de toda esta historia. Cristina ha sido un peón más en esta maldita partida que jamás tuvo que producirse —terminó asegurando Lorena y, tras lo cual, decidió alejarse de los agentes, enfurecida y a toda velocidad.

—Razón no le falta —comentó Gema mientras miraba, con tristeza, a la joven alejándose de ellos en busca de un refugio que, seguramente, jamás encontraría.

—¿Qué razón no le falta? —preguntó Fabián, con sorpresa—. Gema, por el amor de Dios, Dogood acaba de ver a esa persona, a la que ella cataloga como víctima, partirle la cabeza contra el lavabo a un pobre hombre en el día de su boda. Y hace unas cuantas horas mató a sangre fría a una anciana indefensa introduciéndole un diamante en la garganta. Mira, yo no digo que Cristina no sufriese, pero no podemos olvidar que ha matado a dos personas. ¡Estamos hablando de una maldita psicópata!

—Te equivocas, Fabián. Por esa regla de tres, Mihaela también fue una psicópata al decidir poner punto final al acoso al que Pablo la sometió en el día que se iba a celebrar la boda, ¿no? —contestó Gema, con contundencia.

—No es lo mismo, ella no ha llevado a nadie por delante para irse de es…

—¡Basta, parad de una maldita vez que nos está empezando a mirar todo el mundo! —exclamó Tomás, cansado de aquella discusión—. Ya hemos tenido bastante espectáculo por hoy como para que encima vengáis ahora a echaros en cara quién o no tiene la razón. Lo mejor… lo mejor será que os marchéis a vuestras casas a descansar. Aquí poco podemos hacer ya. Descansad y ya mañana veremos por dónde sale el sol y estableceremos juntos el enfoque del informe —tras decir esto, el inspector se detuvo en una S. Dogood que parecía absorta en otro mundo, muy lejos de aquel lugar—. Dogood, imagino que, tal y como haces siempre, publicarás algo en tu cuenta de Twitter sobre la investigación. Por favor, tengo que pedirte que seas muy precavida. No quiero ningún espectáculo, bastante mierda tenemos ya encima como para ir enseñándola por todas partes. Prefiero esperar a que nos reunamos con tranquilidad para recapitular y redactar el informe antes de sacar una conclusión definitiva sobre todo lo ocurrido. Todos los hechos deben ser considerados y tenidos en cuenta así que, por favor te lo pido, sé precavida, al menos por el momento. ¿Estamos?

—Descuida —respondió S. Dogood, mientras parecía seguir sumergida en sus pensamientos—. Si no te importa, me gustaría acompañar a Lorena. He estado con ella gran parte del día y creo que le hará bien mi presencia. Tal y como has dicho, aquí poco podemos hacer ya.

Tomás, entre sorprendido y preocupado, asintió con la cabeza y vio marchar a aquella mujer a la búsqueda de la joven Lorena.

Por primera vez, pensó sorprendido para sí, S. Dogood parecía estar preocupada en alguien que no era ella. Habían pasado muchas cosas extrañas aquel día pero, sin duda, esta era la más positiva de todas.

—Si quieres te esperamos aquí, jefe —se ofreció Fabián, una vez se despidieron de Dogood—. Nosotros no tenemos prisa. Incluso creo que si nos ponemos, podemos cerrar el informe antes de que termine el día.

—Estoy con Fabián, Tomás. Estoy segura de que no volverá a producirse ninguna discusión entre nosotros y trabajaremos en equipo, como siempre. Podemos hacerlo.

Tomás se lo pensó un momento. Le dolía ver a sus dos pupilos discutiendo entre sí. Más aún cuando tenía la sensación de que ambos, a pesar de las diferencias que había en cada uno de sus discursos, podían estar, a su modo, en lo cierto. Cristina era la culpable de toda la tragedia que se había producido aquella mañana, eso era indiscutible. Pero, a su vez, era innegable que también era víctima. Sin embargo, se dijo antes de tomar una decisión, tenía una tarea por delante bastante desagradable. Nunca es fácil comunicar a alguien el fallecimiento de un familiar, especialmente si se ha producido bajo custodia policial.

—Chicos, de verdad, os agradezco vuestro ímpetu pero, ahora, lo mejor que podemos hacer es marcharnos a descansar. Después de todo lo vivido nos lo merecemos. Mañana, a primera hora, elaboraremos un informe junto con los análisis forenses definitivos y con toda la información que podamos recopilar para establecer una línea temporal perfecta de cada uno de los hechos. Descansad y reponed fuerzas, yo cogeré un taxi cuando acabe de hablar con la familia, no os preocupéis.

Y tras esto, sin dar tiempo a una posible contrarréplica, Tomás giró sobre sí y emprendió su marcha hacia interior de la finca, siguiendo un camino que le llevaría a encontrarse con una joven que, en el día que estaba llamado a ser el más importante de su vida, había perdido a su abuela, a su padre, a su novio y a la que, seguramente, había sido el verdadero amor de su vida.

Mientras el inspector ascendía las escaleras que lo llevarían al salón donde, en ese mismo momento, debería de estar ofreciéndose un fastuoso festín, una voz reverberó en su interior:

"*Ella ha sido un peón más en esta maldita partida*".

¿Y quién no?, se terminó preguntando mientras traspasaba la puerta que le llevaría al encuentro de lo poco que quedaba de aquella pobre familia, ¿y quién no?

13

La retransmisión de sus vidas

Noelia, al saber de la muerte de su padre, agotada por todas las emociones que la habían sacudido durante las últimas horas, cayó presa del pánico y estalló en una profunda crisis nerviosa mientras que su madre, en un estruendoso silencio, colapsó por completo.

Tomás aguardó a que ambas salieran de la finca, subidas en la ambulancia y en dirección al hospital, antes de montarse en un taxi en el cual, después de comunicarle su dirección al conductor, pudo encontrar al fin cierto descanso.

Habían sido unas horas frenéticas, marcadas por un terror que contrastaba por completo con los diferentes rostros, la mayoría felices, de las gentes que se agolpaban en las terrazas que salían a su paso festejando la vida desde la ventanilla del coche. Por un fugaz instante, menos de lo que dura un susurro, Tomás atisbó, en una de las cientos de mesas que vio por la ventanilla del taxi, a una pareja que adivinó como Gema y Fabián. Cansado, cerró sus ojos, pero, al abrirlos de nuevo, fue incapaz de comprobar si se trataba o no de ellos pues la pareja quedó fuera de su campo de visión. Sin embargo, a pesar de no estar seguro, el inspector sonrió para sus adentros, convencido de haber visto a sus dos pupilos.

Son buenos chicos y han tenido un día muy duro. Se merecen ese descanso, valoró en silencio para sí.

Quince minutos después, mientras el taxi transitaba ya por la calle en la que se levantaba su casa, pudo ver cómo, en la puerta de su hogar, le esperaban su mujer con su pequeña hija entre sus brazos. Al verlas, Tomás no pudo evitar sentirse avergonzado al percatarse de que no había reparado en ellas a lo largo de todo este día. Sin embargo, allí estaban, sus dos mujeres, esperándolo con impaciencia para recibirlo como si fuera el mayor de los héroes del mundo sin importarles su estrepitoso fracaso.

—Siento no haber llamado antes, pero… —dijo Tomás, a modo de disculpa, antes de que su mujer Marga ahogase sus palabras con un beso mientras que la pequeña Estrella abría sus enormes ojos azulados al reconocer a su padre.

—Así está mejor, cariño. Ves, mucho más relajado —dijo Marga, con una sonrisa, después de separar sus labios de los de su marido—. Sé todo lo que ha ocurrido, llevan todo el rato poniéndolo en la televisión pero ahora todo eso se queda aquí fuera. Vamos a disfrutar los tres juntitos en casa, todavía queda un poco de tarde por delante. Venga, Estrellita, dile a papá qué es lo que más te apetece del mundo mundial ahora mismo —inquirió Marga a su hija que, al escuchar la voz de su madre, lanzó una estridente sonrisa que casi le hizo perder el chupete.

—Creo que lo ha dejado bastante claro —contestó Tomás al mismo tiempo que, con las lágrimas bañándole el rostro, cogió a su pequeña en brazos y la acurrucó contra su pecho.

—Ya lo veo, ya. Siempre hace lo mismo. Es ver a su papá por la puerta y la niña se olvida de su mamá por completo —respondió

Marga, haciéndose la dolida—. Supongo que a mí no me queda otra que dejaros solos en el salón viendo una película mientras voy preparando la cena. Amor, ¿te apetece una buena pizza?

Tomás, al escuchar aquella sugerencia, no pudo evitar sonreír.

La pizza, a pesar de no ser su comida preferida, implicaba ciertas cosas que sí que le gustaban. Hacía unos años, más de una década atrás, se hicieron la promesa de que, tal y como hacían durante la primera etapa de su relación, después de tomar una pizza harían el amor, sin excepción alguna. A Tomás, lo que más le gustaba de su mujer era su capacidad para hacer de todo una gran broma. Marga era la mujer más divertida que había conocido nunca y, para días como el de hoy, no había mejor medicina posible.

No la merezco, pensó en sus adentros antes de responder.

—La pizza será perfecta, cariño.

—¡No esperaba menos!

Tras esto, mientras Marga entraba y salía del salón, Tomás estuvo acurrucado junto a su pequeña viendo como unos perritos dálmatas ponían contra las cuerdas a la malvada Cruella de Vil. Si algo le gustaba de la paternidad era poder ver las mismas películas Disney que había visto de pequeño junto a sus padres, pues le hacía sentir que sus dos mundos se conectaban de algún modo.

Justo en el instante en el que se producía un terrible accidente de tráfico entre la villana y sus esbirros, los graciosos secundarios Horacio y Gaspar, Marga anunció que la pizza estaba lista y Tomás, sabedor de que quien no cocinaba debía colocar la mesa, se dirigió con celeridad a realizar esta tarea, dejando a Estrella durmiendo en el interior de su cuna, indiferente a si Pongo y Perdi lograban al fin, después de mil aventuras, salvar a sus pequeños cachorritos.

Todo era perfecto en la cocina. El olor a pizza lo impregnaba todo, su mujer le sonreía pícaramente sabedora de lo que vendría después y la pequeña dormía ajena a todo el ruido que había vivido su padre en el salón. Todo iba a pedir de boca hasta que, sin quererlo, fruto de un gesto automático, encendió la televisión con el mando a distancia y en ella se dibujó una imagen que lo dejó sin palabras, cortando de raíz toda la felicidad que, por un momento, parecía haber alcanzado.

La imagen en cuestión se encontraba dividida en dos partes, mostrando a un lado a un vetusto presentador de noticias, el cual llevaba colándose en la casa de los telespectadores durante los últimos veinte años, y al otro lado a dos mujeres, siendo éstas las que coparon toda la atención del inspector. La más joven de las dos era la reportera, la cual se mostraba algo agitada y sostenía con fuerza entre sus manos un micrófono con el logo de la cadena. A su lado se encontraba la figura que se había convertido en su sombra en los últimos meses, mirando al objetivo de la cámara con serenidad. En la parte inferior de la pantalla, uniendo ambas ventanas, aparecía un rótulo que anunciaba el tema de la noticia que iban a relatar: "*Trágica boda en Sevilla*".

Marga, nada más leer aquel anuncio, dirigió su mirada hacia su marido. Tomás, de manera inconsciente, dejó caer la porción de pizza que, hacía un instante, se disponía a degustar y, con el semblante llenó de horror, se dispuso a escuchar con atención lo que S. Dogood estaba a punto de relatar.

—Tomás, no creo que debas…

—Chsss —chistó a su mujer, al mismo tiempo que subía el volumen de la televisión.

—Buenas noches, Matías. Tal y como bien has apuntado, nos encontramos en una finca de las afueras de la ciudad de Sevilla, lugar donde se iba a celebrar una boda de ensueño hasta que todo ha saltado por los aires cuando el recién casado ha sido brutalmente asesinado en uno de los cuartos de baños del recinto por, ni más ni menos, que la dama de honor de la novia —comenzó a relatar la reportera con gesto serio y voz uniforme—. Nos acompaña Dogood, ella es una asesora habitual de la policía de la ciudad y ha formado parte de la investigación del caso que hoy nos ocupa. Por favor, cuéntenos: ¿Qué es lo que ha sucedido hoy aquí? —preguntó la reportera con seriedad y, tras lo cual, acercó el micrófono con su mano a una S. Dogood que, con gesto serio y con su melena recogida en una preciosa cola de caballo, se concentraba en dirigir su mirada al espectador.

—Lo primero que me gustaría destacar es el tremendo dolor que se ha vivido hoy aquí. Todo se ha visto salpicado por la irracionalidad y, siendo honesta, como entenderá, es algo complicado de expli…

—Por favor, Dogood —cortó la reportera, al ver que su entrevistada empezaba a alargar la introducción—, sabemos que han sido unas horas muy duras, igual que también sabemos que la abuela de la novia fue encontrada muerta esta mañana en su habitación de un hotel de la ciudad y que su cuidadora se ha suicidado esta misma mañana, poco después de descubrirse el cadáver de la anciana. Todo esto ya lo sabemos, lo hemos ido contando a lo largo del día en riguroso directo. Ahora me gustaría que respondiera a dos preguntas muy sencillas: ¿Por qué se ha seguido adelante con la boda a pesar de lo ocurrido esta mañana en el hotel y por qué la policía ha sido incapaz de frenar toda la locura que se ha vivido hoy aquí?

En aquel instante S. Dogood, al escuchar aquellas palabras, bajó su mirada hacia el suelo mientras dibujaba una sonrisa, molesta, en su rostro.

—Bueno, imagino que, como periodista que es, sabrá lo difícil y complejos que solemos ser los humanos. No resulta sencillo controlarnos y, mucho menos, entendernos y predecirnos. Quiero dejar bien claro que la policía ha actuado de la manera más correcta y ejemplar que ha podido. De hecho, estoy convencida de que hoy se ha realizado un buen trabajo, siguiendo siempre los indicios que conforme íbamos investigando iban aparecien…

—Si me lo permite, Dogood —volvió a interrumpir la reportera—, eso no es del todo cierto. Hay rumores que están circulando por las redes sociales que apuntan a que usted, que siempre se ha mostrado muy orgullosa de su capacidad para resolver crímenes, sí que sabía quién era la culpable de todo esto antes de que se celebrase la boda donde ha acabado falleciendo el novio, así como que no hizo nada para detenerla. ¿Son ciertos estos rumores?

S. Dogood, al ver que de nuevo era cortada por una reportera que parecía estar buscando su minuto de gloria, se limitó a fulminarla con la mirada. Aquello no era lo que habían acordado minutos antes de entrar en directo. Habían quedado en que, una vez estuvieran en el aire, la dejaría realizar un breve repaso a los hechos con el objetivo de que los espectadores pudieran formarse una visión más clara sobre lo ocurrido, antes de desvelar la exclusiva que la había llevado a entrar en directo.

—Mira, no pienso seguir con este show y, como intentes ir por ahí, pienso mandarlo todo a tomar por culo —susurró S. Dogood a la reportera, sin que los micrófonos alcanzaran a recogerlo—. Y, como se le ocurra volver a interrumpirme, le aseguro que la lanzaré contra la cámara —amenazó a la joven periodista, antes de dirigirse a la cámara de televisión.

La reportera, asustada por aquella amenaza, se limitó a asentir y acercar el micrófono a S. Dogood.

—Bien, como les estaba diciendo antes de ser interrumpida, los humanos somos unos seres sumamente complejos. Sí, estoy segura de que a lo largo de la tarde, conforme la noticia ha ido llegando a sus hogares, se les ha estado hablando del posible perfil psicológico y del estado mental de la asesina, a la que, a partir de ahora, me voy a referir por su verdadero nombre, Cristina. Sí, es cierto, Cristina amaba con locura a Noelia, la joven que tenía previsto casarse hoy aquí. Ella había sido el único amor de su vida, un amor que se vio destruido, precisamente, por la misma mujer que ha aparecido muerta en la cama de su habitación esta mañana. La respuesta al porqué de esto es sencilla. Cristina, con esta cruel acción, sólo tenía la intención de impedir que la boda siguiera adelante y evitar que la unión entre Noelia y Manuel se produjese. El porqué de esto va más allá del amor que Cristina seguía sintiendo por la novia. La realidad es que Manuel había estado insinuándose a su asesina durante el último año, aprovechando que su futura mujer se encontraba lejos del pueblo en el que vivían. Imagínense lo doloroso que debió resultarle a Cristina ver que la mujer a la que amaba con locura se iba a casar con un hombre que no hacía más que atosigarla e insinuársele para cometer una traición contra ella. Aquello, simplemente, no tendría cabida en su mente, no podía engañarla, no podía cometer un acto de esa gravedad y, por supuesto, no podía permitir que su amada perdiera su tiempo junto a un hombre que no la merecía. No obstante, he de decir que esto no es lo que me interesa transmitirles ahora. Lo verdaderamente importante es la aparición de un detalle en el que he caído una vez terminado todo y que, en mi humilde opinión, cambia la percepción de lo ocurrido hoy aquí.

En aquel instante, en el interior de la cocina, Tomás, inconscientemente, cerró sus puños con fuerza mientras Marga observaba con atención los detalles que aquella mujer estaba exponiendo.

—El detalle en cuestión —continuó S. Dogood— es bastante sencillo. Pregúntense por qué actuar ahora, aquí, en la ciudad de

Sevilla, horas antes de la boda. Sí, ya sé lo que me van a responder. Cristina actuó a la desesperada, envuelta en un arrebato de locura al ver que se acababa su tiempo para evitar que la persona que amaba se uniese con un hombre que se había comportado con ella de un modo inmoral y perverso. Admito que esto tiene su fundamento pero, si se paran a pensarlo, hay un problema que no ha dejado de acudir a mi mente. Cristina pudo haber acabado con la vida de Manuel, evitando con ello la boda y eliminando a la persona que verdaderamente le preocupaba, en cualquier otro momento y en un lugar conocido por ella, sin correr tantos riesgos. Podría haberlo invitado a pasar una noche en su casa del pueblo y haber acabado allí con su vida pero no lo hizo, no. Cristina decidió actuar aquí, en mitad del gran festín y con toda la familia expuesta a ser sospechosa. He aquí la duda que me planteo y que ahora les formulo: ¿Por qué aquí y por qué ahora? —preguntó, con una solemne inquietud, S. Dogood.

La reportera guardó silencio, del mismo modo que lo hicieron los millares de personas que esperaban, expectantes, a que aquella mujer resolviera aquel enigma.

—Les contaré por qué —prosiguió, después de hacer un breve pero intenso silencio—. Cristina lo hizo de este modo porque una persona así se lo sugirió. Sí, ella ha sido quien ha acabado con las vidas de la abuela y del prometido de la novia. Esto es innegable, pero algo la llevó a actuar en el día de hoy, en el mismo hotel donde se alojaban todos los familiares y en donde, no olvidemos, hoy ha ocurrido otra gran desgracia pues, poco después del hallazgo del cuerpo de la señora Reina, su cuidadora, Mihaela, ha decidido quitarse la vida en el baño de su habitación no sin antes, dejar una carta, escrita de su puño y letra, en la que acusaba de una serie de delitos graves a algunos de los miembros de la familia, especialmente a dos de ellos. Al señor Lerín, padre de la novia, lo acusaba de haberla retenido en una especie de esclavitud sexual mientras que a la señora Reina, la otra gran señalada por sus palabras, la acusaba de ser la instigadora de la muerte de sus padres, ocurrida doce años atrás en un terrible accidente de tráfico. Bien, ahora, una vez están al tanto de todos los peones de esta partida, me gustaría que se pregunten: ¿Por qué Mihaela decidió quitarse la vida y exponer estos graves hechos aquí, justo en el día de la boda de Noelia, curiosamente poco después de que Cristina asesinase a la señora Reina? ¿Simple coincidencia, tal vez? Podríamos llegar a pensar eso, sí, pero, honestamente, no soy una persona que crea en las coincidencias y lo único que se me ocurre es que alguien era conocedor de las terribles situaciones que estaban viviendo ambas mujeres.

Tras realizar aquella revelación, S. Dogood guardó silencio, dejando que aquella noticia impregnase a todas las personas que la escuchaban con atención.

—Esta persona —continuó—, debía mantener algún tipo de relación con ambas mujeres. Quizás se había convertido en el único apoyo para que ambas pudieran seguir adelante con sus vidas. Sin duda, en ella, encontrarían a una dulce, callada y atenta joven que, a pesar de ser familiar de esas personas que tantos daños les habían provocado, estaba siempre ahí para escucharlas y reconfortarlas, acompañándolas en su dolor. Una joven que se las ganó con su bondad a la vez que sembraba en ellas una idea que le serviría para golpear, en el momento propicio, a las personas que tanto mal les habían provocado. Una joven que se encuentra justo aquí, a mi lado. Por favor, podría hacer eso que le he pedido antes de entrar en directo —solicitó al cámara que, tras asentir a su indicación, giró hacia una nueva dirección, dejando con aquel movimiento fuera del plano tanto a S. Dogood como a la reportera.

De repente, ante los miles de espectadores que observaban con atención sus televisores, apareció el dulce rostro de una joven que, tras haber escuchado aquellas palabras, se mostraba sorprendida, con los ojos bien abiertos, al saberse desenmascarada por la mujer con la que había pasado gran parte del día.

No puede ser, se repetía para sí mientras observaba que la cámara seguía posando su objetivo en torno a su figura. Es imposible que me haya descubierto.

—Ella es Lorena —comenzó a exponer S. Dogood, al mismo tiempo que la cámara se centraba en el rostro de aquella joven que se debatía entre la incredulidad y la rabia—. La joven que están viendo ahora mismo es la nieta de la primera víctima y prima de la desafortunada novia. Ella, una mujer callada y muy educada, ha estado ayudándome desde el principio en mis indagaciones sobre su familia, haciéndome partícipe de todo tipo de información. Al principio, achaqué todo su interés al hecho de querer trabajar de cerca en una investigación policial y, por supuesto, de su intención de desenmascarar al culpable de todo lo ocurrido con su abuela pero, al plantearme las preguntas que les he hecho, recuerden: por qué hoy y por qué aquí, ha sido cuando ella ha aparecido en mi mente y todo ha empezado a cobrar sentido. Su interés por acompañarme a todas partes, su contribución con unas informaciones que salpicaban a personas distintas, desde sus padres a sus tíos, pasando por otra amiga de su prima, su reacción al escuchar a uno de mis compañeros de la policía tildar a Cristina de vulgar asesina… Ella sabía que Cristina era la asesina sí, pero, como estaba al tanto de todo el dolor que tanto su abuela o el novio de su prima la habían causado, no podía permitir que su sacrificio cayese en vano y que, las personas que ella sentía como culpables, quedasen, a ojos de todo el mundo, como víctimas. He aquí la explicación al arrebato que tuvo cuando mi compañero afirmó que era impensable que Cristina, una mujer tan reservada, fuese la culpable de toda esta locura. Pero hay más, volvamos a lo que llevó a Cristina y a Mihaela a actuar al mismo tiempo, en el mismo lugar y en una fecha tan señalada para la familia. Para poder comprenderlo, debemos tener presente un detalle. Mientras que sus primas se marcharon del pueblo a la ciudad para formarse y crecer, Lorena decidió quedarse en el pueblo, viviendo junto a sus padres y sus abuelos. Fue una decisión propia pero, pese a que estaba contenta con ello, Lorena tenía que soportar, día sí y día también, los comentarios de diferentes miembros de su familia acerca de lo listas que eran sus primas, de los buenos trabajos que tenían y, seguramente, del error de su decisión por haberse quedado en el pueblo.

—Esto—continuó exponiendo S. Dogood—, seguramente le molestaba. A fin de cuentas, a nadie le gusta ser la última en algo, pero ella seguía haciendo lo que quería en los campos de su pueblo, sintiéndose libre de cualquier atadura. Sin embargo, hubo un hecho que lo cambió todo por completo y, con ello, su actitud y relación con su familia. Su abuela, con la que vivía a diario, ya que convivían en la misma casa, decidió regalar su bien más preciado, un valiosísimo diamante, a su prima por su boda, la misma que llevaba una vida de ensueño alejada del pueblo y que apenas mantenía una relación cordial con una anciana a la que ella, día tras día, al haberse quedado en el pueblo tenía que soportar. Aquello, simplemente, colmó el vaso de su paciencia y, harta de ver como su prima se llevaba todos los reconocimientos y aplausos de la familia, tomó la determinación de vengarse de las personas que sentía que, de algún modo, la habían menospreciado.

El inspector, conforme S. Dogood fue exponiendo aquella resolución, se acercó más y más, de manera inconsciente, al televisor, inmerso por completo en el relato que estaba dando su compañera.

—Lorena, conocedora de todo lo que estaban sufriendo ambas mujeres, Cristina y Mihaela, decidió ir un paso más allá y dejó de ser una joven de la familia que las trataba con cortesía a convertirse en la única esperanza de dos mujeres que estaban abandonadas en este mundo. Su intención, muy simple. Aunar el dolor de ambas para dirigirlas a cometer unas acciones deplorables con el único interés de ver cómo, durante un día tan señalado como el de hoy, todas las personas que, de algún modo, la habían minusvalorado o traicionado a lo largo de su vida pagaban por sus actos. Lorena, esto es importante que quede claro, no es la persona que ha perpetrado los terribles actos que se han producido hoy pero estoy convencida de que ha sido la instigadora y que, aprovechando la desazón de dos pobres mujeres, las encaminó a acometer unas terribles acciones con el único fin de poder cobrar su venganza —sentenció S. Dogood, mientras Lorena, con gesto imperturbable, mantenía su mirada fija en la nada sin saber muy bien cómo reaccionar.

Marga, justo cuando S. Dogood dijo sus últimas palabras, se apresuró a apagar la televisión, rompiendo con ello el hechizo que pareció haber poseído durante aquella retransmisión a su marido.

—¿Por qué has apagado? —preguntó molesto Tomás, mientras señalaba con su dedo índice a la televisión.

—Porque ya has tenido suficiente por hoy y, además, porque ya no puedes hacer nada para evitarlo.

—¿Cómo qué no puedo hacer nada? Marga, soy el inspector jefe de este caso. Tengo que ir ahora mismo a…

—¡Qué vayan otros, Tomás! —exclamó Marga.

—Pero… pero, soy… soy el responsable del maldito caso.

Marga, viendo el estado de nerviosismo en el que se encontraba sumido su marido después de lo vivido, decidió guardar silencio y, con calma, se acercó hasta el lugar donde se encontraba sentado.

—Tomás, no ves el dolor que toda esta maldita historia te está causando —dijo con dulzura, mientras acariciaba el cabello de su marido y apoyaba su rostro contra su vientre—. Deja que otros se encarguen de esto. Descansar y reflexionar, ¿recuerdas? Siempre has dicho eso.

Tomás asintió en silencio y miró a su esposa mientras sus ojos se llenaban de lágrimas.

—A pesar de todo. De lo mal que lo he hecho… sigo teniendo la suerte de tenerte a mi lado. No te merezco.

Marga, en aquel momento, mientras sentía que su marido empezaba a relajarse, cogió la porción de pizza que éste había dejado tras ver aparecer a S. Dogood en la televisión.

—Claro que no me mereces y, precisamente por eso, voy a comerme ahora mismo esto para que podamos pasar al postre y pueda cobrarme lo que me debes. ¿Qué te parece?

—De verdad, eres de lo que no hay —acertó a decir Tomás y, después de unos segundos donde reinaron las risas, comenzó a deslizar sus manos por las sedosas y blanquecinas piernas de su mujer.

—¡Ah, ah, ah! —paró en seco Marga a su hombre, con la mano que tenía libre, haciendo que éste lo mirase con sorpresa—. Antes de empezar tienes que asegurarte de que esa novia tuya de la tele no nos molestará más. No quiero saber nada de esa mujer hasta mañana. Ahora, señor inspector jefe, eres mío y de nadie más.

Tomás no pudo contener su sonrisa y, tras separarse de su mujer, se dirigió al pequeño aparador de la entrada donde había dejado su móvil.

Todavía, comprobó antes de apagarlo, no había recibido ningún mensaje. Seguramente Fabián y Gema continuaban sentados en aquella terraza, ajenos al espectáculo que S. Dogood acababa de formar. Mañana será un día muy agitado. Ruedas de prensa, papeleos, nuevos interrogatorios, broncas de los altos mandos… Toda la artillería caerá sobre mí y el equipo pero eso ahora, se dijo para sí mientras apagaba su teléfono, quedaba en un completo y olvidable segundo plano. Ahora tenía una tarea por delante mucho más importante entre manos y, por nada del mundo, estaba dispuesto a dejarla pasar.

EPÍLOGO

Habían pasado dos semanas desde aquel fatídico sábado que, a buen seguro, perdurará en la memoria de los protagonistas de esta historia para el resto de sus vidas. Catorce días desde que la ciudad de Sevilla había visto como una boda acababa convirtiéndose en una auténtica tragedia con cinco muertos y dos familias rotas por el dolor.

Después de la aparición de S. Dogood en mitad del informativo, escena que fue repetida hasta la saciedad por casi todos los canales de televisión en abierto durante los días posteriores, las presiones llegadas desde los altos mandos del cuerpo se dirigieron hacia la comisaría dirigida por Arturo con la única intención de que se produjera la resolución del caso de la forma más rápida, discreta y efectiva.

A la revelación de S. Dogood en pleno *prime time* sobre cómo Lorena había dirigido a dos pobres mujeres a perpetrar los terribles actos que conmocionaron a todo el país, le siguieron unas jornadas ingentes de trabajo. Recopilación de datos, repaso de líneas temporales, nuevas entrevistas con los protagonistas, ruedas de prensa detallando los avances de la investigación, reconstrucción de los hechos…

Fueron miles los interrogantes a los que Tomás y su equipo tuvieron que enfrentarse durante los primeros días de la investigación. El tiempo pareció evaporarse bajo el sofocante calor hispalense al mismo tiempo que pasaron de ser unos agentes sin nombre más a tener que resguardarse en el interior de la propia comisaría para evitar la persecución de los medios hasta sus hogares.

Por su parte, la gran mayoría de la familia que había protagonizado esta descorazonadora historia decidió cerrar filas y guardar silencio ante la incesante persecución de las cámaras.

Lorena, que pasó a disposición judicial nada más producirse la revelación ante los medios de S. Dogood, se limitó primero a guardar silencio para después, ya con la compañía del abogado de la familia, negar todo de lo que se la había acusado al mismo tiempo que aseguraba que denunciaría tanto al Cuerpo Nacional de Policía como a S. Dogood por haber hecho un señalamiento público de su persona por una mera conjetura y, tras un par de días donde los investigadores no lograron demostrar que aquella manipulación se hubiese producido, la joven quedó en libertad sin fianza, regresando a la tranquilidad de su pueblo junto a sus padres quienes, desde el primer momento, no dudaron en apoyar a su pequeña asegurando que ella jamás habría sido capaz de orquestar y de planificar algo tan horrible e inhumano.

Noelia, que se vio convertida en viuda antes incluso de haber podido disfrutar de su noche de bodas, apenas pareció ser consciente de todo lo que había ocurrido a su alrededor y, apoyada en su buena amiga Ruth, abandonó el país tratando de dejar con ello la triste realidad en la que se había visto reducido su mundo tras la muerte de su padre, de su esposo, de su abuela y de la primera persona que había amado en su vida.

Carmen, tras dar sepultura a su madre y a su marido en el cementerio local y en la más estricta intimidad, decidió hacer acopio de provisiones y encerrarse entre las paredes de su céntrica casa, ocultándose con ello de las curiosas y afiladas miradas de sus vecinas. Toda la imagen de opulencia y grandeza por la que había trabajado a lo largo de su vida se había derrumbado en menos de lo que dura un suspiro y, lejos de aceptar la cruda realidad que la había devorado, decidió curar sus heridas a su modo y a su tiempo. Al fin y al cabo, ¿cómo puede llevarse el luto de un marido que sabías era infiel, de una madre a la que odiabas desde que tenías uso de razón y de un yerno al que sólo querías introducir en tu familia por puro interés? Simplemente, no se puede.

Por lo que respecta a S. Dogood, desde su ya famosa aparición televisiva, nadie la había vuelto a ver ni sabía dónde podía encontrarse. Tomás tenía alguna que otra hipótesis al respecto pero, tras ver como sus cinco primeras llamadas se quedaron sin respuesta, decidió dejarla descansar convencido de que, al igual que llegó a ellos por primera vez, regresaría cuando lo considerase oportuno. O eso esperaba.

Hoy, justo catorce días después de los hechos acaecidos, cinco muertos y dos familias rotas después, parece como si toda esta pesadilla jamás se hubiese producido. Después de la marcha de la mayoría de los protagonistas de la ciudad, los medios mantuvieron el cerco y sus ojos puestos en la capital hispalense durante un par de días más hasta que, hace cinco días, un hombre, en mitad de la noche y preso de los celos, decidió acabar con la vida de su mujer y de sus dos pequeños hijos sumiendo al hogar familiar en una infernal bola de fuego, gasolina mediante.

Es como si no hubiera pasado nada, se dice para sí Tomás mientras observa, desde el Puente de San Telmo, el curso sosegado de las aguas del Guadalquivir bajo la atenta mirada de la Torre del Oro.

—¿En qué estás pensando, cariño? —preguntó Marga a su esposo, con la preocupación marcada en su voz, mientras balanceaba entre sus brazos a la pequeña Estrella que, por culpa del calor que hacía a pesar de que eran más de las ocho de la tarde, no había caído rendida durante el vespertino paseo que habían decidido dar.

Tomás no alcanzó a escuchar a su mujer, pues se encontraba ensimismado en las tranquilas aguas que discurrían bajo sus pies. Se podía percibir tanta paz y calma en ellas que todo quedaba en un segundo plano. Todo el ruido, el dolor y el sufrimiento al que se había enfrentado durante las últimas dos semanas parecía haberse evaporado entre la reconfortante humedad que le regalaba el Guadalquivir.

—¿Tomás? —insistió Marga al mismo tiempo que posaba su mano derecha sobre la espalda de su marido.

Al percibir el contacto, Tomás despertó de la ensoñación en la que se encontraba y, sin decir mayor palabra, se giró y se abrazó con fuerza a su mujer y a su pequeña al mismo tiempo que estallaba en un llanto desconsolado, soltando con ello todo el sufrimiento y el dolor que había guardado en sus adentros después de todo lo vivido en las últimas dos semanas.

Con ello, abrazado a su razón de ser, el inspector dio por cerrado el caso que lo había mantenido en vilo durante las dos últimas semanas de su vida. Sin embargo, y esto lo sabía por experiencia, siempre resulta imposible dar por cerrado un caso, más aún si sabes que la culpable de toda aquella sinrazón había logrado sortear a la justicia, siendo una situación en la que sólo queda llorar y ver como el mundo, tal y como dice la canción de Billy Joel, sigue girando y girando sumido en un fuego que ninguno de nosotros iniciamos y que seguirá ardiendo, pese a todos nuestros esfuerzos, una vez nos marchemos de él.

NOTA DEL AUTOR

Soy consciente de que en este momento debería hacer un largo apartado de agradecimientos, pues son muchas las personas merecedoras de tal reconocimiento pero los que me conocen bien saben que soy de guardar mis sentimientos y, por ello, he decidido realizar un agradecimiento de una manera global en torno a tres "grupos" esenciales para mí.

A mi familia, sin la cual hoy no sería ni de lejos la persona que soy y con la que puedo decir, sin temor a equivocarme, que he tenido la mayor de las fortunas, pues si bien es cierto que no podemos elegirla estoy plenamente convencido de que de haberlo podido hacer jamás habría dado con unas personas tan bondadosas, honradas y desinteresadas.

A todas las personas que he tenido la oportunidad de conocer a lo largo de los años y que me han aceptado, sigo sin saber todavía muy bien por qué, como compañero de viaje en esta alocada aventura que llamamos vida.

A todos aquellos amigos virtuales que todavía no tengo el placer de conocer en persona y que, de manera desinteresada, han dado voz a mis historias y a mis personajes sin pedir nada a cambio, convirtiéndose en un pilar fundamental para mí y para mis escritos.

A mi lector cero, el cual prefiere quedarse en el anonimato y al que llamaré Troy, sin ti esta historia no sería igual, ya lo sabes. Gracias por tu tiempo, dedicación y consejos. Siempre agradecido.

A todos vosotros, que sabéis perfectamente quienes sois, os dedico este libro bañado en un gracias infinitas, pues sin vuestra compañía y ayuda esta aventura jamás habría sido posible.

Y para acabar, como dicen en mi pueblo no quiero dejarme a la mejor mula sin manta, a ti, querido lector. Primero para agradecerte el haberme confiado el que es nuestro mayor tesoro, el tiempo. Créeme cuando te digo que para mí no hay mayor regalo y, al mismo tiempo, responsabilidad que el que me hayas convertido en tu lectura. Espero, humildemente y de corazón, que la novela te haya servido para desconectar un poco de tu día a día, de verdad que ese es mi mayor deseo. Esta historia y los personajes que aparecen en ella, desde el momento en el que leíste la primera palabra, de las casi noventa mil que componen el relato, son tan tuyos como míos, espero que cuides bien de ellos y si, por algún motivo, te estás preguntando si habrá más aventuras de S. Dogood, la respuesta es bien sencilla: Depende de ti. Si has disfrutado con la novela y quieres más historias como esta te pido que la recomiendes, que la regales a familiares y a amigos, que compartas tu experiencia a través de tus redes sociales y que la valores en las plataformas de Amazon y de Goodreads, siempre con la mayor de las sinceridades. No te puedes hacer una idea de lo importante que es para una obra el llamado efecto "boca a boca".

Una vez más, gracias por acompañarme en este viaje y, como siempre digo, espero que muy pronto nos volvamos a encontrar en nuevos misterios. Hasta entonces, espero que sigas disfrutando de los libros y de las historias que hay grabadas en ellos.

Si quieres estar atento a mis novedades y que mantengamos un contacto más cercano, te animo a seguirme en mis redes sociales (Twitter: @grandsoncorners; Instagram: @jgrandsoncorners), así como que me hagas llegar cualquier comentario, sugerencia o cualquier cosa que se te ocurra a través de mi correo electrónico: jgrandsoncorners@gmail.com. Nos escribimos.

Con todo mi cariño y agradecimiento,

Javier Nieto Esquinas.

ÍNDICE

PRIMERA PARTE

UN MAL DESPERTAR

1. El grito 11
2. Una figura entre las sombras 15
3. Una voz desgarradora 23
4. Un viaje ilusionante 30
5. Alguien ha matado a mi madre 34
6. La misteriosa S. Dogood 40
7. Un juego de luces 50
8. La escena del crimen 59
9. Una reputación amenazada 72
10. La emoción de cruzar lo prohibido 82
11. Una tormenta de reproches 87

SEGUNDA PARTE
SECRETOS DE FAMILIA

1. Sevilla 97
2. Una mujer difícil 98
3. La persona que más ha estado esperado esta noticia 118
4. Una preciada joya 135
5. El regalo de boda 149
6. Mienten 164
7. Krav Magá 174

TERCERA PARTE
UN OCÉANO DE INCERTIDUMBRES

1. Regreso a quince años atrás 187
2. Juego de bailes 192
3. La ambulancia 200
4. El pacto 204
5. Amor 216
6. Nuevos descubrimientos 226
7. Entre pillos anda el juego 236
8. Recuerdos borrados 243
9. Una involucrada inesperada 256

CUARTA PARTE
¡QUÉ VIVAN LOS NOVIOS!

1. Una carta reveladora 269
2. Esposado 278
3. Cambio de ropa 289
4. Hipótesis 294
5. La boda 307
6. Un ruido en mitad de la oscuridad 312
7. Un descuido imperdonable 325
8. Megafonía 330
9. El baño 333
10. Un sitio de paso 343
11. ¿Qué sabrás tú del dolor? 347
12. Un peón más de la partida 353
13. La retransmisión de sus vidas 363

EPÍLOGO

NOTA DEL AUTOR

Printed in Great Britain
by Amazon

66291468R00234